Jang Hee-jun's 100 Life Wisdoms
장희준의 삶의 지혜 100

| 장희준 | 지음

퀀텀점프
Quantum Jump

장희준의 삶의 지혜 100
권텀점프Quantum Jump

초판 인쇄일 2025년 4월 30일
초판 발행일 2025년 4월 30일

지은이 장희준
펴낸이 장문정
펴낸곳 도서출판 그림책
디자인 이정순 / 정해경
출판등록 제2010-000001
주소 경기도 수원시 영통구 이의동 웰빙타운로 70
연락처 TEL070-4105-8439(010)2676-9912
E-mail : khbang21@naver.com

※ 잘못된 책은 바꿔 드립니다.
Published by 도서출판 그림책 Co. Ltd. Printed in Korea

Jang Hee-jun's 100 Life Wisdoms

장희준 지음

장희준의 삶의 지혜 100

퀀텀점프
Quantum Jump

"매일 새벽
불을 밝히는 마음으로 쓴 글들입니다"

살아가면서 만나는 수많은 문제들에 대해 어떻게 바라보고, 접근하며, 풀어나
갈 것인지는 각자가 나름의 방법을 가지고 있겠지만, 우리는 하루를 시작하며
만나는 수많은 사람들과 사건들에 대해 명쾌한 해답을 내리기가 어려운 시대
를 살고 있습니다. 그래서 저는, 지금 대면하고 있는 수많은 문제들을 어떻게
극복하고 새로운 인생을 슬기롭게 살아갈 수 있을지에 대해 함께 고민해 보고
자 다양한 사례들을 바탕으로 삶의 지혜를 찾아가는 여정을 시작했습니다. 그
렇게 탄생한 삶의 지혜에 관한 단문 100편을 묶어 이번 책으로 출간하게 되었
습니다.

물론, 이 책에 수록된 이야기가 삶에서 마주하는 모든 문제에 대한 해결책이
될 수는 없다는 것을 잘 알고 있습니다. 하지만 세상을 대하는 방식은 결국,
"밖에서 일어나는 일이 내 삶에 미치는 영향"과 "그 일을 내가 어떻게 받아들
일 것인가"라는 내면의 문제로 귀결됩니다.

많은 사람들이 세상에서 일어나는 일들을 바꿈으로써 괴로움을 해결할 수 있
다고 믿으며 평생을 바꾸려 노력합니다. 그러나 세상은 끊임없이 문제를 만들
어내고, 그 문제들을 해결하며 살아가다 보면 어느새 생의 끝자락에 다다르게
됩니다. 그때가 되어서야 비로소 "세상을 바꾸는 것"으로는 행복에 이를 수 없
음을 깨닫게 됩니다. 그렇기에 이미 일어난 일을 어떻게 받아들일 것인가라는
문제가 훨씬 더 중요할 수 있습니다. 세상을 바꾸기보다는, 나를 변화시켜 세

상과의 대화 방식을 창조적으로 바꾸는 것이 더 나은 삶으로 나아가는 길일 수 있습니다. 이러한 깨달음을 바탕으로 한 편 한 편 글을 써 내려갔습니다.

세상의 모든 철학, 종교, 이데올로기, 그리고 자기계발서 등이 꾸준히 베스트셀러로 자리 잡는 이유는 "어떻게 살다 갈 것인가?"라는 질문에 대해 완벽한 해답이 아직 존재하지 않기 때문일 것입니다. 설령 완벽한 사상이나 철학이 등장하더라도, 우리는 또 다른 방식으로 세상과 싸우며 새로운 질문들을 만들어낼지도 모릅니다.

그렇다고 해서 "어떻게 살다 갈 것인가?" 또는 "어떻게 죽을 것인가?"에 대한 답이 없다고 낙담하거나 포기할 수는 없습니다. 앞선 수많은 선지자들, 종교 지도자들, 철학자들이 그러했듯이, 우리 또한 삶이 다하는 날까지 이러한 질문에 대해 고민하고 답을 찾아가는 여정을 함께해야 합니다.

부족한 지혜이나마 매일 새벽 불을 밝히는 마음으로 쓴 글들입니다. 만약 이 책을 읽는 독자들 중 단 한 사람이라도 이전에 보지 못했던 길을 발견하거나, 삶의 무게를 조금 가볍게 할 수 있는 방법을 찾았다면, 글쓴이로서 더 없는 축복이 될 것입니다.

제가 살아 있는 한, 세상과의 대화를 통해 모든 것을 배우고, 어두운 곳을 밝혀가며, 독자들과 함께 세상을 살아가는 더 나은 해법을 찾아가는 데에 계속해서 글쓰기를 이어갈 것을 약속드립니다.

새 봄이 오는 길목에서 부산 사는 이가 올립니다.

추천사

"장희준의 삶의 지혜 100 - 퀀텀점프 Quantum Jump 출간을 축하드립니다"

삶은 우리에게 때로 생각지도 못한 도전과 질문들을 던집니다. 이런 순간에 우리는 어떤 지혜와 통찰로 그 어려움을 헤쳐나가야 할지 고민하게 됩니다. 장희준 작가의 새로운 저서 장희준의 삶의 지혜 100 퀀텀점프는 이런 순간마다 우리에게 등불이 되어 줄 책입니다. 작가는 첫 번째 책 턴어라운드에서 이미 그의 삶 속 경험과 따뜻한 시선으로 독자들의 마음을 울렸습니다. 이번 저서에서는 이전보다 더 깊어진 세상을 바라보는 눈과 삶을 대하는 철학으로, 우리가 행복한 삶을 살아가기 위해 반드시 알아야 할 본질적인 지혜를 담았습니다.

이 책은 단순히 지식을 전달하는 것을 넘어, 독자 스스로 삶을 새롭게 바라보고 변화할 수 있는 힘을 불러일으킵니다. 작가는 우리에게 100가지의 소중한 삶의 지혜를 전하며, 이러한 지혜들이 단순히 읽는 것에 그치지 않고 실제로 삶 속에서 실천될 수 있도록 독려합니다. 장희준 작가의 지혜는 이론적인 것이 아니라, 실생활에서 적용 가능한 실천적이고 깊이 있는 조언들로 가득 차 있습니다. 이를 통해 독자들은 삶의 소소한 변화가 어떻게 큰 도약으로 이어질 수 있는지 깨닫게 됩니다. 작은 순간에도 깊이 감사하고, 하루하루의 기쁨과 의미를 되찾는 방법을 보여주는 이 책은 진정한 변화와 성장을 꿈꾸는 모든 사람들에게 큰 울림을 줄 것입니다.

장희준의 삶의 지혜 100 퀀텀점프는 바쁜 현대인들이 잊기 쉬운 삶의 중요한 가치들을 다시 일깨워 줍니다. 시간이 지남에 따라 왜곡되거나 잊혀진 진정한 행복의 정의를 되찾고, 의미 있는 삶을 살기 위한 길을 안내합니다. 이 책은 단순히 개인의 성장에 초점을 맞추는 것을 넘어, 우리가 함께 살아가는 세상 속에서 서로를 더 잘 이해하고 존중하는 방법도 함께 이야기합니다. 개인적인 성취를 넘어서, 공동체 안에서 공존하며 살아가는 데 필요한 중요한 가치와 지혜들을 아우르고 있기에, 이 시대를 살아가는 모든 독자들에게 필수적인 책이라고 할 수 있습니다.

한 페이지 한 페이지를 넘길 때마다 독자들은 자신만의 삶의 방향성을 발견하고, 변화와 성장에 대한 용기를 얻게 될 것입니다. 장희준 작가는 이 책을 통해 단순히 '더 나은 삶'을 꿈꾸는 데서 그치지 않고, 그 꿈을 실현할 구체적인 방법을 제시하며 독자들을 돕고 있습니다. 그의 지혜와 통찰은 당신의 삶을 조금 더 밝고, 의미 있는 방향으로 이끄는 큰 힘이 될 것입니다.

이 책은 단순한 자기 계발서의 한계를 뛰어넘어, 삶과 행복에 대한 깊이 있는 철학적 통찰과 실천 가능한 아이디어가 함께 어우러진 걸작입니다. 장희준의 삶의 지혜 100 퀀텀점프와 함께라면 당신의 삶도 새롭게 도약할 준비를 마칠 수 있을 것입니다.

도서출판 그림책 기획팀장
인향문단 회장
방훈

Jang Hee-jun's 100 Life Wisdoms

장희준의 삶의 지혜 100

퀀텀점프Quantum Jump

Jang Hee-jun's 100 Life Wisdoms

장희준의 삶의 지혜 100

퀀텀점프
Quantum Jump

| 장희준 | 지음

통제할 수 없는 일

인간의 삶을 공포로 몰아넣는 근본적인 이유는 바로 통제할 수 없는 일에 대한 불안감에서 비롯됩니다.

통제할 수 없는 일이란 질병(疾病), 갑작스런 사고(accident), 그리고 타인의 마음과 같은 것을 의미합니다. 그러나 삶에서 더 큰 스트레스와 불안을 가져다주는 것은 질병에 대한 공포보다, 타인의 마음을 내가 통제할 수 없다는 사실, 그리고 그 통제할 수 없음으로 인해 가까운 타인(특히 사랑하는 사람이나 자식)의 행동으로 벌어질 수 있는 사건 사고나 일들입니다. 이러한 불안과 공포는 인간의 삶에서 떨쳐버리기 쉽지 않습니다. 그래서 "자식은 마음대로 안 된다"라는 말이 생긴 것이죠.

현대그룹 정주영 회장도 생전에 "골프와 자식은 마음대로 안 된다"라는 어록을 남겼습니다. 왜 성공한 분들이 이런 말을 했을까요? 이유는 간단합니다. 세상의 모든 일은 통제할 수 있는 것과 통제할 수 없는 것으로 나눌 수 있기 때문입니다.

그럼에도 불구하고, 우리는 흔히 통제할 수 있는 일에 집중하기보다는 통제할 수 없는 것을 바꿔서 상황을 반전시키려는 시도를 합니다. 하지만 시간이 지나 돌아보면, 통제할 수 없는 것으로 상황이 바뀌는 경우보다는, 통제 가능한 일들을 스스로 조정하고 변화시킴으로써 더 나은 결과를 얻는 경우가 훨씬 많습니다.

"남의 떡이 커 보인다"는 속담처럼, 인간은 왜 통제할 수 없는 일에 가치를 두려고 할까요? 그 근본에는 탐욕(貪慾)이 자리하고 있습니다. 통제할 수 없는 일을 통해 얻고자 하는 것이 무엇인지 곰곰이 생각해 본다면, 그것은 탐욕일 가능성이 높습니다.

세상을 지혜롭게 살아가는 방법은 통제할 수 없는 것들에 얽매이는 것이 아니라, 통제 가능한 일에 집중하는 것입니다. 통제 가능한 일에 집중하며 살아가는 사람은 결국 통제 불가능한 것들마저도 움직일 수 있게 됩니다.

특히 사람의 마음은 자기 자신을 잘 통제하는 사람에게 신뢰와 믿음을 보내게 됩니다. 통제 가능한 영역이란 밝은 미소, 긍정적인 사고, 타인에 대한 배려, 부드러운 말씨, 칭찬과 격려, 그리고 내면에서 이를 수용할 수 있는 자신감과 그릇의 크기를 의미합니다.

이처럼 통제 가능한 영역을 잘 다스리는 사람은 통제하기 어려운 영역인 사람의 마음까지 움직일 힘을 갖게 됩니다. 왜냐하면, 사람의 마음은 위와 같은 자질을 갖춘 사람에게 자연스럽게 이끌리기 때문입니다.

한편, 만약 통제할 수 없는 날씨를 두고 매일 불평과 짜증을 내는 사람이라면, 과연 신뢰를 받을 수 있을까요? 비나 눈, 더위와 추위 같은 날씨는 통제할 수 없는 일이기에, 이를 불만의 대상으로 삼는 것은 어리석은 행동입니다.

통제할 수 없는 것을 통제 가능한 것으로 바꾸고자 한다면, 가장 먼저 자신부터 통제 가능한 인간이 되어야 합니다. 스스로를 다스리지 못하는 사람이 다른 이의 마음을 얻으려 하는 것은 초등학생이 고등학생을 가르치려는 것과 다르지 않습니다.

따라서 통제 가능한 일과 불가능한 일을 명확히 구분하고, 자신이 통제 가능한 일에 집중하십시오. 그것이야말로 당신의 삶을 변화시킬 수 있는 열쇠입니다.

비난

비난에는 세 가지 선택지가 있습니다. 비난을 하거나, 비난을 받거나, 아니면 비난을 쉬는 것입니다. 대부분의 사람은 첫 번째를 선택합니다.

첫 번째로, 비난을 하는 사람은 자신이 쏜 화살이 부메랑이 되어 자신에게 돌아올 수 있다는 사실을 모릅니다. 비난하는 사람은 모든 문제의 원인이 타인에게 있다고 생각하며, 타인으로 인해 자신이 고통받고 있다는 이유로 그들을 탓합니다. 부모 탓, 세상 탓, 국가 탓, 자라온 환경 탓, 금수저가 아닌 탓 등 비난의 대상을 외부에서 찾으려고 합니다.

비난은 마치 코카콜라와 같습니다. 마실 때는 상쾌하고 즐거움을 주지만, 마신 후에는 갈증이 더 심해지며 반복적으로 찾게 됩니다. 자주 마시는 콜라가 몸을 해치는 것처럼, 비난도 하면 할수록 중독성이 강해져 결국 자신을 갉아먹게 됩니다.

법구경(法句經)의 유명한 말처럼, "말이 많아도 비방을 받고, 적어도 비방을 받으며, 하지 않아도 비방을 받는다"고 하였습니다. 비난하는 사람은 비난할 이유가 있어서 비난을 하는 것이 아니라, 비난할 이유를 찾으려고 합니다. 날씨가 좋으면 좋다고 비난하고, 비가 오면 비가 와서 비난하며, 바람이 불면 바람이 분다고 비난합니다. 이러한 사람들에게는 좋은 날이란 없습니다. 대부분의 비난하는 사람은 자신의 무지가 문제의 원인임을 깨닫지 못합니다.

두 번째로, 비난받는 사람이 있습니다. 비난받을 행동을 해서 비난받는 사람과 비난받을 이유 없이 비난받는 사람이 있습니다. 이들은 자신의 지식과 지혜가 부족하여 자신이 왜 비난받는지 모르는 경우가 많습니다. 그러나 비난받는 사람은 비난하는 사람보다 더 지혜로운 사람입니다. 이는 비난을 한다는 것이 비난을 받는 것보다 더 큰 무지에서 비롯된다는 사실을 알기 때문입니다.

마지막으로 세 번째, 비난을 쉬는 사람이 있습니다. 비난을 쉬는 사람은 비난하지도 않고, 비난받지도 않는 사람입니다. 이러한 사람은 지혜가 넘치는 사람으로, 비난이 생겨나는 이유를 정확히 알고 있습니다. 비난은 마치 나비의 날갯짓처럼, 누군가가 어딘가에서 비난이라는 바람을 일으킬 때만 생겨납니다.

그러므로 지혜로운 사람은 그 누구도 비난하지 않습니다. 누구도 비난하지 않는다는 것은 어떤 비난의 바람도 일으키지 않았음을 의미하며, 이는 결국 비난받을 일이 없음을 뜻합니다.

지혜로운 사람은 이러한 사실을 미리 깨닫고 실천합니다. 비난을 멈추는 방법은 단 하나입니다. 그것은 오로지 비난을 쉬는 것입니다.

어떠한 선택을 하든 그것은 당신의 인생입니다. 하지만 모든 비난은 마치 살아 움직이는 생물과 같다는 사실을 잊지 마십시오. 비난의 씨앗을 뿌리지 않은 밭에서는 비난의 열매가 맺힐 수 없습니다.

누구도 비난하지 않는 삶을 사는 사람은 자신이 직면할 미래의 폭풍우를 미리 잠재운 사람과 같습니다. 만약 미래의 행운과 불행이 사람을 통해 결정되는 것이라면, 만나는 모든 사람에게 응원과 격려를 보내십시오. 자신의 생각과 다르거나 마음에 들지 않는다고 하여 절대로 비난하지 마십시오. 시간은 당신이 행한 모든 것을 되돌려줄 것입니다. 응원과 격려를 받은 사람은 언젠가 당신에게 동일한 선물을 안겨줄 것입니다. 이는 사람들이 받은 만큼 돌려주고 싶어 하기 때문입니다.

인생의 폭풍으로부터 자유로워지고 싶은 사람이라면, 오늘 누군가에 대한 비난을 멈추십시오. 그것이 당신의 인생에서 폭풍우를 잠재울 수 있는 가장 현명한 길입니다.

고요

장수 프로그램 중 하나인 '나는 자연인이다'라는 방송이 있습니다. 아마도 이 프로그램이 오랫동안 사랑받는 이유는 도시 생활에 지친 많은 사람들이 그러한 자연 속 생활을 꿈꾸며 대리만족을 느끼기 때문일 것입니다.

하지만 실제로 도시를 떠나 그 방송에 나온 환경에서 똑같이 살아보라고 하면, 아마 며칠도 버티지 못하고 도망쳐 나올 사람이 많을 것입니다. 적막강산(寂寞江山)의 산속에서 혼자 살아간다는 것은 곧 고요와의 싸움이기 때문입니다.

시끄러운 곳을 떠나 고요를 찾기 위해 산골 깊은 곳의 절을 찾아가 보지만, 그곳에서도 진정한 고요를 찾기는 어렵습니다. 그렇다면 속세(俗世)와 인연을 끊고 머리를 깎고 절간에 들어앉으면 고요가 보장될까요? 우리 삶은 언제나 시끄러움 속에서 고요를 추구하지만, 과연 고요가 주어졌을 때 그것을 온전히 감당할 수 있을까요?

많은 사람들이 고요를 꿈꾸지만, 실제로 고요가 강제로 주어진다면 그 고요가 가져오는 내면의 시끄러움과 투쟁하다가 더 큰 고통을 경험할지도 모릅니다. 심지어 고독사를 겪는 많은 이들은 고요를 견디지 못한 결과일 가능성이 큽니다.

고요를 즐길 준비가 되지 않은 사람에게 고요는 고독(孤獨)을 동반한 독약 같은 것입니다. 고요는 빛과 같은 외로움의 칼날이 되어 당신을 찌를 수도 있습니다. 노인들의 고독사는 단순히 고독 때문에 발생하는 것이 아니라, 고요를 견디지 못한 결과로 나타나는 경우가 많습니다. 죽음이 다가왔다는 것을 알아주는 사람 없이 홀로 맞이하는 고독사가 바로 그 예입니다. 고독사 이전에는 무엇이 있었을까요? 바로 고요가 있었습니다. 고요가 고독을 낳았고, 고독이 죽음을 낳았습니다.

그러나 사람들은 고요를 낭만적으로 생각하는 경우가 많습니다. 하지만 준비되지 않은 고요를 감당할 자신이 있는지 스스로에게 물어보십시오. 진정으로 물어보십시오. 당신이 스스로에게 정직한 대답을 내릴 수 있다면, 당신은 아마도 고요 속으로 들어갈 준비가 되지 않았을 것입니다. 만약 그 준비가 되었다면, 산으로 들어가 살아도 좋습니다.

우리는 고요를 추구하지만, 시끄러움 속에서 삶을 살아가는 존재들입니다. 소란스러움이 곧 삶입니다. 진정한 고요란 소란스러움 속에서 찾아내는 것입니다. 고요 속의 고요를 고요라고 하지 않습니다. 바람이 불지 않는 바다에 파도가 일지 않듯이, 소란스러운 인생 속에서 휴식과도 같은 고요를 찾아야 진정한 고요라 할 수 있습니다.

고요의 이상을 꿈꾸지 마십시오.

지금 당신이 딛고 선 소란스러운 자리에서 고요를 찾지 못한다면, 세상 어디에서도 진정한 고요를 찾을 수 없을 것입니다. 왜냐하면 고요는 당신이 있는 장소의 문제가 아니라, 당신이 세상과 소통하는 방식의 문제이기 때문입니다.

당신의 내면이 외부의 일들과 현상을 간섭하며 고요를 기대한다면, 그것은 불가능합니다. 소란스러움은 외부의 사건 때문이 아니라, 당신이 스스로 일으키는 에너지 때문입니다. 외부에서 벌어지는 일은 언제나 존재합니다. 하지만 그 모든 일들과의 투쟁을 멈춘다면, 비로소 당신에게 진정한 고요가 찾아올 것입니다.

죽음

당신은 하루에 죽음을 얼마나 자주 떠올리며 살고 계십니까? 죽음을 떠올리며 살아가는 삶을 권장드립니다.

살아가면서 생기는 여러 가지 일들 속에서 특히 탐욕(貪慾)이나 공포(恐怖)가 극에 달했다고 느끼신다면, 그때는 죽음을 떠올릴 때입니다. 죽음을 생각하고 명상하는 것은 탐욕의 불길을 끄는 매우 유용한 도구가 될 수 있습니다. 죽음을 자주 생각하는 사람은 탐욕의 불구덩이에 빠질 수 없습니다. 죽음 앞에서는 그 어떤 감정의 작용도 멈출 수밖에 없기 때문입니다.

감정의 소용돌이 속에서 자신에게 엄청난 부(wealth)와 명예(fame)를 가져다주는 일이거나, 그 반대로 부와 명예를 한꺼번에 잃어버릴 상황이라면 더욱 죽음을 떠올리십시오. 죽음에 대한 명상은 당신을 자유롭게 할 것입니다.

지금, 또는 앞으로 10분 이내에 스스로가 죽음에 직면했다고 생각해 보십시오. 그렇게 소중하다고 여겼던 부와 명예, 그리고 탐욕이 어떤 의미가 있겠습니까? 당장 곧 죽음을 앞둔 사람에게는 더 이상 큰 의미를 가지지 않을 것입니다.

스스로를 깊은 죽음의 명상 속으로 밀어 넣어 보십시오. 지금 당장 죽음을 마주했다고 느껴지는데도 되살아나는 감정이 있다면, 그 감정만이 오로지 살아 있는 당신이 지금 취할 수 있는 것들입니다. 감정의 불꽃이 화산처럼 폭발하려 할 때가 바로 죽음을 명상할 순간입니다.

우리는 흔히 인생에서 단 한 번의 죽음을 맞이한다고 생각합니다. 그리고 그것이 당장의 일이 아니기 때문에 지금은 염려할 필요가 없다고 여기며 내일의 일로 미룹니다. 그러나 죽음과의 대화는 매일, 매 순간 이루어져야 합니다. 우리는 언제나 삶과 죽음이 둘이 아니라고 말하지만, 사실 매 순간을 살아가며 매 순간을 죽어가고 있습니다. 지금까지 살아온 시간만큼은 이미 사라져버린 시간이며, 현재 이 순간만이 우리가 살아 있는 시간입니다. 그렇기에 모든 사람은 자신이 살아온 시간만큼 이미 죽음을 맞이한 것입니다. 10년 전, 20년 전, 30년 전의 나는 이미 죽고 없습니다. 오직 지금을 살아가는 내가 존재할 뿐입니다.

죽음은 미래의 일이 아니라 바로 지금의 일입니다. 시간이 지나면 죽음을 만날 것이라는 착각을 버리십시오. 우리는 죽음이 현재의 시간으로 다가왔을 때만 그것을 만날 수 있습니다. 그것이 찰나의 순간이라 할지라도 마찬가지입니다.

깊은 죽음의 명상 속에서 모든 감정이 다 타버리고 남은 것만이 살아 있는 당신이 취할 수 있는 진정한 감정일 것입니다. 죽음을 사랑하고 명상하며 살아가는 삶, 그것이 행복한 삶을 살아갈 수 있는 열쇠입니다.

타인의 눈

인간이 살아가면서 타인의 눈에 비친 자신을 전혀 의식하지 않고 산다면, 그 사람은 완성된 사람이라고 할 수 있을 것입니다. 하지만 대부분의 사람들은 타인의 눈에 비친 자신을 의식하며 살아갑니다.

그렇지만 타인의 눈에 비친 자신을 의식하기 전에, 자신의 눈에 비친 타인을 한 번 생각해 보십시오. 많은 것을 깨달을 수 있을 것입니다.

우리는 하루를 살아가면서도 수많은 사람들을 만나게 됩니다. 그저 스쳐 지나가는 사람이든, 거래 관계나 연인, 가족, 친구처럼 깊이 연관된 사람이든, 우리는 상대를 바라보며 평가하고 판단합니다. 물론 그러한 평가가 상대방의 진정한 상태를 완벽히 나타낸다고 장담할 수는 없지만, 우리 또한 타인을 평가하고 있다는 사실만은 분명합니다.

그렇다면 우리 자신도 누군가에게 평가받고 있다고 봐야 하지 않을까요?

그렇다면 타인의 눈에 비친 자신을 어떻게 보이고 싶으신가요? 만약 당신이 타인의 눈에 선한 사람, 박애정신(博愛精神)이 강한 사람으로 비춰지길 원한다면, 그런 삶을 실천하시면 됩니다. 당신이 진정 그러한 삶을 살고 있다면, 타인의 눈에도 그 모습이 그대로 반영될 것입니다.

사람은 본능적으로 첫 만남에서 느낀 직감이 시간이 지나서도 상당히 정확할 때가 있습니다. 만약 누군가를 보고 깡패(gangster) 같은 삶을 살아왔다고 생각했는데, 그에게서 불교의 붓다(佛陀) 같은 느낌을 받았다면, 어쩌면 그의 내면 어딘가에서 붓다적 본성이 숨 쉬고 있을지도 모릅니다.

그 사람이 말하고 행동하는 것, 그가 매일 하는 일들은 결국 표정, 몸짓, 언어, 태도로 형성되어 타인의 눈에 비치는 그의 이미지를 완성합니다. 필자 역시 같은 사람이지만, 20대, 30대, 40대, 그리고 현재의 이미지는 매우 다릅니다. 이는 직업의 변화 때문이 아니라, 그동안 살아오며 정신세계와 삶의 방식이 지금과 비슷한 방향으로 발전해 왔기 때문이라고 생각합니다. 젊은 시절의 필자는 깡패 두목처럼 보였을 정도로 공격적이고 호전적이었습니다. 심지어 제 자식들조차 그렇게 생각할 정도였습니다.

왜 그랬을까요? 당시 필자의 삶은 논쟁과 투쟁을 통해 꼭 이기고 싶어하며, 세상의 모든 부조리를 없애야 한다는 강한 정의감에 의기충천했던 시기였습니다. 하지만 지금은 누구를 만나도 제 외모를 보고 깡패 두목 같다고 말하는 이는 없습니다. 이는 단순히 외모를 바꾸고자 해서가 아니라, 삶을 살아가는 방식 자체가 바뀌었기 때문일 것입니다.

만약 타인의 눈에 비춰지고 싶은 이미지가 있으시다면, 그 이미지에 어울리는 삶을 살도록 하십시오. 당신의 몸, 얼굴, 표정에서 나타나는 모든 것은 당신의 삶의 흔적입니다. 너그럽고 사랑이 넘치는 사람으로 보이고 싶으시다면, 그에 걸맞은 삶을 실천하시면 됩니다. 그렇게 하면 당신의 모습은 자연스럽게 타인의 눈에 그리 비치게 될 것입니다.

백범 김구 선생의 젊은 시절 사진과 노년의 사진은 완전히 다른 사람처럼 보일 만큼 큰 변화를 보여줍니다. 과거를 알고 싶으신가요? 그렇다면 오늘의 당신 모습을 보십시오. 그것이 과거의 당신입니다. 내일을 알고 싶으신가요? 그렇다면 오늘의 당신을 보십시오. 그것이 미래의 당신입니다.

불교의 삼세인과경(三世因果經)의 가르침처럼, 타인에게 비춰지는 모습은 따로 존재하지 않습니다. 오늘의 당신이 곧 미래의 당신입니다. 서로를 사랑하십시오. 많이 웃으십시오. 그러면 당신의 미래는 웃음과 사랑으로 가득 찰 것입니다.

명예

사람들은 어떻게든 자신이 살아가고 있다는 사실을 인정받고 싶어 합니다. 이러한 인정받고자 하는 욕구가 곧 명예(名譽)를 추구하는 욕구로 이어집니다.

명예롭다는 말은 타인의 인정 속에서 생겨난다고 생각하기 때문에, 이를 완전히 부정할 수는 없습니다. 그렇다면, 불명예스럽다는 말은 타인의 인정을 받지 못했다는 것을 의미하는 걸까요?

왜 인간은 타인의 인정을 그렇게 필요로 하고, 명예를 그토록 갈구할까요? 이는 인간이 무리를 지어 살아가기 시작하면서 자연스럽게 생겨난 감정 작용 중 하나라 볼 수 있습니다.

인정결핍(認定缺乏)이라는 말이 있습니다. 이는 끊임없이 누군가로부터 인정을 받지 못할 때 결핍의 상태를 느끼는 것을 의미합니다. 이러한 상태는 일종의 질병(疾病)이라 할 수 있으며, 심할 경우 여러 형태의 정신장애로 이어질 수 있습니다. 하지만 당사자는 이를 알아차리지 못하고 바닷물을 마신 것처럼 끝없는 목마름으로 또 다른 인정을 갈구하게 됩니다.

인정의 욕구를 완전히 없애는 것은 어렵다고 하더라도, 우리는 이 욕구를 다스릴 방법을 찾아야 합니다. 많은 사람들은 부(wealth)와 권력(power)이 곧 명예와 동일하다고 여기며, 명예가 있어야만 누군가를 도울 수 있다고 생각합니다. 그래서 돈과 명예, 권력을 갖는 이유를 "마음대로 돕고 싶은 사람에게 도움을 줄 수 있는 힘을 얻기 위해서"라고 말하기도 합니다.

만약 선한 영향력을 위해 돈, 명예, 권력이 필요하다고 생각한다면 세상은 이미 천국이 되어야 할 것입니다. 왜냐하면 현재도 이 세 가지를 가진 사람들이 많기 때문입니다. 그럼에도 세상이 천국이 되지 못한 이유는 무엇일까요?

그 이유는 명예, 돈, 권력을 가진 사람들이 선한 영향력을 행사하지 않았거나, 그들이 처음 생각했던 것만큼 그것들이 누군가를 돕는 도구가 되지 못했거나, 소유 후에 돕고자 하는 의지가 사라졌기 때문일 가능성이 높습니다. 이러한 관점에서 볼 때, 자신이 인정받고자 하는 욕구 또한 다시 한 번 재고해 볼 필요가 있지 않을까요?

인정이란 누군가에게 받아야 하는 숙제 검사가 아닙니다. 또한 억지로 얻어낼 수 있는 것도 아닙니다.

인정은 자신의 삶이 거울에 비추어지는 모습과 같습니다. 당신이 진심으로 사랑하며 살아가는 매일의 삶이 타인에게 비추어지는 거울인 것입니다. 그 거울 속 당신의 모습을 타인들은 자연스럽게 인정하게 됩니다. 그 과정에 부와 명예, 권력이 반드시 필요한 것은 아닙니다.

진정한 명예란 그 사람이 살아온 시간이 만드는 그림자와 같습니다. 그것을 만드는데 돈이나 권력이 꼭 필요한 것은 아닙니다. 그러나 돈이나 권력을 명예롭게 사용한 사람들의 삶을 평가절하할 필요도 없습니다. 때로는 돈이 어떤 명예보다도 소중하게 쓰이는 경우도 있으며, 이를 통해 명예가 생겨나기도 합니다.

돈, 명예, 권력, 인정의 욕구라는 삶의 네 가지 기둥의 균형을 잘 맞출 때, 그 위에 인생이라는 멋진 집을 완성할 수 있을 것입니다.

티

우리가 흔히 쓰는 표현 중에 "때깔난다"라는 말이 있습니다. 인간은 다양한 방식으로 정보를 수집하고, 그 결과를 통해 그 사람이 어떤 사람인지 판단하는 기준으로 삼습니다. 이 기준 중 첫 만남에서 상대를 판단하는 가장 큰 요소는 바로 느낌입니다.

그 느낌은 여러 형태로 다가오며, 이를 "티"라고 표현하기도 합니다. "티가 난다"라는 말은 무언가가 그렇게 보여지고 느껴진다는 의미입니다. 대표적으로 "부티 난다", "귀티 난다"라는 표현이 있습니다. 이는 각각 "부자처럼 느껴진다", "귀하게 느껴진다"라는 뜻으로 바꿔 표현할 수 있습니다. 하지만 '귀한 것'과 '부자인 것'은 엄연히 다른 개념입니다.

그렇다면 귀티와 부티는 어떻게 다를까요?

먼저 부티는 부자처럼 느껴진다는 뜻으로, 돈이 많아 보인다는 의미를 담고 있습니다. 그런데 돈이 많아 보인다는 것을 어떻게 알 수 있을까요? 그 사람이 타고 있는 자동차, 입고 있는 옷, 액세서리, 전반적인 차림새를 통해 느껴지는 것이 바로 부티입니다. 이는 결국 돈으로 치장한 모습을 부티 난다라고 보는 것이죠. 부티를 나타내기 위해서는 돈으로 충분히 가능하며, 이는 타인의 시선을 중요하게 생각하는 사람에게서 자주 발견됩니다. 하지만 그런 부티는 돈이 사라지면 함께 사라지는 것입니다.

한편, 또 다른 느낌으로 우리가 자주 쓰는 표현인 "카리스마(charisma)"와 "아우라(aura)"라는 말은 돈으로 만들어낼 수 없습니다. 이는 내면의 단단함, 행동, 말투, 걸음걸이, 자신감 등에서 우러나오는 독특한 느낌입니다.

필자 또한 카리스마가 강하다는 말을 자주 들었습니다. 하지만 이제 나이가 들면서, 카리스마와 함께 대화를 나눌 때 "참 편안하다"는 말도 함께 듣곤 합니다. 이는 아마도 살아온 인생의 궤적이 몸에 배어 나오는 향기 때문은 아닐까 감히 생각해 봅니다.

그리고 귀티 나는 사람이 있습니다. 귀티 나는 사람이란 부티 나는 사람과는 완전히 다른 유형의 사람입니다. 귀티는 상대에게서 느껴지는 고결함, 단아함, 우아함, 정직함, 투명함을 의미합니다. 귀티는 결코 돈으로 살 수 없는 아름다움이며, 이는 나이와 무관하게 존재합니다.

오드리 헵번(Audrey Hepburn)의 젊은 시절과 나이 든 모습은 이를 대표적으로 보여줍니다. 또한, 선종하신 김수환 추기경처럼 생김새가 미남이라고 할 수 없는 경우에도 그의 모습에서 느껴지는 이미지는 바로 귀티입니다. 귀티란 개인이 살아온 시간의 흔적이 자연스럽게 드러나는 것입니다.

부티 나는 사람은 타인의 시선으로 인해 잠시 행복을 느끼지만, 이러한 시선이 사라지면 부티도 신기루처럼 사라집니다. 반면에 귀티 나는 사람은 주변 사람들에게 행복 에너지를 전달합니다. 단지 그 사람을 생각하는 것만으로도 기분이 좋아지고, 그와 함께 있을 때 행복해지는 사람이 바로 귀티 나는 사람입니다. 귀티 나는 사람은 스스로 행복 에너지가 넘치는 사람이며, 이 에너지가 자연스레 타인에게 전해지는 것입니다.

귀티 나는 사람으로 살고 싶다면, 당신의 하루를 돌아보십시오. 매일의 말, 행동, 생각이 모여 당신이 귀티 나는 사람으로 비춰지는지 아닌지를 결정한다는 사실을 잊지 마십시오. 귀티 나는 사람의 길은 따로 존재하지 않습니다. 지금 당신이 마주하고 있는 시간 속에서의 모든 행동이 당신의 '티'를 결정짓습니다. 오늘도 귀한 하루가, 귀티 나는 당신의 인생으로 이어지길 응원합니다.

삶의 지혜 008

치유

사람은 살아가며 겪게 되는 고통이나 아픈 기억들을 어떻게든 치유받고 싶어합니다. 그 치유 방법 중 가장 흔한 방법 중 하나는 자신이 받은 고통을 타인에게 이야기하며 공감(共感)을 나누고, 한바탕 울고 나서 치유되는 것입니다. 많은 사람들이 이러한 경험을 통해 치유의 효과를 알고 있습니다. 그래서 동병상련(同病相憐)이라는 말이 생겨난 것이죠.

"같은 병을 앓는 사람은 내 마음을 잘 이해한다"고 표현하기도 하지만, 이는 곧 타인이 나의 입장을 잘 헤아린다는 의미로 바꿔 말할 수 있습니다.

얼마 전, 필자도 치유의 느낌을 받았습니다. 사랑하는 아내나 자식을 예정에 없이 갑작스런 죽음으로 떠나보낸 고통이란, 경험하지 않은 사람은 이해하기 어려운 아픔입니다. 필자 역시 사별(死別)의 고통을 여러 차례 겪었습니다. 절친한 친구 세 명을 먼저 떠나보냈고, 젊은 나이에 누나를 잃었습니다. 최근에는 아내와의 사별까지 겪었습니다.

그러던 중 최근에 만난 그녀를 통해 치유받는 느낌을 받았습니다. 그녀 또한 사별의 아픔을 간직한 채 21년을 살아온 분이었습니다. 갑작스러운 남편의 사별 이후 무너져 내릴 것 같았던 그녀의 정신세계를 지탱한 것은 그녀의 아들이었던 것 같습니다. 누군가 앞에서 크게 눈물 흘린 후 상처가 아물고 치유되는 것을 필자는 새삼 깨닫게 되었습니다.

우리는 흔히 타인의 고통을 이해하는 척하지만, 동일한 고통을 겪어보지 않은 사람은 그 고통의 크기가 얼마나 큰지 알지 못합니다.

"내가 네 마음 다 알아."라는 말은 매우 위험한 말입니다. 어떻게 내 마음조차 잘 모르는데 타인의 마음을 안다고 할 수 있겠습니까? 이런 표현보다는 함께 울어주는 편이 훨씬 낫습니다.

한바탕 통곡과 눈물을 함께 흘리고 나면, 이는 상대의 마음을 이해하는 방식이 될 수 있습니다. 그 과정에서 과거의 고통의 조각들이 떨어져 나가고, 그 자리에 새살이 돋아나는 것을 느낀다면 그것처럼 좋은 치유는 없을 것입니다.

지혜로운 사람은 고통을 외면하지 않습니다. 고통과 마주하며, 그 고통이 자신에게 보내는 모든 감정과 대면한 후에야 고통으로부터 자유로워질 수 있습니다. 또한, 지혜로운 사람은 타인의 고통에 공감하는 방법으로 역지사지(易地思之), 즉 입장을 바꿔 생각하고 느끼는 능력이 뛰어납니다.

이는 공감의 깊이가 깊어질수록 타인의 감정을 이해할 수 있는 깊이 또한 커지기 때문입니다. 타인의 감정을 깊이 이해하는 것은 인간관계에서 가장 뛰어난 정신세계 소유자가 할 수 있는 일입니다.

당신 주변의 많은 사람들과 공감하고, 사랑하며, 이해하며 살고 싶다면 타인의 감정을 공감하고 고통을 나눌 줄 아는 사람이 되어야 합니다. 그 첫걸음이 바로 경청(傾聽)입니다. 필자가 가장 부러워하는 사람은 타고난 경청의 능력을 가진 사람입니다. 말을 잘하는 것은 쉽지만, 말을 잘 들어주는 것은 어렵습니다. 그리고 들어주는 말을 공감한다고 느끼게 만드는 것은 더 어렵습니다.

모든 치유는 깊은 경청에서 시작됩니다. 오늘도 누군가의 마음을 듣는 데 온전히 귀 기울이는 하루가 되시기를 바랍니다.

선택하지 않을 용기

선택을 강요받는 세상에서 자기중심을 가지고 아무것도 선택하지 않을 용기를 가지고 살아간다는 것은 얼마나 어려운 일일까요?

우리는 태어날 때부터 선택을 강요받는 교육 환경 속에서 자라왔습니다. 이로 인해 어떤 것이든 반드시 선택해야만 한다고 생각하며 성장했습니다. 예를 들어, 첫 돌에 행해지는 돌잡이는 결국 아이가 무엇인가를 선택하도록 유도하는 것입니다. 또한, 아이가 말을 배우기 시작할 무렵 부모님이 자주 묻는 질문이 "엄마가 좋아? 아빠가 좋아?"처럼 선택을 강요하는 형태로 나타납니다.

게다가 성장하는 과정에서도 둘 중 하나를 선택하거나 여러 가지 중 하나를 골라야 하는 상황들을 끊임없이 경험합니다. 그러다 보니 선택하지 않는 것에 대한 불안과 선택하지 않음으로 인해 불이익이 생기지 않을까 걱정하는 마음이 생기곤 합니다.

하지만 우리가 진정으로 추구하는 평화로운 삶, 행복, 그리고 깊은 사랑이 충만한 삶은 어느 한 측면에서 보면 선택하지 않을 용기를 가진 사람들이 얻을 수 있는 축복이 아닐까 생각됩니다. 미움을 강요하는 사회 속에서 아무것도 미워하지 않을 용기를 가진 사람만이 진정한 평화를 체험할 수 있습니다.

미워하는 국가, 사람, 정당, 종교 등 우리가 미워하는 대상들이 실제로 세상 모든 사람들에게 미움받는다고 착각해서는 안 됩니다. 그 미움은 오로지 당신 안에서만 존재합니다. 그리고 그 미움을 안고 살아갈 것인지, 아니면 아무것도 미워하지 않을 것인지에 따라 삶은 크게 달라질 수 있습니다. 하지만 대개는 그 차이를 자각하지 못한 채 살아갑니다.

세상이 강요하는 미움에서 벗어나 보십시오. 그것이야말로 아무것도 선택하지 않은 삶이 얼마나 자유로운지를 깨닫게 해줄 것입니다.

그러나 이 말이 모든 것을 막무가내로 선택하지 말라는 뜻은 아닙니다. 우리 삶 자체는 매 순간 선택의 연속이기 때문입니다. 하지만 그 선택들 중에는 하지 않아도 될 것들이 너무도 많습니다. 만약 선택으로 인해 책임과 고통, 시끄러움이 시작될 것이라면, 스스로에게 이것이 정말 선택해야 할 일인지 다시 한 번 물어보십시오.

미워하지 않을 용기도 마찬가지입니다. 주변에서 미움을 강요받는 상황에서도 아무것도 미워하지 않을 용기를 실천한다면, 그리고 선택하지 않는 일들과 미워할 것들을 그대로 내버려 둔 채 시간이 흐르는 것을 지켜볼 수 있다면, 많은 일들은 결국 가야 할 자리에 도달하게 될 것입니다.

아무것도 선택하지 않을 용기, 아무것도 미워하지 않을 용기. 이것은 비겁함이 아닙니다. 오히려 자유로 가는 고속도로의 톨게이트를 통과하는 삶의 새로운 시작입니다.

삶의 지혜 010
무지

진정한 앎(知)이란 자신의 무지(無知)를 발견하는 일이자, 자신이 얼마나 모르고 있는지를 깨달아가는 과정입니다. 앎이란 알아가면 알아갈수록 오히려 모르는 것이 더 많다는 것을 깨닫는 일이기도 합니다. 그래서 진정한 앎이란 나의 무지 앞에서 겸손해지는 것입니다.

책을 많이 읽고, 학문과 지식이 쌓이면 쌓일수록 가장 경계해야 할 것은 바로 내가 알고 있다고 착각하는 것입니다. 세상의 모든 진리를 탐구하고, 물리 과학을 연구하며, 모르는 것을 알아가는 과정은 모든 것을 알기 위함이 아니라, 내가 모른다는 것을 깨닫고 인정하기 위함입니다.

세상의 지식 앞에서 "나는 어떻게 살아가야 하는가?"라는 질문에 스스로 답해본 적이 있으신가요? 만약 이 질문에 대한 답을 쉽게 찾을 수 없다면, 당신은 이미 무지를 깨달은 사람입니다.

무지를 깨달은 사람만이 세상과 투쟁하지 않습니다. 세상의 모든 투쟁은 자신이 알고 있는 것이 진리의 전부라고 착각하는 데서 비롯됩니다. 우리가 TV에서 본 수많은 토론 프로그램의 패널들 역시 이런 착각으로 인해 오만함을 드러내는 모습을 보일 때가 많습니다.

오래전부터 모든 선지자들은 자신들이 앎의 한계를 충분히 깨달은 사람들이었습니다. 그들은 또한, 아는 양이 많아질수록 모르는 것도 많아진다는 평범한 진리를 이미 깨달은 이들이었습니다.

앎이란 그 양에 비례하여 모름을 알아가는 과정입니다. 따라서 삶 속에서 벅찰 만큼의 감동이 매일 밀려오는 삶을 살고 싶다면, 오늘도 자신이 모르는 것을 배우고 깨달아가려 노력하십시오. 그 하루가 내일의 궁금증과 호기심을 더욱 풍성하게 할 것입니다.

그런 사람은 죽는 날까지도 청춘(靑春)입니다. 날마다 앎을 통해 성장하며, 자신이 모르는 무지 앞에서 겸손을 유지하는 삶을 살아가시길 바랍니다.

검투사

영화 글래디에이터(Gladiator)는 약 20년 전, 러셀 크로우가 주연을 맡았던 작품입니다. 영화의 긴 내용 중에서도 기억에 남는 장면은 검투사들의 목숨을 건 격투 씬일 것입니다.

많은 이들이 격투기 선수에 열광하는 이유는 아마도 자신이 직접 해보고 싶은 일에 대한 대리만족 때문이 아닐까 생각됩니다. 수만 년 전, 사피엔스(Sapiens) 조상들은 생존을 위해 수컷들이 끊임없이 강해져야 했습니다. 그 유전자가 지금까지 이어져 내려오고 있지만, 현대 사회에서 강한 남자의 기준은 과거와 많이 달라졌습니다. 이제는 단순히 힘이 세고 싸움을 잘하는 남자가 강한 남자로 여겨지지 않습니다. 왜냐하면 세상에서 사냥의 방식이 바뀌었고, 사냥감 또한 달라졌기 때문입니다.

수만 년 전, 사피엔스 남성 조상들에게 가장 큰 화두는 생존이었습니다. 언제부터 가족이라는 개념이 생겼는지 정확히 알 수는 없지만, 본능적으로 자신의 배우자와 자식을 먹여 살리고 보호하려는 본능은 오래전부터 존재했을 것입니다. 세상을 살아가는 '게임의 법칙'은 항상 변해왔고, 변한 게임의 법칙과 규칙에 빨리 적응하는 사람이 현대 사회에서는 최고의 사냥꾼이 되지 않을까 생각합니다.

현대 사회에서 사냥감은 바로 '돈'이라고 할 수 있습니다. 그러나 돈을 버는 방식이 급속도로 변하고, 상상도 하지 못한 새로운 방식들이 계속 등장하면서, 자신이 현재 하고 있는 방식과는 전혀 다른 게임의 법칙이 세상을 지배하는 일이 빈번히 일어나고 있습니다.

지난 30년간, 우리의 주머니에서 돈을 가져간 수많은 것들을 떠올려 보십시오. 카카오톡, 네이버, 배달의 민족, 쿠팡(Coupang), 유튜브(YouTube), 블로그, 페이스북(Facebook), 넷플릭스(Netflix)와 같이 새로운 방식의 사냥 기술이 발전하면서, 이들이 세상의 돈과 시간을 지배하기 시작했습니다. 앞으로도 이러한 새로운 게임의 법칙은 끊임없이 등장할 것입니다.

그렇다면 이 전쟁터와 같은 세상에서 생존하려면 어떤 검투사(gladiator)가 되어야 할까요? 미래를 바라보고 성공을 이루기 위해 어떤 격투기 선수(fighter)가 되어야 할까요? 이를 잘 이해하는 사람만이 변화하는 사냥의 방식과 기술에 적응하며 발전과 성공을 이룰 수 있을 것입니다.

현재 어떤 직업을 가지고 계시든, 지금 당신이 직업에 적응한 방식이 아닌 새로운 방식이 등장할 가능성을 항상 염두에 두어야 합니다. 나아가, 지금의 직업 자체가 사라질 가능성도 고려해야 합니다. 특히 자영업자라면 업종의 변화 주기가 훨씬 더 빠르다는 사실을 깊이 이해해야 합니다.

사냥과 농업이라는 과거의 게임의 법칙이 새로운 기술 혁명과 함께 바뀌며, 새로운 사냥 방식이 세상을 지배하고 있음을 인정해야 합니다. 나이가 많든 적든, 새로운 게임의 법칙에 빠르게 적응하는 사람만이 새로운 세대의 뛰어난 검투사, 뛰어난 격투기 선수가 될 수 있습니다.

새로운 시대의 검투사와 격투기 선수가 갖춰야 할 첫 번째 덕목은 바로 유연한 사고(flexible thinking)입니다. 모든 것이 항상 변한다는 사실을 이해하고 이에 적응하는 훈련이야말로 이 시대의 최고의 사냥꾼으로 가는 길이 아닐까요? 앞으로의 미래를 준비하기 위해, 오늘도 이 유연한 사고를 가꾸며 도전하는 하루가 되시길 바랍니다.

겸손과 아부

겸손(謙遜)과 아부(阿附)는 겉으로 보기에 종이 한 장 차이 같지만, 맥락을 살펴보면 큰 차이를 지닙니다. 겸손은 내면이 탄탄하고 정신세계의 지경이 넓은 사람이 세상과 대하는 방식입니다.

진정한 겸손은 강함에서 나옵니다. 여기서 강함이란 외적으로 드러나는 힘이 아니라, 그 힘을 만들어내는 내면의 에너지(energy)를 말합니다. 이 에너지는 삶의 근본이며, 그 근본이 탄탄한 사람만이 진정한 겸손을 실천할 수 있습니다. 이러한 에너지가 밖으로 표출되는 형태가 바로 겸손입니다.

반면, 아부는 스스로 만들어내는 에너지가 부족하고, 내면세계와 정신세계가 빈곤한 사람이 자신의 부족함을 감추기 위해 하는 행동입니다. 내면이 성숙하여 완성에 가까운 사람은 겸손 속에서도 함부로 대할 수 없는 비범함이 드러납니다. 외적으로는 약해 보일 수 있지만, 그 정신세계의 강함은 금강석(金剛石)처럼 견고하여 어떠한 어려움에도 쉽게 굴복하지 않습니다.

아부는 강한 사람에게는 약하고, 약한 사람에게는 강한 특성을 가지고 있습니다. 반면, 겸손은 강한 사람에게는 곧은 절개(節介)로 자신을 지키고, 약한 사람에게는 한없이 부드럽게 대하는 특징이 있습니다.

아부는 외부의 소란스러운 소리에 민감하지만, 겸손은 자신의 내면의 소리에 집중합니다. 크게 성공한 사람들의 내면은 외부의 소란스러운 소리에 흔들리지 않습니다. 그러나 실패한 사람은 외부의 소리에 민감하게 반응합니다. 마찬가지로, 크게 성공한 사람은 타인의 평가에 둔감하지만, 실패한 사람은 타인의 평가에 지나치게 민감합니다.

그렇기에 크게 성공한 사람은 자신의 일에 집중할 수 있는 반면, 실패한 사람은 자신의 일에 집중하기보다는 타인의 시선에 집착합니다. 세상의 모든 승부가 자기 자신에게 달려 있다는 것을 깊이 깨닫고, 자기 자신에게 집중할 수 있는 사람에게 성공이 찾아옵니다.

오늘도 자신의 내면에 귀 기울이며, 겸손함으로 삶을 살아가시길 바랍니다. 이것이 진정한 성공과 성숙을 이끄는 길일 것입니다.

관계 설정

아픔은 밖에서 오는 것이 아니라 자기 안에서 생겨난다는 것을 이해하기까지 오랜 시간이 걸렸습니다.

살아가며 느끼는 아픔의 대부분은, 우리가 스스로 관계를 어떻게 설정하느냐 에 따라 그 관계에서 파생된 문제들로 인해 발생합니다. 이는 사람과의 관계뿐 아니라, 자신과 세상의 모든 대상과의 관계에서도 마찬가지입니다.

사람은 누구도 관계를 맺는 이가 단 한 명도 없이 살아갈 수 없습니다. 가족, 친 구, 직장 동료는 물론이고, 필연적으로 얽히는 인연들까지 포함하면 우리는 다 양한 인간관계를 맺으며 살아가게 됩니다.

이러한 인간관계 속에서 파생된 문제들이 대개 고통으로 다가옵니다. 하지만 관계를 담백하고 단순하게 유지하는 것은 고통으로부터 멀어질 수 있는 좋은 방법 중 하나입니다. 인간관계에서 생기는 고통은 내 스스로 만들어내는 것이 아닙니다. 오히려 그 사람이 나를 바라보는 시각에 따라 변화할 수 있습니다. 예를 들어, 아내의 지인들이 아내의 남편인 나를 평가하는 기준이 나에게 고통 으로 다가왔다면, 그것은 그들이 나를 어떻게 보는지가 중요한 것이 아니라, 내 가 그 관계를 어떻게 바라보느냐에 달려 있습니다.

관계 설정에서 오는 고통은, 내가 그 관계에서 발생한 모든 일들을 어떻게 받아들이느냐에 따라 결정됩니다. 많은 인간관계 속에서 우리는 그 관계의 의미를 부여하고, 그 의미가 고통을 야기한다고는 생각하지 못합니다.

그래서 스스로 다짐해야 할 것은, 그 어떤 관계도 내가 허락하지 않는다면 고통을 가져다줄 수 없다는 확고한 의지로 관계를 설정하는 것입니다. 관계에서 오는 모든 고통은, 그 관계를 내가 무겁게 받아들이고 인정할 때에만 발생합니다. 그러나 관계를 받아들이는 방식은 사람마다 다를 수 있습니다. 특히, 자식과 부부 간의 관계에서 이러한 차이가 두드러집니다.

만약 자식으로부터 고통을 느꼈다면, 자식과의 관계 설정이 너무 무겁지는 않았는지 돌아볼 필요가 있습니다. 내가 스스로 자식에 대한 지배권이나 영향력, 경제력에 무게를 두고 있다면, 그것이 고통을 불러왔을 가능성을 이해해야 합니다. 이를 이해할 때만 자식과의 관계를 담백하게 이끌어 나갈 수 있을 것입니다. 부부 관계나 아내의 지인들과의 관계도 같은 맥락으로 바라봐야 합니다. 결국, 나를 기준으로 한 인간관계 설정의 무게가 고통을 동반한다고 이해했다면, 모든 관계를 담백하고 가볍게 만들 필요가 있습니다. 그 어떤 관계도 그 관계에 특별한 의미를 부여하고, 그 의미에 무게를 실을수록 고통에서 벗어나기 어려워질 수 있습니다.

스스로 관계 설정에 집중하십시오. 그리고 관계의 무게가 가벼운 것과 무거운 것이, 관계 당사자에게 보내는 사랑과 마음의 크기와 동일하지 않다는 것을 이해하십시오. 이 점을 이해하고 관계를 설정한다면, 당신은 그 어떤 고통으로부터도 자유로워질 수 있을 것입니다.

살불살조

"살불살조(殺佛殺祖)"라는 불가(佛家)의 유명한 말이 있습니다. 이는 중국 고승 임제선사(臨濟禪師)의 어록에 등장하는 구절로, 이 말을 깊이 이해하면 얼마나 간단명료하면서도 지혜로운 삶을 사는 데 도움이 되는지 알 수 있습니다.

불도를 닦는 수행자들에게 전해지는 "부처를 만나면 부처를 죽이고, 조사를 만나면 조사를 죽이라"는 말이 바로 이 "살불살조"의 핵심입니다. 그렇다면 왜 임제선사는 이런 말을 남겼을까요?

"부처를 만나면 부처를 죽이라"는 이유는, 당신이 만난 부처가 참된 부처가 아니기 때문입니다. 부처는 명상에서 오는 것도 아니고, 말이나 글로 다가오는 것도 아닙니다. 부처라는 존재는 그 방식이나 본질을 말로 설명할 수 없습니다. 그것은 감각이나 느낌의 차원에 속합니다. 부처를 안다고 생각하는 순간, 진정한 부처는 이미 놓치고 만 것입니다. 그래서 부처를 죽이라고 한 것입니다.

이 말에서의 부처는 절에서 볼 수 있는 석가모니불(釋迦牟尼佛)을 가리키는 것이 아닙니다. 이는 내 안에 존재하는 부처를 찾는 일을 말합니다. 자기 안에 원래부터 존재하던 부처를 깨닫는 일이지, 외부의 부처의 말씀에 의존하여 그 말씀대로 살아가는 것을 의미하지 않습니다. 그렇기 때문에 임제선사는 "살불살조"라고 했던 것입니다.

우리는 삶 속에서 종종 유명한 사람들, 박사들, 종교 지도자들의 말을 삶의 기준으로 삼고 살아가는 경우가 있습니다. 그러나 그것이 삶의 진정한 기준이 될 수는 없습니다. 당신의 삶의 기준은 당신 스스로 정해야 하며, 그 기준이 어떤 방식으로 작동하든지 간에 당신 스스로 관찰하고 이해할 수 있어야만 그것이 진정한 당신의 삶이 됩니다.

타인의 눈으로 살아가거나 타인의 말로 살아가는 것은 거짓된 삶입니다. 당신 자신의 언어로 살아야 합니다. 자신의 언어로 산다는 것은 당신이 스스로 언어를 생산할 수 있을 때 가능한 일입니다. 그때야말로 부처가 당신에게 찾아가는 것이 아니라, 당신 내면에서 자연스레 드러나는 것입니다. 부처는 만나는 것이 아닙니다. 왜냐하면 부처는 외부에 있는 것이 아니라, 당신 안에 있기 때문입니다.

부처는 찾아내는 대상입니다. 당신 안에 잠들어 있는 부처를 발견하고 깨우는 일이야말로 진정한 자신을 찾는 길로 들어서는 것입니다. 이는 지금까지 외부에서 얻어온 지식이나 앎으로 해결될 일이 아님을 깊이 통찰해야 합니다. 당신 안에서 스스로 발현하는 부처를 발견할 때만이 진정한 자유와 깨달음의 길에 들어섰다고 할 수 있습니다.

이를 위해 충분한 지식을 습득하고 이해하는 능력을 키우는 일도 중요하지만, 스스로 습득한 지식을 통해 세상을 재단하려는 나쁜 습관부터 버려야 합니다. 지식이 높고 아는 것이 많은 사람일수록 세상을 자기 잣대로만 바라보는 경우가 많습니다. 그러나 지식은 과거의 죽은 시간에서 생산된 것이며, 지혜는 아직 오지 않은 미래를 통찰하는 능력입니다.

만약 과거의 지식을 통해 미래를 통찰할 수 있는 사람이 있다면, 이는 지식의 양이 아니라 지혜의 양이 늘어난 덕분입니다. 지혜의 양을 늘리기 위해서는 지식을 절대적 진리로 여기지 말아야 합니다. 자신이 가진 지식의 틀에서 벗어날 때 비로소 지혜의 문이 열립니다.

"살불살조"란 부처의 말에 속지 말고, 조사의 말에 속지 말라는 것입니다. 과거를 살아간 사람들의 언어에 불과한 그것들을 맹목적으로 따르지 말라는 뜻입니다. 대신, 그 언어를 통해 당신만의 언어를 창조할 수 있을 때 비로소 진정으로 자유로운 당신의 삶이 열릴 것입니다. 이제 당신 안에 잠든 부처를 깨우기 위한 여정을 시작해 보십시오.

불행

불행(不幸), 그것은 찾아오는 것일까요? 아니면 선택하는 것일까요?

우리는 누구나 행운이 깃들고 불행이 오지 않기를 바랍니다. 그래서 불행한 일이 생기지 않기를 기도하며, 불행이 자신에게 찾아오지 않기를 간절히 바라곤 합니다. 하지만 많은 사람들이 오해하고 있는 점은, 불행은 스스로의 선택에 의해 생겨난 것이지, 외부에서 찾아오는 것이 아니라는 사실입니다. 대부분의 불행은 자신의 선택에서 비롯됩니다.

이에 대해 불행이 선택에 의해 생겨났다는 말을 받아들이지 못하거나, "그게 말이 되는 소리냐"며 반박할지도 모릅니다. 그러나 필자는 여전히 불행이 선택의 결과물이라는 주장을 하고 싶습니다.

니체(Friedrich Nietzsche)의 유명한 말, 아모르 파티(Amor Fati)는 "운명을 사랑하라"는 뜻입니다. 누구에게나 불행하다고 느껴지는 일은 생길 수 있습니다. 그러나 그로 인해 고통받고, 인생이 나락으로 떨어졌다고 말하는 이들은 자신의 불행을 스스로 선택하고 있는 경우가 많습니다.

만약 불행이 단순히 외부에서 찾아오는 것이라면, 똑같은 불행한 사건을 겪은 모두가 같은 방식으로 불행에 빠져야 하지 않을까요? 예를 들어, 한날한시에 사고를 당해 한쪽 손을 잃은 100명의 사람들이 있다고 가정해 보겠습니다. 이들이 모두 똑같이 불행해지고, 인생이 나락으로 떨어졌을까요? 아닙니다. 사고 후 몇 년이 지나 다시 이들에게 질문을 던져본다면, 아마도 일부는 그 사고가 인생의 전환점이 되었다고 말하며 지금은 더 행복한 삶을 살고 있을지도 모릅니다.

이렇듯 불행은 객관적인 상황이 아니라 지극히 주관적인 결정에서 비롯됩니다. 불행한 이유를 직장, 가정, 사고 등 외부 요인으로 돌릴 때, 그 불행은 끝없이 이어질 뿐입니다. 불행을 선택적으로 받아들인다는 점에서 불행은 다분히 선택적입니다.

특히 직장생활에서 많은 사람들이 불합리한 업무 지시나 과도한 업무로 인해 불행하다고 느끼곤 합니다. 불행하다고 여긴다면 그 직장을 떠나 다른 일을 찾으면 됩니다. 그러나 현실에서 그렇게 행동하는 사람은 많지 않습니다. 대신 불행 속에 머물며, 자신이 참고 견디고 있다고 여깁니다. 그러면서 삶을 정당화하며 스스로 "이 생은 틀렸다"고 생각할지도 모릅니다.

그렇다면 문제의 본질은 무엇일까요? 바로 상황을 받아들이는 방식에 달려 있습니다. 똑같은 상황에서도 이를 불행으로 받아들이느냐, 아니면 기회로 보느냐의 차이는 전적으로 본인에게 달려 있습니다.

불행을 끊임없이 찾는 사람들은 새로운 이유를 만들어내며 불행을 반복합니다. 그러나 불행은 외부에서 주어지는 것이 아니라, 당신 스스로의 선택과 판단에서 비롯된다는 것을 기억하십시오.

운명을 사랑하라, 니체의 말처럼 당신의 운명을 사랑할 준비가 되어 있을 때,

당신의 인생은 행운으로 가득 찬 여정이 될 것입니다. 어떠한 일이 닥치더라도 이를 받아들이는 방식을 통해, 진정으로 자유롭고 행복한 삶을 만들어가시길 바랍니다.

만남

어떤 특별한 일이 우리의 삶을 바꾸고 만들어가는 것이라고 생각하기 쉽지만, 실제로는 우리가 살아가며 만나는 많은 것들이 곧 우리 자신이 됩니다.

만나는 사람, 먹는 음식, 하는 생각과 행동… 이 모든 것이 지금 이 순간 당신을 스쳐 지나가며 어떤 형태로든 흔적을 남기고, 그 흔적들은 당신이라는 사람의 인격을 형성하여 타인에게 보여집니다. 선한 사람도, 악한 사람도 따로 존재하는 것이 아니라, 선한 생각과 말, 선한 사람과 자주 만나면 선한 사람이 되고, 악한 생각과 말, 악한 사람과 자주 만나면 악한 사람이 되는 것입니다.

필자는 타고난 선함과 악함이 따로 존재한다고 믿지 않습니다. 지난 시간을 돌이켜보면, 필자 역시 살면서 많은 변화와 선택을 통해 지금의 모습에 이르렀습니다. 젊은 시절 필자는 대식가였으며, 밀가루 음식, 튀긴 음식, 육류 위주의 식사를 보통 사람보다 두 배 이상 섭취하곤 했습니다. 짜장면 곱빼기를 두 그릇 먹는 것은 기본이었습니다. 한때 체중이 120kg까지 늘었지만 이후 체중 감량을 통해 아마추어 사이클링 팀 선수로 활동하며 77kg까지 감량하고 이를 유지했습니다. 결국, 먹는 음식이 필자를 바꿔 놓았고, 하루를 보내는 방식이 필자를 바꾸어 놓았습니다.

만나는 사람 또한 경계해야 합니다. 사람은 어떤 형태로든 타인에게 흔적을 남기게 되며, 말과 생각이 거친 사람과 어울리면 스스로 군자의 도리를 지키는 삶을 살아가기란 어렵습니다. 과도한 음주와 유흥, 쾌락을 즐기는 삶 역시 경계해야 합니다. 그런 삶이 깊어질수록 삶의 목적이 쾌락으로 흐르기 쉽습니다. 쾌락은 결국 쾌락의 노예로 살아가게 만들며, 더 강력한 쾌락을 찾다 보면 마약과 같은 위험한 선택을 하게 될 수도 있습니다.

대중의 열광에 대해서도 경계할 필요가 있습니다. 군중심리는 자신이 지켜야 할 가치와 정신세계를 송두리째 무너뜨릴 수 있습니다. 연예인, 스포츠 스타, 정치 집회나 종교 집회 등 대중과 어울리며 느끼는 동질감은 순간적인 행복감을 줄지 모르지만, 결국 혼자 남는 시간에는 깊은 고독만 남게 됩니다.

혼자 있는 담백한 삶을 산다는 것은 자신을 성찰할 수 있는 시간을 갖고 사색의 깊이를 더하는 것입니다. 삶에서 길을 잃었거나 혼란스러운 순간에는 결국 자기 자신에게 돌아와야 합니다. 타인에게 도움을 청한들 아무도 당신의 길을 찾아줄 수는 없습니다. 필자 또한 어렵고 힘든 과정을 겪을 때마다 결국 내 안에서 답을 찾아냈습니다.

필자는 과거 40대까지는 대인관계를 매우 중요하게 생각하며 무수히 많은 사람들과 관계를 맺고 그들과의 관계를 성공에 있어 중요한 요소로 여기며 살았습니다. 하지만 약 10년 동안 불필요한 인맥과 인연을 정리한 후, 내 인생은 새로운 방향으로 접어들었고, 그 과정에서 깨달은 것은 결국 사람은 혼자 있을 때 행복해야 한다는 것입니다. 그래야만 그 행복을 타인에게 전이시켜 줄 수 있습니다. 혼자 있을 때 만들어낸 행복 에너지가 타인을 행복하게 해줄 수 있는 에너지가 됩니다.

지금 필자는 오직 한 사람만을 생각하며 살고 있습니다. 그 한 사람에게 모든 시간과 정성을 다해 사랑을 전하고 싶습니다. 고독과 외로움을 달래는 데 많은 사람이 필요한 것은 아닙니다. 단 한 사람, 귀가 아름다운 여자, 마음이 아름다운 여자, 자신을 지극히 사랑해 줄 수 있는 여자… 그 한 사람만으로 세상을 다 채우고도 남을 충만함을 만들 수 있습니다.

지금 당신이 만나는 많은 것들이 당신의 미래를 결정한다는 사실을 잊지 마십시오. 무엇을 먹고 있는가, 어떤 생각을 하고 있는가, 누구를 만나고 있는가, 누구를 사랑하고 있는가… 지금 이 순간 한번 돌아보시길 바랍니다. 그것이 당신의 삶을 변화시키는 열쇠일지도 모릅니다.

자기관리

자기 관리가 철저한 것을 타인에게 굳이 이야기할 필요는 없습니다. 그것은 아내나 남편 한 사람에게만 충분히 공유하면 됩니다. 자기 관리를 철저히 한다는 것은 자신을 위해 하는 것이지, 타인을 위해 하는 것이 아닙니다.

체중 관리를 위해 절식을 하거나 소식을 하는 것도 자신을 위하는 행동입니다. 이러한 자기 관리가 철저하다는 것을 타인에게 자랑할 필요는 없습니다. 만약 무엇인가를 과시하고자 하는 마음이 들거든 차라리 침묵하는 편이 더 좋습니다. 과시욕(誇示慾)이라는 것은 실제보다 항상 부풀려지기 마련이고, 그 부풀려진 일들은 나중에 당신이 감당해야 할 몫으로 돌아오게 됩니다. 그것은 실제적인 자기 삶이 아닐 뿐 아니라, 오히려 더 혼란스럽게 만드는 일들 때문에 자기 삶의 중심을 잃어버리기 쉽습니다.

소란스러움을 잠재우는 방법은 스스로 그 소란스러움의 중심에서 한 걸음 떨어진 채 시간이 지나가기를 기다리는 것입니다. 소란스러움을 해결하고자 반론을 제기하거나 소란스러움의 이유를 설명하려 하면, 또 다른 소란스러움만 초래하게 될 뿐입니다. 결코 그 소란스러움은 쉽게 잠잠해지지 않습니다. 24시간 뉴스 채널을 본다면 분명히 느낄 수 있을 것입니다. 소란스러움이 소란스러움으로는 절대 해결되지 않는다는 것을요.

타인에게 자신의 삶을 보여주고자 하는 욕구가 크면 클수록 그에 따른 반대되는 일들 또한 감당할 준비를 해야 합니다. 내가 행복한 사진을 보내거나 내가 행복하다고 이야기한다고 해서 그들이 나의 행복을 진심으로 기원하는 친구가 되는 것은 아닙니다. 주변의 많은 사람들은 사실 당신의 행복과 불행에 크게 관심이 없습니다.

말로는 "행복하길 바란다", "사랑하며 살아라"라고 하지만, 만약 당신의 삶이 엇갈려 계획대로 되지 않아 불행해진다면, 당신이 행복하다고 말했던 것을 빌미로 비난의 화살을 돌릴지도 모릅니다.

행복은 누군가에게 자랑하기 위해 만들어지는 것이 아니며, 행복을 자랑한다고 해서 커지는 것도 아닙니다. 행복은 내면세계와 관련된 부분으로, 스스로 느끼고 그 느낌을 즐기는 것입니다. 혼자 느낀 행복은 결코 불행으로 바뀌지 않습니다.

만약 자신의 행복을 자랑하고 싶다면, 단 한 사람, 함께 행복을 공유하는 아내 또는 남편에게만 공유하십시오. 그 둘 중 한 사람이면 충분합니다.

타인에게 자신의 행복을 자랑하지 마십시오. 그것이 당신의 행복에 도움이 되지 않는다는 점을 명심해야 합니다. 이것이 지혜롭고도 안정적인 행복을 관리하는 방법입니다. 자기 관리 역시 이와 같은 원리로 이루어져야 합니다. 침묵 속에서 나를 돌보고, 내면을 가꾸는 일에 집중하는 하루가 되기를 바랍니다.

대신할 수 없는 일

아무리 가까운 사람이라도 대신해 줄 수 없는 것들이 많습니다. 대신 먹어줄 수도 없고, 대신 잠들어줄 수도 없으며, 대신 죽어줄 수도 없습니다. 그뿐만 아니라, 대신 아파줄 수도 없고, 대신 불행해 줄 수도 없습니다.

삶에서 가장 소중한 사람, 또한 가장 사랑하는 사람이라 하더라도 이런 대신할 수 없는 일들 때문에 사랑하는 사람이 아파하는 것을 지켜보며 손을 놓고 있어야 할 때가 많습니다. 만약 그 아픔이 어디에서 오는지 알고 있다면, 그 아픔의 원인을 사랑하는 사람에게 설명해 주고, 그로부터 벗어나기를 바랄 것입니다. 하지만 고통의 원인을 알고 있다고 하더라도 그것이 곧 사랑하는 사람의 고통을 덜어줄 수 있는 방법은 아닙니다. 왜냐하면 그 고통은 오로지 그 사람 자신이 짊어져야 할 것이기 때문입니다.

이렇게, 아무리 사랑하는 관계라도 대신할 수 없는 일들로 인해 사랑하는 사람의 고통을 지켜봐야 하는 안타까움에 가슴이 미어질 때가 있을 것입니다. 부모가 자식을 걱정하는 일도 이와 같습니다.

사람들이 살아가며 짊어지는 많은 고통의 원인은 여러 가지가 있겠지만, 그중 하나를 꼽으라면, 마이너스(─), 즉 '산수에서 빼기 인생'이 가져다주는 행복을 모르기 때문이 아닐까 싶습니다.

우리는 눈을 뜨면 항상 어제보다 오늘이 더하기(+) 인생이 되기를 바랍니다. 어제보다 재물이 더해야 하고, 어제보다 건강이 더 좋아야 하며, 어제보다 기쁨이 더 많아야 하고, 어제보다 행복이 더 충만해야 한다고 여깁니다. 언제나 어제보다 플러스가 되는 것을 기대합니다.

그러나 지금까지의 삶을 돌아보면, 플러스 인생을 살기 위해 노력했음에도 불구하고 행복하지 않았다면, 그 이유는 플러스 인생이 반드시 행복으로 이어지지는 않는다는 사실 때문이 아닐까요?

마이너스 인생의 미학은 바로 가벼워지는 인생을 의미합니다. 새로운 인연을 만나 희망을 갖는 것이 플러스 인생을 살기 위한 것이라면, 그 인연이 또 다른 불행의 시작이 될 수도 있습니다. 그렇기에 무엇을 더하고, 무엇을 뺄 것인지 깊이 성찰해야 합니다.

뺄 것을 제대로 빼지 못해 힘들어진 인생이 많을까요, 아니면 더할 것을 더하지 못해 힘들어진 인생이 많을까요? 뺄 것과 더할 것을 잘 구분하다 보면, 결국 더할 것보다 뺄 것이 많다는 점을 깨닫게 될 것입니다.

그래서 행복한 인생이란 뺄 것과 더할 것을 구분하고, 뺄 것은 과감히 빼고, 더할 것은 확실히 더하는 지혜를 갖추는 것입니다. 모든 다툼의 근본이, 우리가 어린 시절 산수를 배우며 익힌 더하기와 빼기에서 비롯된다는 사실을 알고, 기본으로 돌아가 자신의 인생에서 뺄 것이 무엇인지 다시 한 번 돌아본다면, 어제보다도 가벼워진 자신을 발견할 수 있을 것입니다. 그것이 어쩌면 당신 인생 행복의 열쇠일지도 모릅니다. 삶 속에서 더하기만을 추구하기보다는, 빼기의 미학을 이해하며 진정한 행복을 찾아가시길 바랍니다.

참과 거짓

참(眞)과 거짓(假)의 분별을 하고 그 참을 지켜내는 일은 결코 쉽지 않습니다. 참을 향해 나아가는 과정에서 우리는 항상 거짓과 충돌하게 됩니다. 그리고 거짓이 참으로 여겨지거나 거짓을 신봉하는 이들이 많아질수록, 진정한 참을 지켜내는 일은 더욱 어려워집니다.

비록 세상을 뒤바꿀 정도의 참과 거짓의 분별이 아니더라도, 일상 속에서도 우리는 수많은 참과 거짓이 혼재된 혼돈 속에서 때로는 무엇이 진정한 참인지 혼란스러워질 때가 많습니다.

거짓을 참으로 보이게 하는 사람들의 언어는 때로 매우 달콤하고 아름답습니다. 그리고 거짓을 참으로 조작하는 사람들은 군중을 가스라이팅(gaslighting)하는 것이 개인을 가스라이팅하는 것보다 훨씬 더 쉽다는 사실을 잘 알고 있습니다. 그래서 다수의 군중이 내는 소리가 항상 참이 아니라는 점과, 대체로 참이란 겉으로 잘 드러나지 않는다는 사실을 기억해야 합니다.

참은 조작되거나 분별에 의해 만들어지는 것이 아닙니다. 진정한 참이란 모든 일이 일어나는 원래의 현상을 가리키는 말입니다. 그래서 참다운 사람이라면 늘 순리(順理)를 따르는 삶을 살아가는 사람입니다. 하지만 순리를 구분하는 일조차 쉽지 않습니다. 자신이 하고 있는 행동이 순리에 맞는지 아닌지를 구분하기 위해서는 자기 객관화(self-objectification)가 반드시 필요합니다.

많은 사람들이 자신을 참다운 삶을 살아가는 사람이라 여기며 살아가고 있지만, 세상의 참된 이치와 멀어지는 이유는 자기 객관화를 할 수 있는 사람이 많지 않기 때문입니다. 우리가 타인을 볼 때, 순리에 순응하며 살아가는 사람의 삶은 어떠한가요? 만약 그 사람이 자신의 삶을 무겁게 느끼고, 불행하다고 여기며, 비관적으로 생각한다면, 그는 아직 삶의 순리와 이치를 깨닫지 못한 사람입니다. 왜냐하면 삶은 본디 무겁지도, 불행하지도, 비관적이지도 않기 때문입니다.

모든 이에게, 살아 있는 한 삶은 끊임없이 흘러갑니다. 그리고 이 흘러가는 삶을 어떻게 느낄 것인가 하는 것은 온전히 자신의 선택에 달려 있습니다. 그것은 좋고 나쁨의 문제가 아닙니다.

참다운 삶, 참다운 인생, 참다운 사랑, 참다운 사람, 참다운 일, 참다운 성공… 이 모든 것에 대해 각자가 가지는 기준은 다를 것입니다. 하지만 『중용(中庸)』 제23장의 말씀처럼, 작은 일에도 정성을 다하는 마음과 그 마음이 머무는 자리가 삿되지 않고 정성스럽다면, 그 결과가 어떤 것이라도 참다운 마음이 깃든 결과라면 아름다운 것입니다.

참과 거짓의 혼돈 속에서도 당신의 마음이 순리에 머물고 참다운 길로 나아가기를 진심으로 응원합니다.

기억

'개구리 올챙이 적 생각 못한다'는 말이 있습니다. 이 말은 은유적으로, 어려운 시절을 잊고 성공한 뒤 안하무인으로 행동하거나 자신을 도와준 은인을 외면하고 마치 스스로 이룬 것처럼 떠벌리는 사람을 두고 하는 표현입니다.

그러나 이 말을 깊이 새겨보면, 사실 사람은 누구나 올챙이 적 생각을 하기 어렵습니다. 건전한 관점에서 보자면, 과거의 프레임에서 벗어나야 새로운 프레임에 적응할 수 있기 때문입니다. 애벌레가 허물을 벗고 나비가 된 뒤, 애벌레 시절을 그리워한다면 나비로서의 삶에 결코 도움이 되지 않을 것입니다.

사람도 마찬가지입니다. 현재 위치에서 더 높은 단계로 도약했거나, 다른 자리로 이동했다면 그 새로운 환경에 충실해야 합니다. 직장을 옮기거나, 새로운 사업을 시작하거나, 새로운 사람을 만나든 어떤 경우라도 변화된 환경 속에서 살아야 합니다. 과거의 환경을 그리워하며 되돌아본다고 해서 현재의 삶에 도움이 되는 것은 아닙니다.

개구리는 올챙이 시절을 잊어야 합니다. 마찬가지로 올챙이 또한 자신이 언젠가 개구리가 될 거라는 생각을 가지며 산다면 올챙이로서의 삶을 충실히 살아가기 어려울 것입니다. 올챙이로서 충실히 살 때 비로소 개구리가 되는 것입니다. 애벌레가 변해서 나비가 된 것이 아니라, 애벌레는 애벌레의 삶을, 나비는 나비의 삶을 살 뿐입니다.

지혜로운 사람은 자신이 어떤 옷을 입고 있는지 잘 압니다. 등산복을 입고 결혼식장을 가거나 예복을 입고 골프를 치러 갈 수 없듯이, 우리는 환경에 맞추어 자신을 조율해야 합니다. 환경은 그에 적응하는 사람에게 또 다른 기회를 열어줍니다. 반면 어리석은 사람은 자신이 입고 있는 옷이나 머물고 있는 환경에 불만을 가지며 늘 다른 환경과 옷을 부러워하지만, 결국 그가 원하는 환경이나 삶을 제대로 누리기 어려울 때가 많습니다.

자신의 모습대로 세상에 보여지는 것에 불만이 없는 사람은 호박에 줄을 그어 수박처럼 보이려 애쓰지 않습니다. 지혜로운 사람은 타인을 바라볼 때도 그 사람을 있는 그대로 바라보며 판단합니다. 돈, 명예, 학력, 스펙 같은 외적 요소로 사람을 평가하지 않습니다.

한 유명한 바이올리니스트가 초라한 복장으로 광장에서 연주를 했을 때, 그의 앞에 놓인 것은 동전 두 개뿐이었다는 실화가 있습니다. 하지만 그의 공연을 보려면 콘서트홀에서 수십만 원의 티켓을 사야만 하는 세계적 아티스트였습니다. 연주의 가치는 장소에 따라 달라지지 않습니다. 다만, 그것을 듣는 이들의 태도가 다를 뿐입니다.

호랑이를 염색해 양처럼 보이게 만든다고 해서 호랑이가 양이 되는 것은 아닙니다. 호랑이는 호랑이의 삶을, 양은 양의 삶을 살아야 합니다.

그렇다면 당신은 누구입니까? 지금 당신이 입고 있는 옷과 환경, 그리고 스스로를 바라보는 태도를 깊이 성찰해 보시길 바랍니다. 그것이 진정한 자신을 찾는 첫걸음일지도 모릅니다.

가치

전쟁은 시작되었습니다.

전쟁으로 인해 물가는 급등했습니다. 백만 원으로도 계란 한 판을 살 수 없을 정도로 인플레이션(Inflation)은 극심해졌습니다. 가공식품과 곡물을 유통하던 최 사장은 전쟁으로 공급망이 막히고 물가가 폭등하는 상황을 보며 창고의 문을 단단히 걸어 잠갔습니다. 그리고 암시장에서 금(Gold)과 달러화만 받고, 창고에 보관하던 200평 분량의 가공식품과 곡물을 교환했습니다. 전쟁 이전에는 시가로 약 15억 원 정도의 가치가 있던 상품이었지만, 결국 금 시세로 수천억 원이 넘는 금을 거둘 수 있었습니다.

전쟁은 끝났습니다. 최 사장의 자산은 전쟁 중 수백 배로 불어났습니다. 전쟁 후 금 시세는 폭등했고, 그는 한 번 더 자산을 불리게 되었습니다. 순식간에 15억 원이던 그의 자산은 수천억 원대에 이르게 되었습니다. 그러나, 전쟁이 끝난 직후 적군 중 체포되지 않은 병사가 쏜 총탄이 최 사장의 심장을 관통하고 말았습니다. 그는 결국 자신이 모은 막대한 자산을 한 푼도 쓰지 못하고 허망하게 세상을 떠났습니다.

또 다른 이야기입니다. 전쟁 중 남편을 잃고 아무것도 내다팔 것이 없었던, 평소 우아하기 그지없었던 고결한 영혼과 아름다움을 지닌 두 아이의 어머니인

김 여사는, 세 살과 다섯 살 된 두 아들을 먹일 식량조차 없는 상황에 놓였습니다. 그녀는 결국 라면 한 봉지를 얻기 위해 자신의 몸을 팔 수밖에 없었습니다.

그리고 그렇게 전쟁은 끝났습니다. 그녀는 자신을 비참하게 느꼈지만 살아남았습니다. 그녀가 몸을 팔아 조달한 식량 덕분에 두 아들 또한 굶어 죽지 않고 살아남을 수 있었습니다. 이후 김 여사는 자신이 견뎌낸 시간들을 되돌아보며 진정으로 가치 있는 것이 무엇인지 깨닫게 되었습니다. 그것은 바로 사랑하는 사람들과 사랑하는 것을 지키는 일이었습니다.

여러분은 지금 자신이 소유하고 있는 것들에 대해 얼마만큼의 가치를 부여하고 계십니까? 만약 식량이 고갈되어 아사 직전의 상황에 처한다면, 오늘 당장 먹지 않으면 죽을 것 같은 상황이라면, 당신이 소유한 벤츠 승용차나 다이아몬드 목걸이가 저녁 한 끼를 위한 쌀 한 되보다 소중하다고 생각하시겠습니까?

우리가 가치 있다고 여기는 많은 것들이 진짜 삶에 얼마나 소중한지를 한 번쯤 되돌아본다면, 결국 우리가 소유하고자 했던 많은 것들이 쌀 한 되의 가치조차 없을 수 있음을 알게 됩니다. 그리고 그 순간, 삶에서 가장 소중한 것은 목숨과 지켜야 할 누군가라는 사실을 깨닫게 된다면, 우리의 삶의 가치는 그렇게 비참하게 가벼워지지는 않을 것입니다.

삶의 가치를 어디에 두고 살아야 하는지 깊이 통찰할 수 있다면, 여러분이 소유한 집이나 자동차, 현금, 금은보화들이 삶을 증명해주거나 가치를 더해줄 수 없다는 것을 알게 될 것입니다. 때로는 그것들이 신라면 한 봉지나 생수 한 병만도 못할 수 있습니다.

스스로 소중하다고 생각하는 모든 가치 있는 것들에 대해 한 번쯤 되돌아볼 수 있기를 바랍니다. 그래서 오늘 하루가 진정한 가치를 찾는 시간이 되기를 바랍니다.

모든 가치는 여러분 안에 있습니다. 세상 어떤 것에 가치를 두고 살든 그것은 여러분의 자유입니다. 그러나 진정한 가치는 소유할 수 있는 것이 아닙니다. 돈으로 환산될 수 있는 것이 아닙니다. 여러분이 아무것도 아니라고 생각했던 친절함, 행복한 미소, 사랑하는 마음, 격려의 말 한마디, 그리고 어려움에 처한 사람과 사랑하는 사람에게 건네줄 라면 한 봉지. 그것만으로도 여러분은 충분히 가치 있는 인생을 살고 계시는 것입니다.

심연(深淵)

'심연'은 깊은 연못을 뜻하기도 하지만, 헤어나오기 힘든 구렁텅이라는 뜻으로도 쓰입니다.

장자(莊子)가 꿈속에서 나비를 만난 것이 심연인지, 아니면 심연의 나비가 장자를 만난 것인지 알 수 없듯이, 마치 일장춘몽(一場春夢)이라는 표현처럼 말입니다. 또한 니체(Friedrich Nietzsche)의 철학에서도 단정하기 어려운 아포리즘(Aphorism) 문체들이 많은 것이 사실입니다.

니체의 저서 선악의 저편(Beyond Good and Evil) 146장에서는 다음과 같이 말합니다. "괴물과 싸우는 사람은 그 싸움 속에서 스스로 괴물이 되지 않도록 조심해야 한다. 우리가 심연을 오랫동안 들여다본다면, 심연 또한 우리를 들여다보게 될 것이다."

도덕경(道德經)에서도 "도가도 비상도, 명가명 비상명(道可道 非常道, 名可名 非常名)"이라는 말이 있습니다.

니체가 평생을 고뇌했던 철학은 선악, 도덕, 신, 운명, 그리고 초월이라는 다섯 가지 주제였습니다. 니체가 말한 심연이란 우리가 현재 살고 있는 시대의 절대가치라고 여겨지는 것들과 투쟁하는 자세를 의미합니다. 기존의 사회 통념을 무너뜨리고 새로운 가치를 세우려는 시도라면 그것이 심연일 수 있으며, 이것 또한 괴물이 될 가능성이 있습니다. 괴물을 없앤 자리에 또 다른 괴물을 세울 수 있기 때문입니다.

하지만 많은 사람들은 심연이라는 괴물을 제거한 자리에 자신이 만든 새로운 괴물을 세우려고 하며, 자신이 괴물이 되어가고 있다는 사실을 인지하지 못합니다. 선악을 넘어서고, 도덕을 넘어서며, 종교를 넘어서고, 신을 넘어서려 한다면, 무엇을 세우겠다는 말입니까?

브루스 윌리스 주연의 영화 식스 센스(Sixth Sense)에는 이런 명대사가 있습니다. "인간은 자기가 보고 싶어 하는 것만 봅니다." 신이 내린 무당은 귀신을 본다고 말합니다. 괴물도 괴물이 되고자 하는 사람들의 눈에만 보이는 것은 아닐까요?

이렇듯 무언가를 새로 세우겠다고 할 때, 우리가 만났다고 생각하는 심연이 또 다른 괴물일 수도 있습니다. 심연으로 들어간다는 것은 괴물을 만나러 가는 것이 아닙니다. 도덕경의 "도가도 비상도, 명가명 비상명"과 마찬가지로, 우리는 어떤 행위에 의미를 부여하고, 그 행위에 이름이나 뜻을 부여하며 의미 있기를 바랍니다. 하지만 진정한 행위와 도(道)는 이름 지을 수 있는 것이 아니며, 도라고 말할 수 있는 것조차 아닙니다. 또한, 반드시 의미를 가져야 하는 것도 아닙니다.

심연으로의 여행 중 만난 괴물은 허상일 수 있습니다. 그것은 당신이 이름 붙인 허상에 불과합니다. 그 허상과 싸우는 당신이 있다면, 당신 역시 괴물이 된 것입니다.

옛말에 "도깨비에 홀렸다"는 표현이 있습니다. 이는 실체가 없는 것에 매달려 씨름하다가 새벽이 되어 날이 밝은 후, 도깨비가 실체가 없었다는 것을 알아차리고 나서 하는 말입니다. 이렇게 도깨비에 홀린 자신을 부정한다고 해서 없는 도깨비의 실체가 생겨나는 것이 아닙니다.

니체 시대의 화두는 무엇이었을까요? 지금도 여전히 이어지고 있는 그 화두를 부정과 긍정이라는 두 극단으로 바라본다면, 당신은 또 다른 괴물을 만들어 낼 수밖에 없습니다.

세상에 괴물이 따로 존재하는 것이 아닙니다. 그것은 우리가 스스로 만들어 낸 것입니다. 심연의 괴물도 따로 존재하지 않습니다. 우리가 만들어 놓은 괴물이 존재한다면, 그 괴물 역시 우리를 바라보게 될 것입니다. 왜냐하면 괴물의 눈에는 괴물만 보이기 때문입니다.

괴물이 당신에게 묻습니다.
"너 지금 무엇을 하고 있느냐?"

배움

무엇인가를 배우는 이유가 돈을 벌기 위한 것이라면, 그 목적이 돈이기에 그 배움은 내공(內功)으로 쌓이기 어렵습니다.

하지만 배우는 것 자체가 목적이고, 내가 배운 것을 필요한 사람에게 전하는 과정에서 그 수고의 대가로 돈이 자연스럽게 따라온다면, 시간이 지나면서 내 공이 쌓이기 시작합니다.

배우는 방법 중 가장 좋은 방법은 자신이 먼저 배우고, 그 배운 것을 다른 사람에게 가르치는 일입니다. 제가 글을 쓰는 이유도 남에게 제 지식을 자랑하려는 것이 아니라, 글을 씀으로써 스스로 배움을 더욱 깊게 하고, 알았던 것을 잊지 않기 위해서입니다.

강사가 강의를 하는 것도 마찬가지입니다. 아는 것을 누군가에게 말로 전한다는 그 자체가 자기 자신을 위한 배움입니다. 일기를 쓰는 것도 동일합니다. 일기를 쓴다는 것은 자신을 일신우일신(日新又日新)하며 더 나은 자신을 만드는 일입니다. 진정한 배움이란 결국 자신을 가르치는 일입니다. 스스로 스승이 되고 스스로 제자가 되어 가르치고 배운다면, 이보다 더 나은 스승과 제자는 있을 수 없습니다.

자신을 가르치는 방법 중 가장 중요한 방법은 반성문 노트를 쓰는 것입니다. 배움에 열정을 가지고 살다 보면, 그 열정이 과하여 실수하는 경우가 종종 생깁니다. 그때마다 반성문을 작성하면 똑같은 실수를 줄이고, 본래의 배움의 목적을 이루는 데 큰 도움이 됩니다.

배움의 목적은 공자의 가르침처럼 "수신제가치국평천하(修身齊家治國平天下)"에서 가장 먼저 자신을 이롭게 하는 데 있습니다. 자신을 이롭게 한다는 것은 곧 어제의 자신보다 더 나은 자신을 만나기 위한 공부라고 볼 수 있습니다.

진정한 배움은 실천하기 위해 배우는 것입니다. 그래서 "지행합일(知行合一)"이라는 말이 생겨난 것입니다. 배우는 것과 행하는 것이 다르다면, 그 배움은 시간이 지나며 독가스와 같은 폐해를 가져옵니다. 하지만 배우는 것이 행하는 것과 같거나 비슷해지기 시작하면, 그 배움은 시간이 지날수록 발효된 된장이나 김치처럼 사람에게 이로움을 줍니다.

이러한 배움의 자세와 배움이 완성된 이후에야 비로소 타인을 이롭게 하는 가르침의 단계가 시작됩니다. 단순히 지식만 전달받은 배움은, 배움을 자신의 탐욕을 채우는 도구로 사용할 수밖에 없습니다.

예를 들어, 개인 병원을 개업하는 의사 중 성형외과와 피부과가 압도적으로 많은 것은 생각해볼 문제입니다. 또한 검사로 높은 관직에 올랐다가 변호사가 된 후 고액 연봉만을 바라는 변호사라면, 그 검사는 다른 사람을 이롭게 하는 법률(法律)을 배웠다고 보기 어렵습니다.

오늘날 여러분이 부족한 것들을 배우는 이유가 무엇인지 알 수는 없지만, 짧은 인간의 삶에서 배움은 자신과 타인 모두에게 이로움을 줄 수 있는 배움이기를 바랍니다.

지금은 독서하기에 좋은 계절입니다. 좋은 책 한 권이 여러분의 인생의 방향을 바꿀 수도 있습니다.

투병

병마와 싸워 이긴다는 것을 흔히 '투병'이라고 표현합니다. 이 말이 많은 사람들에게 회자되는 이유는, 질병에 굴복하지 않고 적극적으로 치료에 임하며 질병을 극복해 건강을 회복하는 것을 의미하기 때문입니다. 그래서 사람들은 투병 생활을 이겨냈다고 말합니다.

하지만 질병은 싸움이나 투쟁의 대상이 아닙니다. 질병은 대부분 스스로 불러들였거나 잘못된 생활 습관으로 인해 생기는 경우가 많습니다. 많은 질병들이 외부에서 온 것이 아니라 스스로 만들어낸 것이라면, 자신이 만든 질병과 싸운다는 것은 어리석은 일이 아닐까요? 자신이 만들고 자신이 싸운다는 것은 결국 모순입니다.

질병은 싸워야 할 대상이 아니라 타협해야 할 대상입니다. 질병이 외부로부터 오는 것이 아니라 내부에서 자신이 만들어낸 것임을 깨닫는다면, 질병에 대한 태도와 접근 방식이 달라져야 합니다.

TV 건강 프로그램에 출연하는 많은 의사들은 하나같이 식습관과 생활습관의 변화가 질병을 이겨내는 가장 좋은 방법이라고 강조합니다. 식습관과 생활습관을 바꾸는 것은 싸우는 행위가 아니라 개선하는 과정입니다. 기존의 습관을 그대로 둔 채 병마와 싸우겠다는 것은 어리석은 일입니다.

대부분의 질병은 외부에서 오는 것이 아니라 스스로 만든 것이라고 말할 수 있습니다. 병마와 싸우지 않고도 장수한 사람들의 공통점은 과하지 않음, 즉 "중용(中庸)"에 있습니다. 세상의 모든 화근은 과하거나 부족함에서 생깁니다.

따라서 적당한 식사량과 적당한 운동량은 건강을 유지하는 데 중요합니다. 몸에 좋다는 보양식을 과도하게 섭취하는 것도 좋지 않으며, 과도한 운동 역시 질병을 초래할 수 있습니다. 결국, 넘치지 않는 적당한 정도를 찾아가는 것이 병마와 싸우는 것보다도 더 급하고 중요한 일입니다.

모든 습관을 최적의 상태로 유지했음에도 불구하고 찾아오는 질병을 '병마와 싸운다'고 생각해서는 안 됩니다. 우리의 인생을 살다 보면, 몸과 마음에 초대하지 않은 손님들이 찾아올 수밖에 없습니다. 이 초대받지 않은 손님을 불청객이라고 합니다. 질병 또한 불청객이라 볼 수 있습니다.

하지만 대부분의 질병은 불청객이 아니라 자신의 습관에서 비롯된 것임을 깨닫게 될 때가 많습니다. 정신세계의 불청객도 마찬가지입니다. 다양한 음식을 골고루 적게 먹는 것이 신체 건강의 기본이라면, 다양한 생각과 철학, 사상을 골고루 받아들이고 소화하는 것이 정신 건강의 기본입니다.

유기농 식품이나 자연에서 재배한 신선한 재료로 요리해 먹는 것이 신체 건강에 이롭다면, 정신세계도 있는 그대로를 바라보는 능력을 키워가는 것이 중요합니다. 특정 철학이나 종교, 사상에 지나치게 심취한 사람은 자신도 모르게 다른 사람들에게 유독가스를 내뿜고 있다는 사실을 깨닫지 못할 때가 있습니다. 음식을 과하게 먹으면 트림이나 방귀가 나는 것처럼, 지나친 집착은 정신적 건강에도 문제를 일으킵니다.

신체 질병이 외부에서 오는 것이 아니듯, 정신세계의 질병 또한 외부에서 오는 것이 아닙니다. 무엇을 받아들이든 적당함을 유지하며 과식하지 않는다면, 질병으로부터 조금 더 자유로운 삶을 살아갈 수 있습니다.

질병과 싸우기 전에 병마와 타협하는 방식을 배우고, 병마가 찾아왔다면 자신의 삶을 되돌아보는 기회가 되길 바랍니다.

만남

타인을 아는 것은 중요한 일입니다. 하지만 자신을 아는 것은 타인을 아는 것보다 훨씬 더 중요한 일입니다. 저 또한 혼자만의 시간을 즐기는 편입니다.

그래서 사회적 모임이나 단체 활동 같은 것들에는 큰 관심이 없습니다. 폭넓은 대인관계를 좋아하지 않는 이유도 여기에 있습니다. 폭넓은 대인관계는 필연적으로 소란스러움이 따라오기 마련이기 때문입니다.

인연을 맺지 않았더라면 하지 않아도 될 고민들은, 자신이 스스로 그 인연을 만들어내면서 함께 따라옵니다. 담백한 인간관계를 유지하는 것이 삶을 더 풍요롭고 충만하게 만드는 생활 방식입니다.

여행은 삶을 풍요롭게 하는 데 많은 도움을 줍니다. 많은 인간관계를 만드는 것보다 여행을 추천드립니다. 여행을 떠날 때도 단체 관광이나 회사의 집단 여행처럼 여러 사람이 함께하는 여행보다는 혼자 떠나는 여행, 혹은 사랑하는 사람과 함께 떠나는 여행이 훨씬 더 좋습니다.

여행 중에는 낯선 장소를 만납니다. 낯선 장소와의 만남을 통해 얻는 여행의 즐거움은 천천히 자신의 속도에 맞춰, 자신의 발걸음으로 가고 싶은 만큼 가고, 보고 싶은 만큼 보며, 쉬고 싶을 때 쉬는 데 있습니다. 이러한 여행이야말로 진정 자신을 찾아가는 여행이라고 할 수 있습니다.

사람을 만나는 일도 여행과 같습니다. 그래서 많은 사람을 만나는 단체 모임이나 여러 사람이 함께하는 식사 자리에서는, 정작 그 많은 사람 중 단 한 명도 제대로 알지 못하고 헤어지는 경우가 대부분입니다.

타인을 알아가는 것보다 자신을 알아가는 일이 중요한 이유는, 타인이든 자신이든 두 사람 모두 어제의 자신은 사라지고 없기 때문입니다. 오늘의 나는 새롭게 태어난 나입니다. 오늘 새롭게 태어난 나를 만나는 일은 낯선 타인을 만나는 것만큼 설레는 일입니다. 자기 자신이 낯설지 않다면, 과연 누가 낯설겠습니까?

오늘 새롭게 태어난 내가 낯설지 않다면, 또 다른 누가 낯설 수 있겠습니까? 오늘은 새롭게 태어난 나를 만나고, 내일 또 새롭게 태어날 나를 만나기 위한 준비를 하는 날입니다.

새로운 연애를 시작하는 것은 신비로운 여행과도 같습니다. 사람과 사람이 만나는 것 중에서 가장 중요한 만남은 사랑하는 사람과의 만남입니다. 사랑하는 사람과의 만남은 언제나 새롭습니다.

김춘수 시인의 꽃이라는 시에서처럼

"내가 그의 이름을 불러주기 전에는 그는 다만 하나의 몸짓에 지나지 않았다. 내가 그의 이름을 불러주었을 때 그는 나에게로 와서 꽃이 되었다."

이 얼마나 사랑하는 사람과의 만남을 잘 표현한 시어입니까?

사랑하는 사람 또한 내가 '사랑한다'고 말하기 전에는 그저 한 사람의 여자일 뿐입니다. 내가 그 여자의 이름을 불렀을 때, 그녀는 내게로 와서 사랑이 되었습니다.

수많은 낯선 타인을 알아가는데 시간을 낭비하지 마십시오. 그것은 부질없는 일입니다. 차라리 그 시간에 낯선 자신을 만나 대화해 보시길 권합니다. 그리고 단 한 사람, 사랑하는 사람과 진솔한 대화를 나누십시오. 그것이 제가 생각하는 유일하고도 중요한 만남입니다.

삶의 지혜 026

죽음

모든 생명은 죽기 위해 태어난 것이 아닙니다. 그렇다면 사는 동안에는 삶에 초점을 맞춰야 합니다. 죽음을 깊이 명상하는 이유는 제대로 된 삶을 살아가기 위한 방편으로, 죽음에게 길을 묻는 것입니다.

죽음은 삶의 어느 순간, 찰나에 찾아오는 것이지 KTX 열차 시간표처럼 정해진 배차 시간에 찾아오는 것이 아닙니다.

그렇다면 제대로 된 삶이란 무엇일까요? 태어나서 나답게 살다가 나답게 죽을 수 있는 용기가 있다면, 그 죽음은 오로지 나다운 죽음일 것입니다. 죽음의 잔칫상을 차려 놓고, 그 잔치에 초대된 죽음을 마주할 수 있는 사람은 오직 나 자신뿐입니다. 죽음은 그 어떤 누구와도 함께 맞이할 수 없습니다.

따라서, 나를 찾아온 죽음이 진정한 주인을 알아볼 수 있도록 누구의 흉내도 내지 않고, 나다운 삶을 살아야 합니다. 대부분의 사람들은 누구의 흉내를 내는 삶을 살다가, 마지막 순간에 이르러 자신의 삶이 무엇이었는지 찾지 못하고 허망한 마음으로 죽음을 맞이합니다.

자신의 삶이란 입는 옷, 먹는 음식, 말하는 내용, 생각하는 방식, 거주하는 집, 타는 자동차 등 모든 것이 자신의 것이 아닌 타인의 것을 빌려다 쓰는 경우가 많습니다. 그리고 어느 순간, 그것이 자신의 것이 아님을 깨달았을 때, 자신의 정체성에 대한 혼란을 느끼게 됩니다.

오로지 참나(眞我)로 죽음을 만나기 위해서는 자신의 삶을 살아야 합니다. 누군가를 닮아가는 삶이 아니라, 누군가가 닮고 싶어하는 삶을 살아야 합니다. 왜냐하면 내 죽음은 내 삶에 대해서만 대답할 수 있을 뿐, 타인의 삶을 빌려 산 것에 대해서는 대답할 수 없기 때문입니다.

자신의 인생을 한 번 돌아보십시오. 이제껏 타인의 인생을 흉내 내며 살아왔다면, 지금부터라도 당신의 인생을 살아가야 합니다. 당신의 입에서 나오는 말은 당신만의 말이어야 하고, 당신의 머릿속을 맴도는 생각은 당신만의 생각이어야 합니다.

이 간단한 삶의 진리를 실천에 옮기는 일이 얼마나 어려운지 깨닫게 될 것입니다. 어제까지 자신을 외면하고, 다른 사람의 말을 앵무새처럼 따라하거나 타인의 생각을 자기 것인 양 재방송하는 삶을 멈추십시오. 이제 당신의 언어로 말하고, 오로지 살아있는 당신만의 글을 쓰며 살아가야 합니다.

화려하고 멋지지 않아도 됩니다. 누군가가 알아주지 않아도 괜찮습니다. 투박하고 힘들더라도 당신의 언어를 사용하며, 당신만의 글로 삶을 채워가십시오. 그런 삶이 계속된다면, 당신은 어느 순간 이제껏 한 번도 만나본 적이 없는 진정한 당신 자신을 만날 수 있을 것입니다. 그때부터 보이는 세상은 이전과 같지 않을 것입니다. 이전에 보았던 세상이 타인의 세상이었다면, 그때 보게 될 세상은 바로 당신 자신의 세상일 것입니다.

저는 당신의 삶을 응원하고 싶습니다. 울타리를 벗어나 광야의 찬바람을 맞더라도, 그래서 당신의 입에서 단 한 마디 말조차 나오지 않더라도, 무소의 뿔처럼 홀로 나아가십시오. 그러면 문이 열릴 것입니다. 당신이 만나고자 했던 당신을 반드시 만나게 될 것입니다.

그때서야 비로소, 당신의 입을 통해 세상을 향한 당신만의 언어가 탄생할 것입니다. 그것은 누구의 언어도 아닌, 오로지 당신의 언어입니다.

의미

의미에 또 다른 의미를 더하여 존재하지 않는 세상을 창조하지 마십시오. 그것은 착각일 뿐, 단지 착각일 따름입니다.

광안리 바닷가에 떠 있는 달을 보고 의미를 부여한다는 것은 당신의 착각일 뿐, 달 자체에는 아무런 의미도 없습니다. 이렇게 세상의 모든 것들에 의미를 부여하고 싶다면, 부여된 의미들이 살아 숨 쉬게 하십시오.

지구상에서 오직 인간만이 세상 모든 자연현상과 우주적 현상에 대해 의미를 부여하며 살아갑니다. 그러나 달은 그저 달일 뿐이고, 별은 그저 별일 뿐입니다. 의미라는 것은 인간이 만들어 낸 언어 속에서 살아 숨 쉴 뿐이며, 그 언어가 창조한 의미를 통해 우리에게 다가옵니다.

인간은 상상할 수 있는 모든 영역에 의미를 부여해 왔습니다. 지구상에 인간이 존재하기 오래전부터 있던 바다, 하늘, 달, 별, 태양뿐만 아니라, 눈에 보이는 세계와 보이지 않는 세계, 그리고 인간 스스로 창조해 낸 신(神), 도덕(道德), 행복(幸福), 사랑(愛), 선악(善惡) 등 모든 것들에 의미를 부여했습니다. 존재하는 세계와 존재하지 않는 세계에도 역시 의미를 만들어냈습니다.

언제부터인가 삶의 의미, 사랑의 의미, 행복의 의미를 따지기 시작했고, 의미가 부여되지 않는 인생은 의미 없는 인생이라 여겼습니다. 그러나 의미 없는 인생을 살다 간 것이 왜 더 불행한 인생이라고 여겨야만 할까요? 의미 없이 사랑하는 것이 과연 불가능한가요? 꼭 사랑에 의미와 이유를 부여해야 사랑이 시작되는 것인가요?

당신이 행복하기 위해 꼭 이유가 필요한가요? 당신이 행복하기 위해 반드시 의미를 부여해야만 하나요? 그냥 사랑하고, 그냥 행복하며, 그냥 살아갈 수는 없는 걸까요?

'의미'라는 것은 타인에게 나의 삶을 증명하기 위해 만들어 놓은 하나의 말장난일 뿐입니다. 진정한 삶의 의미는 군이 '의미'라고 표현할 필요조차 없습니다. 의미라는 언어의 장벽에 갇히지 마십시오. 담백하게 산다는 것은 모든 행동에 대해 의미를 부여하려는 것이 아니라, 자연스럽게 일어나는 마음의 움직임을 따라 몸이 움직이는 것, 그 이상도 이하도 아닙니다.

배고프면 밥을 먹고, 힘들면 쉬고, 목마르면 물을 마시듯이 그렇게 살아가는 것입니다. 배고프면 밥을 먹고, 목마르면 물을 마시는 데 어떤 의미를 부여한단 말입니까?

'의미 되지 않는 의미'로 살아가십시오. 그것이 진정 의미로부터 자유로운, 의미 있는 삶입니다.

질문

성장은 질문을 통해 이루어집니다.

과거에는 학교나 학원에서 선생님에게 끊임없이 묻고 또 물어보는 제자가 결국 지식의 축적에서 다른 사람들보다 앞서 나갔습니다. 학업 성적이 우수한 학생들의 공통점은 자신이 무엇을 모르는지 정확히 알고 있으며, 모르는 것을 요약하여 질문할 줄 안다는 데 있습니다.

누군가가 당신에게 질문을 할 때, 가장 난감한 경우는 무엇을 묻는지 알 수 없을 때입니다. 이런 경우, 그 질문에 대답해 줄 수 없습니다. 정확한 대답을 듣고 싶다면, 정확한 질문을 해야 합니다. 세상에서 가장 쉬우면서도 어려운 일 중 하나가 바로 질문하는 것입니다.

그런데 요즘 들어 사람에게 질문하는 일이 과거보다 많이 줄어든 것 같습니다. 아시다시피, 우리는 하루에도 여러 번 질문합니다. 다만 그 질문의 대상이 과거와 달라졌을 뿐입니다. 이제는 휴대폰, 네이버, 구글 등의 검색엔진을 통해 질문합니다.

같은 휴대폰을 손에 쥐고 있으면서도, 정확한 대답을 얻어내기 위해서는 검색엔진에 어떤 질문을 하느냐에 따라 네이버나 구글이 정확한 답을 주기도 하고 엉뚱한 답을 주기도 합니다. 이것은 네이버나 구글의 잘못이 아닙니다. 아무리 방대한 양의 정보를 가진 검색엔진이라도 질문하는 사람의 의도가 본질에서 멀어져 있거나, 자신이 보고 싶은 것만을 보고 싶은 방식으로 질문한다면, 검색엔진은 그에 맞춰 답변할 수밖에 없습니다. 정확한 질문만이 정확한 대답과 길을 제시해 줍니다.

정확하게 질문하는 능력이 뛰어난 사람은 네이버나 구글뿐만 아니라, 미래의 휴머노이드나 AI(Artificial Intelligence)에게 질문하더라도 좋은 답변을 얻을 수 있습니다. 자신의 삶, 사랑, 인간관계, 철학, 세상 등 어떤 주제에 대해서도 정확히 질문해야 명확한 답을 얻을 수 있습니다.

그러나 조작된 여론조사를 만들어내듯, 자신이 듣고 싶어 하는 정답을 정해놓고 질문한다면, 그것은 진실된 대답을 이끌어낼 수 없습니다. 질문만 해야 할 뿐, 대답을 상상하지 마십시오. 대답을 상상하는 순간, 질문은 오염될 수밖에 없습니다.

네이버에 검색하기 전에 무엇을 검색할지 명확히 해야 하듯, 질문을 잘하는 방법이란 편견 없이 정확하게 질문하는 것입니다. 맛집을 검색할 때도, 먹고 싶은 음식을 명확히 입력해야 하고, 검색된 맛집들 중에서 자신의 입맛에 맞는 곳을 찾아내야 합니다. 그러나 여행 중 낯선 곳에서 검색한 맛집을 찾아갔다가 기대에 못 미쳐 후회한 경험이 한 번쯤은 있었을 것입니다.

'모른다'는 사실을 알았다면, 그 상태로 오늘 잠들지 마십시오. 물어볼 사람이 없는 게 아닙니다. 당신의 휴대폰에 질문하십시오. 검색엔진에서 얻어진 답변 중 옥석을 가려내기 위해서는 평소 스스로 질문하는 습관과 깊은 사색이 필요합니다. 만약 자신의 질문에 이미 정해진 답을 정해놓고 묻는다면, 검색엔진도 있는 그대로의 세상을 보여주지 못할 것입니다.

지금 우리가 살고 있는 세상은 얼마나 많은 스승으로 열려 있는 세상입니까? 이렇게 많은 스승을 두고도 자신의 무지를 세상 탓으로 돌리는 것은 얼마나 어리석은 일입니까?

성장을 원하는 사람만이 진정한 질문이 무엇인지 알며, 질문이 성장에 꼭 필요한 중요한 영양분이라는 것을 깨닫습니다. 성장하려는 사람만이 질문이 자신을 새로운 세계로 건너가게 해주는 다리라는 것을 이해합니다.

끊임없는 질문과 사색은 당신에게 신세계의 문을 열어줄 것입니다.

시간의 소비

우리가 지금까지 살면서 배운 지식이 부족하거나 앎이 모자라서 삶이 고달픈 것은 아닙니다. 오히려 넘칠 만큼의 지식과 앎으로 무장하고 있을지도 모릅니다. 그런데 왜 시간이 지날수록 삶이 힘들다고만 느껴지는 것일까요?

우리가 지식을 쌓고 앎의 영역을 넓혀가는 이유는 조금 더 수월하고 자유롭고 행복한 삶을 살기 위해서입니다. 하지만 지식의 양이 늘어나는 만큼 왜 우리는 자유롭고 행복해지지 못할까요?

앎이란 씨앗과 같습니다. 하지만 그 씨앗을 땅에 심고, 물을 주고, 거름을 주고, 정성껏 가꾸어 싹을 틔우고 열매를 맺게 해야만 비로소 그 앎이 자유와 행복을 가져다줄 수 있습니다. 그렇다면 앎이 자유와 행복을 가져다주지 못한 이유는 무엇일까요? 바로 그 씨앗을 심지 않고, 물을 주고 거름을 주지 않았기 때문입니다.

앎을 길러 열매를 맺기 위해서는 어떻게 해야 할까요? 머릿속에만 머무는 앎은 씨앗을 땅에 심지 않은 것과 같습니다. 알고 있는 대로 살아가는 삶, 그것이 바로 앎을 땅에 심어 열매를 맺게 하는 방법입니다.

우리는 어떻게 사는 것이 잘 사는 것인지 몰라서 힘들어하는 것이 아닙니다.

어떻게 사는 것이 잘 사는지 모두 알고 있습니다. 하지만 그것을 실천하며 살아가는 사람은 많지 않습니다. 그래서 자유와 행복으로 가는 길에 들어서는 사람이 적은 것입니다.

우리가 상식으로 알고 있는 앎은 이미 삶의 전부라고 해도 과언이 아닙니다. 욕심을 줄이십시오. 다툼을 줄이십시오. 적게 먹으십시오. 많이 웃으십시오. 시기와 질투를 줄이십시오. 칭찬을 아끼지 마십시오… 등등 이 모든 것을 우리는 이미 알고 있습니다. 하지만 아는 대로 살아가지는 않습니다.

앎이란 과거의 시간에서 만들어진 결과물이고, 삶은 현재와 미래의 시간 속에서 만들어지는 과정입니다. 그렇다면, 시간을 소비하며 사느냐, 아니면 생산하며 사느냐에 따라 앎이 실천으로 옮겨지고, 미래 시간에서 열매를 맺게 됩니다.

대부분의 사람, 약 95%는 시간을 소비하는 삶을 살고 있습니다. 소비하는 삶으로는 열매를 맺을 수 없습니다. 씨앗을 심지도 않고 나무가 자라기를 바라는 것과 같습니다. 시간을 생산하는 삶만이 열매를 맺게 할 수 있습니다.

어떤 삶이 시간을 생산하는 삶인지 소비하는 삶인지, 그 답은 시간을 사용하는 당사자인 당신 자신이 가장 잘 알고 있습니다. 시간을 사용한 후 당신의 삶이라는 통장에 잔고가 늘어난다면, 그것은 시간을 생산적으로 사용한 것입니다.

골프를 치거나 낚시를 하거나 게임을 하고 음주가무를 즐긴 후에도 삶의 통장에 잔고가 늘어났다고 느낀다면, 그것 또한 생산적인 시간이 될 수 있습니다. 하지만 대부분의 경우, 시간 사용 후 허망함을 느낀다면 그것은 소비하는 삶일 가능성이 큽니다.

독서를 하거나, 사색을 하거나, 명상을 하거나, 도움이 필요한 곳에서 봉사하는 사람은 알고 있습니다. 시간을 어떻게 사용했는지, 그것이 무엇을 생산해냈는지를. 그렇게 시간을 보낸 사람들은 앎이 실천의 영역으로 들어가고, 그 실천이 생산의 영역으로 연결된다는 것을 알고 있습니다.

자신의 시간 사용 일지를 한 번 작성해 보시길 권합니다. 하루를 기상 시간부터 잠들기 전까지 어떻게 보냈는지 간단히 기록하다 보면, 자신이 얼마나 시간을 소비했는지, 혹은 생산적으로 사용했는지를 돌아볼 수 있습니다.

또한, 타인에게 사용했던 말이나 행동, 분노를 조절하지 못했던 순간, 필요 없이 허세를 부리거나 거짓말을 했던 순간들을 사실대로 기록해보세요. 이 기록들을 통해 하루 동안 작성된 당신의 시간 사용 설명서를 볼 수 있습니다. 단, 반드시 정직하게 쓰셔야 합니다.

그렇게 작성된 시간 사용 설명서가 스스로 생각하기에 시간을 생산적으로 사용했다고 느껴진다면, 당신의 삶은 생산하는 삶입니다. 그러나 시간이 소비적으로 사용되었다고 느껴진다면, 당신의 삶은 시간을 소비하는 삶이 될 것입니다.

앎이라는 재료로 삶을 더욱 풍요롭게 만드는 방법은 당신의 시간 사용이 생산적인 영역에 기록되어 있을 때, 더 나은 삶의 열매가 당신에게 선물처럼 주어질 것입니다.

삶의 지혜 030

분노 조절 장애

"목소리 큰 놈이 장땡"이라는 말이 있습니다. 다툼이 있는 곳에서 목소리를 높이며 자신의 주장을 펼치고, 거기에 욕까지 퍼부으며 분노를 발산하는 사람이 있습니다. 하지만 다툼 속에서 폭력을 행사하거나 큰 목소리로 욕을 한다는 것은, 조용한 목소리로 논리와 지혜, 지식을 통해 그 다툼에서 승리할 수 없음을 스스로 증명하는 행위에 불과합니다.

물론 욕을 시원하게 퍼부으면 순간적으로는 시원할 수 있습니다. 그래서 욕은 가끔 맛깔스럽게 느껴져 이것이 정말 욕인지, 아니면 정다움의 표시인지 헷갈릴 때도 있습니다. 실제로 친한 친구나 지인들 사이에서 욕을 사용하는 것이 친밀함의 척도로 여겨지기도 합니다. 각 지방마다 고유의 사투리 욕이 있으며, 예를 들어 "문디 짜슥"이나 "염병할 놈" 같은 표현이 자주 쓰입니다. 그래서인지 과거에는 '욕쟁이 할머니 맛집'이라는 이름도 유행했었습니다. 그곳에 음식을 먹으러 가는지, 아니면 욕을 먹으러 가는지 헷갈릴 정도였지요.

하지만 일반적인 다툼 속에서 욕을 시원하게 퍼붓고 난 뒤, 정말로 진정한 시원함이 남는 것일까요? 아닙니다. 대부분의 경우 욕을 퍼붓고 나면, 저녁 잠자리에서 후회하는 것이 사실입니다. 분노조절장애(Anger Management Disorder)란 결국, 통제 가능한 분노를 넘어서 병적 상태에 이른 경우를 말합니다. 이는 외부에서 일어난 사건을 받아들이는 능력이 부족할 때 나타나는 현상입니다.

SNS에서 글을 올리다 보면, 종종 분노조절장애 환자들이 많다는 생각이 들 때가 있습니다. 스스로를 태워버릴 정도로 극단적인 욕설과 악담을 통해 자신의 존재감을 과시하려는 경우가 많습니다. 그렇게 극단적인 글을 올리고 나면 정말 시원해지는지, 한편으로는 궁금해지기도 합니다.

최근 한강 작가님의 노벨상 수상을 두고, 극우주의자인지 수구주의자인지 알 수 없는 사람들이 악플을 다는 모습을 보며 안타까움을 느꼈습니다. 우리나라 작가가 노벨상을 받았다는 사실은 축하받아야 할 일임에도 불구하고, '좌빨 작가'니 '폐기 처분이 당연하다'느니, '왜곡된 역사를 기록한 똥 같은 책'이라느니, 상상조차 어려울 만큼 극단적인 악담과 욕설을 쏟아내는 것을 보며 그들의 내면은 어떤 색깔일까 생각하게 됩니다.

만약 그들의 마음이 색깔로 표현된다면, 과연 맑은 하늘색일까요? 어쩌면 그 색깔은 왜곡된 거짓말과 증오로 가득한 새빨간 색깔일지도 모릅니다.

욕설과 고성으로 자신의 주장이 옳음을 증명하려는 사람은, 사실 내면이 나약함을 드러내는 것입니다. 스스로를 방어할 논리적이고 이성적인 수단이 없을 때, 그들은 욕설과 고성으로 자신이 강하다고 착각하는 것입니다. 진정으로 내면이 탄탄한 사람은 소란스럽지 않습니다. 세상의 본질을 이해하고, 정확한 진실을 아는 사람은 가짜뉴스나 허위 사실에 쉽게 휘둘리지 않습니다.

특히, 조작된 정보나 거짓된 정보를 자신의 판단의 근거로 삼아 분노를 분출하는 경우는 더욱 심각합니다. 대다수의 경우, 이러한 정보는 참된 정보와 구분되지 못하거나, 이미 잘못된 믿음을 강화하기 위해 이용됩니다.

한강 작가님의 노벨상 수상 소식을 악담으로 깎아내리는 사람들이 있었지만, 진정한 대인은 자신과 대립하는 위치에 있는 사람의 승리조차도 기꺼이 축하할 수 있는 사람입니다. 타인의 성공을 진심으로 축하할 줄 모르는 사람은, 자신의 성공 또한 그 누구에게도 축하받을 수 없음을 알아야 합니다.

우리 사회가 개인의 출신 성분, 성별, 학력, 과거 경력 등으로 사람을 평가하기보다, 그들이 이루어낸 결과를 있는 그대로 바라보고 평가할 수 있는 세상이 되길 바랍니다.

다시 한 번, 한강 작가님의 노벨상 수상을 축하드립니다. 당신의 성공은 대한민국의 자랑이자, 희망입니다.

작은 성공

쉽게 이루어지는 일을 경계해야 합니다. '호사다마(好事多魔)'라는 말을 굳이 사용하지 않더라도, 쉽게 이룬 성공이 오래가지 못하는 경우가 많습니다. 왜냐 하면 성공 후에도 지킬 수 있는 힘을 갖추지 못한 사람에게는 그 성공이 결국 사상누각에 불과하기 때문입니다. 실패와 시련을 극복하는 과정에서 우리는 스스로를 제련해 나갑니다. 좋은 철을 만들기 위해선 용광로의 뜨거움을 견뎌 야 하듯이 말입니다.

우리는 모두 큰 성공을 바라지만, 사실 큰 성공이란 따로 존재하지 않습니다. 성공이란 수많은 작은 실패와 작은 성공 속에서, 얼마나 성공의 비중을 높여 가느냐에 따라 이루어지는 것입니다. 인생은 끊임없는 실패와 성공의 연속입니 다. 하루를 살면서도 어떤 일은 성공하고, 어떤 일은 실패로 끝납니다.

아침에 기상한 순간부터 하루를 되짚어보십시오. 당신이 계획한 대로 이루어 진 일도 있고, 그렇지 못한 일도 있을 것입니다. 완벽한 승리도, 완벽한 실패도 없습니다. 다만, 실패의 비중이 늘어난다면 인생은 실패 쪽으로 기울 수 있습 니다. 작은 실패를 간과해서는 안 됩니다. 자신이 세운 목표를 실천하지 못한 하루가 쌓인다면, 그 누적된 실패는 결국 당신 인생에 실패의 그림자를 드리울 것입니다.

이 모든 작은 행동들이 작은 성공을 만들어냅니다. 작은 성공들이 모여야 큰 성공으로 이어질 수 있습니다. 지금 당장 사랑하는 사람에게 전화를 걸어보세요. "여보, 사랑해." 오늘 하루 고생한 자녀나 배우자에게 말해보세요. "오늘도 정말 수고 많았어. 당신이 있어서 나는 참 행복해." 이런 작은 성공들이 쌓여서 성공한 인생을 만들어갑니다.

성공한 인생이란 모래 알갱이 같은 작은 성공들이 모여 시멘트를 바르고 벽돌을 쌓아 집을 짓는 과정과 같습니다. 작은 성공을 소홀히 하지 마십시오. 작은 실패를 가볍게 넘기거나 변명하지 마십시오. 당신이 가볍게 여긴 작은 실패들이 쌓여 인생 전체를 실패로 덮어버릴 수 있기 때문입니다.

중용 23장에도 이렇게 말합니다. "작은 일도 무시하지 않고 최선을 다해야 한다. 작은 일에도 최선을 다하면 정성스럽게 된다. 정성스럽게 되면 겉에 배어 나오고 겉에 배어 나오면 겉으로 드러나고 겉으로 드러나면 이내 밝아지고 밝아지면 남을 감동시키고 남을 감동시키면 이내 변하게 되고 변하면 생육된다. 그러니 오직 세상에서 지극히 정성을 다하는 사람만이 나와 세상을 변하게 할 수 있는 것이다."

작은 일에도 정성을 다하라는 이 말은 새기고 또 새겨야 할 지혜입니다.

일단 멈춤

브레이크(Brake) 없는 자동차가 도로를 질주한다고 상상해 보십시오. 얼마나 아찔한 일입니까? 인생도 달릴 때가 있는가 하면, 멈춰야 할 때를 알아야 합니다. 계속 달리기만 한다면 인생은 자칫 낭떠러지로 떨어져 회복 불능 상태로 빠질 수 있습니다.

인생의 브레이크란, 지금 내가 어디쯤 있는지, 그리고 어디로 향하고 있는지 점검하는 것을 의미합니다.

만약 어떤 문제의 해결이 잘되지 않거나 인간관계에서 불편한 감정 처리가 어렵고 그런 관계가 지속되고 있다면, 그것은 브레이크를 밟아야 할 타이밍입니다. 바로 '일단 멈춤'이 필요한 순간이지요.

삶에서 어떤 경우라도 한 발 물러서기 위해서는 가던 걸음을 멈추어야 합니다. 자동차도 후진 기어(Reverse gear)를 넣기 위해서는 먼저 브레이크를 밟아 차량을 멈추어야 하듯이, 무엇이든 멈춘 후에야 새로운 방향을 결정할 수 있는 법입니다.

현명한 사람은 달리는 중에도 자신이 목표로 하는 방향으로 정확히 가고 있는지 판단하기 어려울 때, 일단 멈추어야 한다는 것을 잘 알고 있습니다.

책을 읽을 때도 그렇습니다. 더 이상 읽혀지지 않고 진도가 나가지 않을 때가 있습니다. 이럴 때에는 일단 멈추고 자신이 어떤 책을 읽고 있는지, 어떤 속도로 읽고 있는지 점검해 보십시오. 속도를 내어 읽어야 할 책도 있고, 한 단어 한 단어 곱씹으며 소화해 가며 읽어야 할 책도 있습니다. 우유는 씹지 않고 마실 수 있지만, 질긴 고기를 우유처럼 삼킬 수는 없습니다.

이처럼 인생에 있어 브레이크는 아주 중요한 역할을 합니다. 그러나 브레이크는 움직이지 않는 자동차에 필요한 것이 아니라, 달리는 자동차에 필요한 것입니다.

삶에서 브레이크가 필요한 이유는 지금 당신이 달리고 있기 때문입니다. 만약 아무것도 하지 않고 있다면 브레이크는 필요하지 않을 것입니다. 브레이크를 밟는 것은 휴식을 취하기 위함이며, 진행 중인 방향을 점검하기 위함입니다. 휴식 없이 끊임없이 전진만 하는 인생은 더 이상 성장할 수 없습니다. 모든 성장은 깊은 휴식 이후에 이루어집니다.

근육 운동을 하는 사람들은 잘 알고 있습니다. 근육은 운동 중에 성장하는 것이 아니라, 휴식하고 영양을 섭취하며 성장합니다.

사랑도 마찬가지입니다. 사랑에 빠졌을 때는 콩깍지가 씌어 보이지 않던 것들이 사랑이 잠시 쉬어갈 때 비로소 보이기 시작합니다. 사랑의 열정으로 곰보도 보조개로 보이던 시절을 지나, 이제 곰보가 곰보로 보이기 시작했을 때 비로소 진정한 사랑이 시작됩니다. 왜냐하면 이때의 사랑은 보조개를 사랑하는 것이 아니라, 곰보를 사랑하는 것이기 때문입니다.

화려한 스포트라이트를 받는 연예인이나 스포츠 스타 같은 직업을 꿈꾸는 사람이라면, 스타가 된 이후에도 자신을 돌아보는 것이 중요합니다.

'풀 베팅'(Full Betting)이란, 자신의 모든 것을 걸고 승부를 내는 것을 의미합니다.

진정한 멈춤과 휴식을 배우기 위해서는 자신의 인생에 풀 베팅을 한 사람만이 그 의미를 제대로 깨달을 수 있습니다. 더 이상 손가락 하나 움직일 힘이 없을 정도로 모든 에너지를 쏟아낸 경험이 있는 사람만이, 휴식이 얼마나 큰 성장을 가져다주는지, 그리고 인생에서 브레이크가 얼마나 중요한지를 깊이 이해할 수 있습니다.

브레이크를 밟는 인생은 출발하고 달리는 인생에서만 가능한 일입니다. 행동하고 난 뒤에는 휴식이 필요하며, 달린 뒤에는 브레이크가 필요합니다.
열정과 성실함으로 열심히 살아가는 당신, 지금 이 순간 브레이크와 휴식이 필요한 때인지 한 번 돌아보시기를 바랍니다.

삶의 지혜 033

사이드미러(Side Mirror)

"뒤에도 눈이 달렸나?"라는 말을 듣는 사람은 나름대로 촉이 발달한 사람으로 느껴집니다. 꼭 이런 표현이 아니더라도, 상황 판단이나 변화된 환경에 대한 적응력이 얼마나 중요한지 알 수 있습니다. 실제로 사업을 크게 성공시킨 사람이나 직장에서 빠르게 승진하는 사람들의 공통점은, 마치 뒤에도 눈이 달린 것처럼 뒤도 보고 앞도 보고 주변을 두루 살피며 자기 위치와 나아갈 방향을 명확히 인지하는 감각을 지녔다는 것입니다.

만약 자동차에 사이드미러가 없다면 얼마나 답답할까요? 답답함을 넘어 거의 미칠 지경에 이를 것입니다. 요즘은 사이드미러를 대신할 여러 센서(Sensor)가 발달하여, 차 간의 간격이나 충돌 위험 여부를 후방 카메라(Rear Camera)를 통해 확인하며 후진하거나 회전할 때 활용하기도 합니다. 그럼에도 불구하고, 사이드미러는 여전히 자주 사용됩니다.

초보 운전자일 때는 앞만 보고 똑바로 달리는 것도 벅차게 느껴지기 마련입니다. 온 신경을 자동차에 집중시키면서도, 제대로 앞으로 나아가고 있는지 또는 내가 다른 차량들에게 방해가 되고 있지는 않은지 고민하며, 두 손으로 핸들을 꽉 잡고 어금니를 깨물며 운전했던 초보 시절이 누구나 있었을 것입니다.

그러나 시간이 지나 운전에 익숙해지면, 앞도 보고 뒤도 보고 사이드미러도 살피며 운전할 수 있게 됩니다. 그런데 운전에 조금 익숙해졌다고 자신하는 바로 그 순간, 초보에서 중급 운전자로 넘어가는 그 때에 교통사고가 가장 많이 일어납니다. 인생 또한 마찬가지입니다. 자신이 초보라고 생각할 때는 크게 실패하지 않지만, 자신이 조금 안다고 자만하는 단계에서는 큰 실패를 겪는 경우가 많습니다. 운전도 사이드미러를 꼼꼼히 보며 좌우의 위험을 감지하는 경우 사고를 피할 수 있습니다. 그러나 "내가 운전 좀 하지"라는 자만심으로 사이드미러를 보지 않고 "이 정도 공간이면 괜찮겠지" 하며 대충 끼어들다 보면 추돌 사고가 일어나기 마련입니다.

필자 또한 운전면허를 딴 지 40년이 넘었지만, 운전을 하면 할수록 더욱 어렵게 느껴집니다. 요즘은 운전 보조 장치들이 발전하여 과거보다 사고 위험이 크게 줄어들었음에도 그렇습니다. 운전의 고수가 될수록 사이드미러를 더 자주 확인하게 됩니다. 인생에서도, 자신이 가는 길에 어떤 위험이 숨어 있는지 미리 방지하기 위해서는 운전에서 사이드미러를 자주 보듯 자신의 상황을 점검하고 좌우를 살피는 지혜가 필요합니다.

항상 명심해야 할 것은 인생의 '최고수(最高手)'란 존재하지 않는다는 것입니다. 운전에서도 최고수는 없습니다. 인생은 죽을 때까지 배워도 다 배울 수 없다는 자세로, 언제나 처음 시작하는 마음으로 살아가는 것이 중요합니다.
운전 또한 초보 운전자의 마음으로, 항상 사이드미러를 확인하며 위험을 감지하는 것이 안전운전의 제일 원칙입니다. 당신도 하루를 시작하며 눈을 뜰 때, 오늘 하루가 어제와는 다른 새로운 하루임을 잊지 마십시오. 오늘도 새로운 것을 배우고자 하는 인생 초보자의 마음으로 살아간다면, 당신의 인생이 나락으로 떨어져 힘들어지는 일은 없을 것이라 믿습니다.

오답

세상을 살아가는 방법에는 정답이 없습니다. 그러나 그렇다고 해서 아무렇게 나 막 살아도 된다는 의미는 아닙니다. 세상을 살아가는 데에는 정답은 없지 만 해답(Solution)은 있습니다. 정답은 사전적 의미로 '옳은 답'을 의미하고, 반면 해답이란 그 답을 찾아가는 과정을 뜻합니다.

살다 보면 답을 구하려고 할 때는 보이지 않다가, 답을 구하려는 생각을 내려 놓고 무심히 있을 때 갑자기 답이 찾아올 때가 있습니다. 그렇다면 이렇게 갑자기, 우연히 찾아온 인생의 해답은 하늘에서 뚝 떨어진 것일까요?
아닙니다. 물리학에는 질량 보존의 법칙(Law of Conservation of Mass)과 역학적 에너지 보존의 법칙(Law of Conservation of Mechanical Energy)이 존재합니다.

사람의 정신세계 역시 밖으로 투사된 것들이 어떤 형태로든 우주 공간에 떠돌다가 결국에는 자신에게 다시 돌아오는 시간이 걸릴 뿐입니다. 지금 내 앞에 나타난 인생의 해답은, 그리고 그 해답이 제시하는 정답은, 우연히 나타난 것이 아니라 오래전에 내가 내보냈던 에너지가 나에게 길을 열어주기 위해 다시 찾아온 것이라 할 수 있습니다.

삶의 과정에서 문제없는 인생은 없으며, 문제없는 가정도 없고, 문제없는 사람도 없습니다. 누구나 자신이 가진 문제가 세상에서 가장 커 보이고, 자신의 문제만이 가장 중요하게 느껴질 때가 있습니다. 그래서 삶의 과정이란 끊임없이 다가오는 문제를 해결하기 위해 정답을 찾아가는, 해답을 구하는 여정인지도 모릅니다. 누구나 자신에게 찾아온 문제를 해결하는 정답을 알고 싶어 하지만, 그 정답은 찾으려 하면 오히려 더욱 멀어져 신기루처럼 보였다가 사라지고, 잡힐 듯 말듯한 거리에서 정답인지 오답인지 혼란스럽게 다가오기도 합니다.

주식투자를 조금하고 있는 개미투자자인 필자 역시 허망한 꿈을 꾸곤 합니다. 다음 날 주식시장에서 상한가를 치는 종목이나 미국 주식시장에서 폭등하여 텐배거(Ten bagger ; 주식이 10배 이상 상승한 종목)가 되는 종목을 예측할 수 있는 정답을 알 수 있다면 얼마나 좋을까 하는 상상을 해보기도 합니다. 그러나 그것은 시간과 공간의 제약을 받으며 살 수밖에 없는 인간으로서, 공상과학 영화에서나 가능한 이야기이지 현실에서는 일어날 수 없는 일임을 잘 알고 있습니다. 그래서 인생의 정답을 찾는 일은 어렵습니다. 왜냐하면 인생의 문제는 매일 바뀌고, 그에 따라 정답도 매일 바뀌어야 하기 때문입니다. 어제의 정답이 오늘은 오답이 될 수 있고, 오늘의 오답이 내일은 정답이 될 수도 있는 것이지요.

인생을 그런 관점으로 바라본다면, 지금 자신에게 닥친 문제로 인해 힘들어하거나 고통스러워할 일이 많지 않을 것입니다. 왜냐하면 오늘 고민하고 있는 문제가 내일이면 정답처럼 쉽게 해결될 수도 있기 때문입니다. 인생이라는 제한된 시험 시간은 지금도 지나가고 있습니다. 그 시간 안에 풀어야 할 시험 문제의 정답을 모두 맞추는 인생을 바라지 마십시오. 당신의 삶에 오답을 썼던 경험도 당신의 인생입니다. 오답도 능력입니다. 오답을 통해 정답을 찾아가는 것이 바로 인생이 아닐까요?

삶의 지혜 035

호우주의보

며칠 전 가을비가 내리며 호우주의보가 발령되었습니다.

올여름 보기 드문 무더위를 지나 추석 때도 폭염의 기세는 꺾이지 않았습니다. 잠시 가을이 온 듯하더니, 가을비라고 하기엔 지나치게 많은 비가 내려 제가 사는 부산에는 호우주의보가 내려졌습니다.

인생에서도 위기가 미리 준비하고 알고 있던 위험만 찾아온다면 얼마나 좋겠습니까? 하지만 살다 보면 전혀 예상치 못한 일들이 갑자기 찾아오곤 합니다. 그때 어떤 방식으로 대응하느냐는 사람마다 다릅니다. 미리 위기가 찾아올 것을 예상하고 준비했던 사람과 아무런 준비 없이 위기를 맞이한 사람은 그 위기를 극복하는 해결 능력에서 큰 차이를 보일 수밖에 없습니다.

삶을 살아가며 자신에게 닥칠 일이 항상 좋은 일들만 있을 것이라고 생각하는 것은 얼마나 위험한 태도일까요?

여기서 말하고자 하는 것은 비관주의를 권장하는 것이 아닙니다. 오히려 언제든 자신의 인생에도 최악의 상황이 닥칠 수 있다는 가능성을 열어두고, 그 일이 왔을 때 어떻게 받아들이고 처리할지를 미리 준비하는 자세가 필요하다는 것입니다.

그렇게 준비했을 때, 자신의 인생에 찾아온 위기를 슬기롭게 극복할 수 있고, 극복하고 난 후에는 "비 온 뒤에 땅이 굳어진다"는 속담처럼 더욱 단단한 환경을 만들어낼 수 있습니다.

가을에 내린 폭우처럼, 당신의 인생에도 언제든 예정에 없던 손님이 찾아올 수 있습니다. 그 손님이 반가운 손님이라면 좋겠지만, 늘 그런 손님만이 찾아오지는 않습니다.

경제적 위기, 건강의 문제, 사랑하는 사람과의 갈등, 친구의 배신, 사업의 부도 등 다양한 형태로 초대받지 않은 손님이 찾아올 수 있습니다. 그러나 이를 잘 극복할 준비가 되어 있는 사람에게 찾아온 불행이라는 손님은 오히려 더 큰 성공으로 나아가는 훈련 과정이라고 여기며 견뎌낼 수 있기를 바랍니다.

예측했음에도 불구하고 강한 태풍이나 예기치 못한 날씨를 만난다면 결국 그것을 견뎌내는 수밖에 없습니다.

인생에서도 자신이 감당할 수 있는 크기만큼의 시련만 닥쳐오는 것은 아닙니다. 시련의 크기는 언제나 자신이 예상했던 것보다 더 크게 다가오곤 합니다. 하지만 하늘은 인간이 견딜 수 없을 정도의 시련은 주지 않는다고 합니다.

니체(F. Nietzsche)는 말했습니다.

"나를 죽이지 못하는 시련은 나를 더욱 강하게 만든다."

시련을 어떻게 받아들이고 극복해나가느냐는 각자가 시련에 대해 얼마나 깊이 사색하고 명상해왔느냐에 달려 있습니다.

그리고 시련을 극복하기 위한 트레이닝(Training)에서 가장 중요한 것은, 어떤 시련이라도 반드시 이겨내겠다는 굳은 의지입니다.

현재 시련과 마주하고 있는 당신, 두렵더라도 한 걸음 더 내디딜 용기를 응원합니다.

두려움

두려움이 어떨 때 일어납니까?

지나간 시간이 당신에게 두려움을 준다면, 그것은 과거의 기억 속 고통스러운 결과들이 미래에도 반복될 것 같다는 생각 때문일 것입니다. 과거와 비슷한 조짐이 보일 때마다 두려움은 다시 찾아옵니다.

그래서 우리는 다양한 방법으로 미래를 예측하려 하지만, 대다수의 경우 그것은 헛된 노력에 불과합니다. 유명한 점집이나 사주팔자, 타로카드 같은 미래를 예측해 준다는 직업들이 성행하는 이유도 바로 사람들의 두려움과 욕망을 교묘하게 이용한 것이라고 생각됩니다. 사람들은 미래에 찾아올지도 모르는 불행을 방지하고 싶어 하고, 꽃길 같은 미래를 꿈꾸며 누군가로부터 긍정적인 말을 듣고자 하는 마음이 강하기 때문이지요.

운명론을 믿는 것과 믿지 않는 것은 개인의 선택입니다. 여기서 운명이 있다, 없다는 논쟁을 하려는 것이 아닙니다. 다만, 어느 쪽에 서 있든 간에 미래에 대해 과도한 기대나 공포는 모두 삶에서 쓸데없는 걱정이었음을 깨닫게 될 것입니다.

사별한 전처는 사주나 타로카드에 큰 흥미를 가지고 있었습니다. 한 번은 유명하다고 알려진 명리학 교수에게 예약을 하고, 상당한 비용을 들여 함께 사주를 보러 간 적이 있었습니다. 여러 곳에서 사주를 보며 공통적으로 나온 결과는, 우리의 궁합은 매우 좋으며 3년에서 5년 후 대운(大運)이 들어와 엄청난 부와 명예를 누리며 행복하게 살 것이라는 이야기였습니다. 그러나 그로부터 3년 남짓한 시간이 지난 후, 전처는 허망하게 세상을 떠났습니다.

오늘 우리가 살아가는 이 순간은 과거의 미래였습니다. 오늘이 만족스럽지 못한 이유가 과거의 결과 때문일 수도 있겠지만, 더 중요한 것은 지금 이 순간, 자신의 상황을 받아들이는 마음의 자세가 아닐까요?

미래의 삶이 풍요롭고 행복하기를 바란다면, 두려움을 예방하려는 노력보다는 현재 흘러가고 있는 시간을 사랑하고, 앞으로 다가올 미래에 어떤 일이 닥치더라도 자신의 삶을 사랑하겠다는 다짐을 해보는 것이 어떨까요?

다가올 모든 시간에 대해 사랑할 준비가 되어 있는 사람은 두려움에 떨 필요가 없습니다. 왜냐하면 그것이 행복이든 불행이든 상관없이 모든 것을 사랑할 준비가 되어 있기 때문입니다.

미래를 예측하려는 행위는 지금 가지고 있는 것을 잃을까 걱정하며 불안에 떠는 삶일 수 있습니다. 그러나 지나간 시간 동안 당신이 지키고 싶어 했던 수많은 것들 중 무엇이 그대로 남아 있습니까? 이미 잃어버린 것들은 없는지, 당신 스스로 버린 것은 없는지 돌아볼 필요가 있습니다.

기대하지 않는 삶이 오히려 더 큰 자유를 줄지도 모릅니다. 아무것도 바라지 않는 미래를 받아들일 준비가 된 사람은 두려움과 공포에 휩싸이지 않습니다. 두려움은 기대를 먹고 자라납니다. 미래에 대한 기대라는 열매와 함께 두려움은 신이 주는 '덤 상품'일지도 모릅니다.

훌륭한 과일 농부는 가을에 열릴 열매의 크기나 당도를 미리 알고 싶어 하지 않습니다. 다만 오늘 하루 온 정성을 다해 농사를 짓습니다. 그러면 그 보답으로 맛있고 당도 높은 과일이 가을에 농부에게 선물처럼 다가오는 것입니다. 농부가 자신의 일을 진정으로 사랑할 때, 그 사랑의 열매가 풍성하게 열리는 것입니다.

미래 시간에 대한 두려움보다는 오늘 하루를 사랑의 나무로 심고, 사랑의 거름과 물을 주며, 사랑의 햇빛을 받아 열매를 키워 보십시오. 지금 흘러가는 시간을 사랑하는 것, 지금 곁에 있는 사람을 사랑하는 것이 바로 미래에 대한 두려움을 극복하는 유일한 방법입니다.

당신을 스쳐 지나가는 시간을 사랑할 수 없는 사람이 어떻게 미래의 시간이 아름답기를 바라겠습니까? 당신의 지금을 사랑하십시오. 그것만이 미래 시간에 대한 두려움에서 완전히 자유로운 인생을 가져다줄 열쇠입니다.

식생활

먹고 마시는 것, 즉 식생활에서 어떤 것이 건강에 좋은지, 나쁜지 명확히 구분하기란 쉬운 일이 아닙니다.

친환경(親環境) 유기농(有機農)이라는 문구가 붙으면 가격이 터무니없이 비싸지는 농수산물이 많아지는 실정입니다. 후쿠시마 원전수 방류 사태 이후에는 수산물 기피 현상이 생겨나기도 했고, 조류 인플루엔자나 소, 돼지 전염병이 돌 때마다 해당 식품의 소비가 급격히 감소하곤 합니다.

어떤 기준을 따라 살아가야 할지 알 수 없을 정도로 복잡한 선택의 연속 속에서, "이렇게까지 해야 하나?"라는 생각이 들 때도 많습니다.

사람마다 기준이 다르기에, 어떤 선택이 꼭 옳다고 말하기는 어렵습니다. 그러나 식품을 선택할 때 우리에게 도달된 정보가 얼마나 믿을만한지, 그리고 그 정보에 따라 본인 형편에도 맞지 않을 만큼 비싼 식료품을 구입해 먹는 것이 건강에 이로운지 다시 생각해봐야 할 필요는 있습니다. 건강을 유지하려는 명분으로 지출된 경제적 비용이 오히려 삶의 고통을 더하는 원인이 된다면, 이는 되돌아볼 문제입니다.

하지만 가장 중요한 것은 어떤 식료품을 선택하느냐보다 그 선택한 식료품을 얼마나 정성스럽게 요리하느냐가 아닐까요? 동네시장에서 저렴하게 구입한 야채, 과일, 수산물, 축산물이라도 잘 손질하고 맛깔스럽게 요리하는 것이 더 중요합니다.

물론 싱싱한 식료품이면 좋겠지만, 지나치게 친환경 유기농을 기준으로 삼아 비싼 비용을 들여가며 시간을 낭비하기보다, 정서적 안정을 찾고 한 줄의 책이라도 읽는 데에 투자하는 것이 오히려 더 건강한 노년을 준비하는 데 도움이 될 수 있습니다.

티베트 속담에는 이런 말이 있습니다.
"걱정해서 걱정이 없어지면 걱정이 없겠네."

이는 참으로 지혜로운 속담이 아닐 수 없습니다.

요즘에는 정수기가 없는 가정을 찾기 어렵습니다. 수돗물을 바로 마시는 사람은 극소수인 것 같습니다. 밥을 짓는 물이나 국, 찌개를 끓이는 물조차 생수나 정수기물을 사용하는 것을 볼 때, 과연 올바른 선택인지 의문이 들 때도 있습니다. 물론 정수기는 더운 물과 찬물을 언제든 간편히 사용할 수 있어 커피 한 잔을 끓이는 번거로움을 덜어주는 편리함이 있습니다.

하지만 얼마 전까지만 해도, 정수기가 물 속의 미네랄(Mineral)을 모두 걸러낸다고 하여 기피하는 사람들도 있었습니다. 참고로 저는 수돗물을 그냥 마시거나 보리차를 끓여 마시는 것을 선호하지만, 함께 사는 사람과의 균형을 맞추기 위해 물이나 식료품을 구매할 때 제 기준을 강요하지는 않습니다.

지구 환경이 극도로 악화된다면 그 어떤 사람도 그 영향에서 자유로울 수 없습니다. 그렇다면, 조금은 선택의 기준을 내려놓고 먹거리와 마실거리를 준비하는 것이 오히려 건강한 삶의 방식을 만드는 데 도움이 되지 않을까 합니다. 너무 과한 염려로 인해 음식 선택조차 신경을 써야 하는 세상에서 살아가는 요즘 사람들, 그리고 그들 속에서 살아가는 저 역시 무엇이 옳은지 자주 혼란을 겪곤 합니다.

그러나 어떠한 경우라도, 염려로 인해 받는 스트레스보다 더 큰 문제는 없지 않을까요?

삶의 지혜 038

1,679,000,000,000

이 숫자가 무엇을 뜻하는지 짐작하시겠습니까? 이는 우주에서 태양계가 생긴 이후, 지구가 태양 주위를 46억 번 공전하는 동안 지구가 자전한 횟수입니다. 즉, 지구가 생성된 이후 자전한 횟수가 1조 6,790억 날을 지나고 있습니다. 그러나 이 수많은 날들조차 오늘 내가 보내고 있는 이 하루보다 중요하지는 않습니다. 이렇게 소중한 하루라는 시간을 그저 헛되이 흘려보낸다면, 그 하루를 산 것이라고 할 수 있을까요?

하루를 산다는 것은 당신에게 부여된 하루라는 시간을 살아내는 것입니다. 그렇다면 하루를 살아낸다는 것은 무엇을 의미합니까? 그것은 당신에게 주어진 시간을 순간순간 창조하며 살아가는 것을 뜻합니다.

순간순간 창조하는 삶이란 거창하거나 대단한 것이 아닙니다. 인간과 동물의 공통점은 먹고 마시는 것과 자신에게 주어진 수명만큼 살아가는 것입니다. 그러나 그 주어진 시간을 그저 흘려보내며 살 것인지, 그 시간을 사용하여 어제와 다른 자신을 창조하며 살아갈 것인지는 인간과 동물의 차이라 할 수 있습니다.

인간은 진화하면서 시간을 자각하기 시작했고, 그때부터 어떤 사람은 시간을 사용하는 삶을 살았고, 또 어떤 사람은 시간을 흘려보내며 인생을 마감했습니다. '시간을 사용하는 삶'이란 무엇인지 스스로 돌아본다면 충분히 알 수 있을 것입니다. 시간이 없다는 핑계로 운동을 하지 못하거나 책을 읽지 못하거나 글을 쓰지 못하거나, 사랑하는 사람에게 전화를 하지 못하며, 바쁘다는 말을 입에 달고 또 하루를 보내고 있다면, 과연 당신의 하루는 창조된 하루였습니까? 아니면 그저 흘려간 하루였습니까? 한 번 돌이켜보시길 바랍니다.

운동이 필요한 사람에게 필자가 즐겨 하는 '프랭크'라는 운동은 소요 시간이 5분 안팎입니다. 엘리베이터를 향해 뛰어오는 사람을 기다려주지 않고 닫힘 버튼을 누르는 시간이 창조된 시간이라고 볼 수 있을까요? 자신의 시간을 1분 1초도 헛되이 보내지 않겠다는 삶을 살아가는 것은 시간을 창조하는 삶입니다. 그저 하루하루를 의미 없이 먹방 프로그램이나 정치 관련 유튜브 영상, SNS에서 악성 댓글을 달거나, 누군가를 비난하는 글을 작성하고 있다면, 그것이 창조된 시간이라고 생각하십니까?

사람들과 나누는 대화가 누군가를 시기하고 질투하며 헐뜯는 것을 '수다'라고 여기고, 자신의 불평불만을 표현하며 세상이 망했으면 좋겠다는 말을 입에 달고 산다면, 과연 그 사람은 창조적인 시간을 살고 있는 사람일까요?

건강한 몸을 위해 따로 시간을 내서 운동을 해야 한다고 생각한다면, 지금 당신은 시간을 사용하지 않고 있다고 볼 수 있습니다. 필자는 하루 중 5분짜리 토막 운동을 하는데, 어떤 날은 두세 번, 많은 날은 다섯 번 이상 진행합니다. 신호 대기 중이거나 누군가를 기다리는 자투리 시간에 스트레칭을 하거나, 사무실에서는 팔굽혀펴기를 두 세트를 하는 식으로 시간을 활용합니다.

또한 휴대폰에 설치된 밀리의 서재 앱을 열어 10~20분씩 독서를 하거나, 자전거를 타는 시간에는 이어폰을 끼고 윌라 오디오 북을 통해 책을 읽습니다. 당신에게 부여된 시간을 사용하는 것이 바로 당신의 삶을 살아내는 방법입니다.

우리는 지구가 자전하고 있는 1조 6,790억 날을 지나 평균 수명 기준으로 약 3만 날 정도를 살다 흔적도 없이 사라질 것입니다. 앞서 살았던 수많은 사람들도 그렇게 흔적 없이 사라져 갔습니다. 그렇다고 해서 모두가 시간을 사용하며 삶을 살아갔다고 볼 수 있을까요?

그리고 지금 이 순간을 살아가는 많은 사람들은 시간을 사용하는 삶을 살고 있습니까?

당신에게 부여된 1분이라는 시간을 살아낼 것입니까? 아니면 흘려보낼 것입니까? 사용할 것입니까? 바라볼 것입니까? 모든 선택은 지금 지나가고 있는 이 1분, 그 1분에 달려 있습니다. 당신의 선택이 시간을 그저 흘려내고 바라보는 삶을 사는 것이 아니길 바래봅니다.

치과 치료

평생 치과 치료와는 거리가 먼 삶을 살던 필자가, 얼마 전 아내가 예약해 둔 관계로 스케일링과 치과 검진을 받으러 갔다. 그동안 유전적으로 치아가 튼튼하다는 자만심에 사로잡혀, 죽을 때까지 치과와는 인연이 없을 거라고 생각하며 살아왔다. 치과 치료를 받으러 간 것은 지금까지 딱 세 번뿐이었다. 사랑니 발치, 스케일링, 그리고 십여 년 전에 어금니 충치 치료를 위해서였다.

솔직히 말하자면, 양치질도 정성스럽게 하거나 철저히 관리한 편은 아니었다. 그런데 이번 검진 결과를 보고 깜짝 놀랐다. 관리를 제대로 하지 않으면서도 결과가 좋길 바란 스스로의 무지가 얼마나 어리석었는지 깨닫게 됐다. 충치 5개, 보철 치료, 신경 치료, 그리고 레진 시술로 치료비가 약 300만 원에 달했다. 환갑이 가까워질 때까지 임플란트 없이 자기 치아로 살아온 것만 해도 다행이라며 스스로를 위로했다. 그리고 지금부터라도 치아 관리에 더 신경 쓰겠다고 다짐했다.

치과 치료는 보통 얼굴에 얇은 천을 덮고 진행된다. 기계음이 돌아가는 소리가 듣는 사람으로 하여금 괜한 공포심을 자아내기도 한다. 신경 치료의 경우 마취를 하고 진행되기에 큰 통증은 없지만, 치과의 분위기와 특유의 기계 소음은 치료 의자에 앉은 사람을 필요 이상으로 긴장하게 만든다. 치과에 다니며 새삼 깨달은 것은 모든 건강은 좋을 때 미리 관리하는 것이 중요하다는 점이다.

몸 건강이든 정신 건강이든, 대부분 한순간에 크게 나빠지는 경우는 드물다. 치아뿐만 아니라 다른 장기들도 마찬가지다. 대부분 방만한 관리를 하다 점진적으로 나빠지고, 어느 순간 질병의 단계에 이르게 된다. 혈압, 당뇨, 고지혈증 같은 성인병도 어느 날 갑자기 찾아오는 것이 아니다. 물론 필자처럼 유전적으로 건강한 신체를 타고난 사람은 그 운이 감사할 따름이다. 이런 몸을 물려주신 부모님께 100번이고 1,000번이고 절을 하고 싶을 만큼 말이다.

운동 중독에 가까울 정도로 익스트림 스포츠를 좋아했던 과거 때문에 족저근막염과 무릎 관절의 약화라는 결과를 얻었지만, 이는 내 행동이 만든 결과로서 겸허히 받아들이고 관리하며 살아가고 있다. 나이가 들수록 여기저기 조금씩 안 좋은 부분이 생기기 마련이다. 이는 몸뿐만 아니라 자동차도 마찬가지다. 출고된 연식이 오래되었다 하더라도 관리 상태에 따라 차량의 상태는 천차만별이다.

건강을 유지하는 데 있어 타고난 유전보다는, 스스로 약한 부분을 잘 알고 꼼꼼히 관리하는 사람이 더 장수하는 경우가 많다. 이는 정신 세계 또한 다르지 않다. 필자도 젊은 시절에는 공격적이고 독선적이며 독단적인 성격으로 인해 가까운 가족들에게 큰 어려움을 준 적이 있다. 돌아보면 부끄럽고 후회스러운 순간이 적지 않다.

하지만 꾸준히 독서와 사색, 명상, 그리고 글쓰기를 실천하면서 스스로를 훈련했다. 그 결과 지금의 모습은 젊었을 때의 모습보다 훨씬 더 나아졌다고 느낀다. 젊은 시절의 나보다 지금의 내가 더 좋다는 확신을 갖고 있다.

나이가 들어 늙어가는 신체는 어쩔 수 없다고 생각하지만, 정신 세계는 나이가 들어도 점점 더 건강하고 풍요롭게 만들 수 있다. 육체는 세월 앞에 무릎 꿇을지 몰라도, 정신은 시간으로부터 자유롭게 발전할 수 있다. 건강한 신체를 위해 철저한 관리가 필요하듯, 정신 세계도 공짜로 얻어지는 것은 아니다.

어제의 나를 되돌아보고, 스스로를 새롭게 창조하려는 열망을 가진 사람은 계속해서 더 나은 자신으로 태어날 수 있다. 그렇게 정신 세계는 나이가 들어서도 날로 젊어질 수 있다. 당신의 삶이 죽는 날까지 항상 청춘일 수 있는 방법은 바로 정신 세계를 푸르르게 관리하는 것이다.

지금 이 순간부터 내면의 성장을 위해 무엇을 할지 고민해보길 바란다. 그것이 당신 삶의 푸른 청춘을 오래도록 지속시킬 열쇠가 될 것이다.

수능시험

대한민국에서 태어나 성장하는 과정에서 성인과의 경계선상에 있을 즈음, 대부분은 대학수학능력시험(수능)을 치르게 됩니다. 우리 어렸을 때는 명칭이 조금 달랐던 것으로 기억되지만, 지금처럼 중요한 시험이라는 점은 변함이 없었습니다. 고등학교 3학년 시절, 수능 성적이 어떻게 나오느냐에 따라 인생의 진로가 크게 결정됩니다. 그 결과로 명문 대학에 진학하고, 좋은 직장을 얻거나, 의사·판사·검사 같은 소위 '사(士)자 직업'에 속하게 되는 사람들이 생겨납니다. 그러나 수능시험과 무관하게, 삶은 끊임없이 자신 앞에 놓인 문제를 풀어 나가는 과정의 연속이라고 느껴질 때가 많을 것입니다.

수능 시험을 통해 좋은 직장이나 직업을 얻게 되었을지도 모르지만, 인생에서 맞닥뜨리는 수많은 문제들은 수능 시험처럼 답안지가 따로 있는 것도 아니며, 점수가 정해져 있는 것도 아닙니다. 대개 균형 잡힌 성공적인 인생을 살아간 사람들은 수능 시험 같은 성적은 우수하지 않았더라도, 인생의 시험을 현명하게 치른 사람들입니다. 삶에서 끊임없이 다가오는 문제들은 암기 과목을 잘하거나, 외국어·수학·과학 같은 특정 영역에서 뛰어나다고 해서 해결할 수 있는 것이 아닙니다.

살아가면서 마주하는 문제들은 대부분 사람과 관련되어 생기며, 사람과 관련된 문제들은 정답(正答)을 내릴 수 없습니다. 왜냐하면 사람 때문에 생겨난 문제들은 그 자체로 이전에 세상에서 한 번도 마주한 적 없는 새로운 문제들이기 때문입니다. 또한 매일 만나는 사람들과의 문제들은 각 개인마다 다르기에, 타인이 내 문제의 정답을 줄 수 없듯이 나 또한 타인의 정답을 가르칠 수 없습니다.

이처럼 단 한 번도 풀어본 적 없는 '사람과의 문제'를 매일 해결해 나가며 살아가는 것이 인생이라면, 사람이라는 문제를 잘 풀어가는 사람은 어떤 사람일까요?

그것은 정답이 없는 인생의 과정을 이해하고, 그때그때 자신이나 타인에게 닥친 문제를 해결하며 해답(解答)을 찾아가는 능력을 가진 사람입니다. 세상이 시시각각 변한다는 사실을 충분히 인식하며, 문제를 풀어나가는 방식 또한 고정되어 있지 않음을 늘 염두에 두는 사람이야말로 인생이라는 퍼즐 속에서 매 순간 맞춤형 정답을 창조할 줄 아는 사람일 것입니다.

흔히들 "인생에는 정답이 없다"고 합니다. 맞는 이야기입니다. 하지만 인생에서 마주치는 그때그때의 인간관계 문제들은 조금 더 지혜롭게 풀어나갈 수 있는 해답이 늘 존재합니다.

수능 시험 방식으로 삶의 문제가 해결되지 않는다면, 당신이 풀고 있는 문제를 해결하는 방식이 과연 올바른 접근인지 돌아보아야 할 것입니다. 삶의 문제들 중 가장 큰 비중을 차지하는 것이 바로 인간관계이기 때문입니다. 그리고 모든 고통의 근본은, 인간관계를 제대로 풀어내지 못하는 데서 비롯됩니다.

스트레스와 경쟁

삶에서 스트레스를 주는 요인은 무엇일까요? 한 가지로 꼭 집어서 말하기는 어렵지만, 그중에서도 경쟁을 어떻게 받아들이고 수용하며, 또 활용하느냐에 따라 삶의 질이 달라진다는 것은 분명합니다.

우리는 태어나 돌이 지나기도 전에 부모의 말과 행동을 통해 경쟁심을 자극받으며 성장하는 것은 아닌가 싶습니다.

생후 몇 개월에 걷기 시작했느냐, 누구 집 아이는 9개월에 걸었다는데 우리 아이는 왜 늦는지에 대한 부모의 비교는 시작에 불과합니다. 아이가 말을 배우기 시작하면, 생후 몇 개월 만에 말을 하기 시작했는지조차 비교 대상이 됩니다. 그 후 유아기, 유치원을 지나 초등학교에 입학하면서는 부모 스스로 주변 아이들과 비교하기 시작합니다.

하지만 그들이 기준으로 삼는 '평균'이 정말 평균인지 혼란스러울 때가 많습니다. 상위 몇 퍼센트의 천재성이나 특별한 아이들을 기준으로 삼아 자녀를 키운다면, 기준에 못 미쳤을 때 우리 아이가 사회에서 뒤처지는 것은 아닐까 염려하는 부모가 적지 않습니다.

심지어 키마저도 경쟁의 대상이 됩니다. 유전적 요인보다 관리가 중요하다고 말하지만, 아무리 봐도 유전적 요인이 훨씬 더 크게 작용하는 것 같습니다.

그런데 키가 작은 부모가 아이의 큰 키를 바라는 것이 과연 무슨 심보일까요?
그리고 키의 크고 작음마저 왜 경쟁해야 하는 것일까요?
이러한 교육 환경 속에서, 만약 키가 작은 아이가 스스로를 '루저(Loser)'라고
생각하게 된다면 얼마나 한심하고 안타까운 일입니까?
살아가는 데 키가 작은 것이 얼마나 큰 불편을 줍니까?

높은 곳에 물건을 내릴 때 정도를 제외하면, 사실 키가 크다고 특별히 유리한
점은 없습니다. 그러나 키의 크고 작음마저도 경쟁의 대상으로 보는 시각이 우
리 아이들에게 세상은 오로지 경쟁의 장이고, 그 경쟁에서 밀려난 인생은 삼
류 취급을 받는다는 잘못된 인식을 심어줍니다. 이런 환경에서 자라난 아이가
성인이 된다면, 세상의 모든 것들을 경쟁 대상으로 여기며 살아가게 됩니다.

그 결과 경쟁 의식이 내면에서 자라며, 결국 그 경쟁 의식이 스스로를 고통으
로 몰아넣는다는 사실조차 깨닫지 못한 채 살아가는 경우가 많습니다.
아파트 평수, 타고 다니는 자동차, 연봉, 심지어는 외모 나이까지도 경쟁의 기
준이 되어 성형외과를 찾는 것이 현실입니다.

경쟁이 가져온 이런 폐해에도 불구하고, 내면의 경쟁심을 내려놓기 어렵다면,
우리는 내가 도대체 누구와 경쟁하고 있는가를 스스로 살펴보아야 합니다.
인생을 누구와 경쟁하기 위해 산다면, 그것만큼 불행한 일이 또 있을까요? 경
쟁은 필연적으로 승자와 패자를 낳습니다. 승자가 없는 경쟁이라 해도, 스스로
어떤 기준을 정해 거기에 미치지 못한다면, 자기 자신을 패자로 여길 수밖에
없습니다. 그렇다면 인생은 얼마나 비참하게 느껴질까요?

진정한 경쟁이란 자기 내면, 곧 자기 자신과의 경쟁입니다. 이는 어제보다 더 나은 사람이 되기 위해 노력하는 것을 의미합니다.

누구나 살고 싶은 인생의 모델이 있을 것입니다. 그 모델이 단지 돈의 노예로 살아가는 것이 아니라, 조금 더 자애롭고 정신적으로 성숙한 인간이라면, 이제 타인과의 경쟁 의식을 조금은 내려놓아야 합니다.

그럴 때 비로소 자신과의 경쟁에서 원하는 삶을 성취할 수 있을 것입니다.

자유롭고 평안하며 행복한 삶을 원하신다면, 자기 자신과의 대화를 통해 더욱 성숙한 인간으로 성장하기 위한 경쟁을 시작해보시길 바랍니다. 그것이 진정 삶의 스트레스에서 벗어나 자유로워지는 길입니다.

스승

'군사부일체(君師父一體)'라고 합니다. 그래서 스승의 그림자도 밟지 않았다는 말처럼, 스승을 부모와 동격으로 여겼습니다. 하지만 스승이 선생(先生)이 되고, 선생이 교사가 되면서 그 자리를 위협받는 이유는 무엇일까요? 그리고 앞으로 선생이란 자리는 어떤 의미를 가지게 될까요? 교사란 자리는 어떤 위치가 되어야 할까요? 우리가 흔히 고등학교까지의 선생님을 '교사(教師)'라고 부릅니다. 선생이란 먼저 살아본 경험을 바탕으로 나중에 살아가는 사람들에게 길을 안내하는 역할을 하는 사람을 말합니다. 일반적으로 존칭으로도 '선생'이라는 말을 많이 사용하기도 합니다.

그렇다면 선생이 참다운 선생이 되기 위해 무엇을 해야 할까요? 이제 AI 시대에 되물어보고 싶습니다. 앞으로 단순히 지식을 전달하는 역할은 선생보다는 AI가 훨씬 더 잘 할 것이라는 사실은 명백해 보입니다. 정보의 양이나 정확도 면에서 인간의 선생이 AI를 따라갈 수 없기 때문입니다.

그렇다면 학교(學校)가 사라질까요? 이 질문에도 의문이 남습니다. 학교가 단순히 지식을 전달하는 역할을 다하기 위해 존재한다면, 학교는 사라져야 합니다. 학교의 존재 이유가 '지식 전달'로 한정되어서는 안 됩니다. 아무리 AI로부터 교육받는 사람이 더 많은 지식적 역량을 갖추더라도, 인간 삶이라는 것이 지식의 양과 비례하는 것은 아닙니다. 인간이 살아가면서 길을 잃고 헤매는 것이 반드시 지식 부족 때문만은 아니기 때문입니다.

그렇다면 스승은 무엇을 가르쳐야 할까요?

과거 사부(師父)라 불리는 스승은 무엇을 가르쳤을까요? 결국 인간의 삶은 궁극적인 질문으로 나아가지 않을까 생각합니다.

"나는 누구인가?"
"어디서 왔는가?"
"어떻게 살아야 하는가?"
"어디로 가는가?"

이러한 질문을 끊임없이 던지고, '왜?'라는 물음표를 이어가는 과정 속에서 보다 나은 인간의 삶이 무엇인지 가르치는 것이 바로 선생의 역할이 아닐까요?

AI 시대에 선생님들이 무엇을 가르쳐야 할까요? 정신 세계를 AI가 모두 교육할 수는 없습니다. 당분간 AI 기술이 아무리 발달한다 하더라도 정신 세계와 감성적인 부분까지 완벽하게 교육할 수는 없습니다. 그렇다면 선생님들이 가르쳐야 할 영역이 이미 명확히 드러나 있다고 봅니다.

학교가 계속 존재해야 하는 이유가 대학입시를 위한 것이라면, 학교는 사라져야 합니다. 학교를 다니지 않고도 대학입시를 잘 준비할 방법은 이미 다양하게 열려 있습니다.

예를 들면, 중학교 3년 동안 필독서 3,000권 중 50권을 읽고 독후감을 쓰고,

고등학교 3년 동안 필독서 5,000권 중 70권을 읽고 독후감을 작성하는 식의 교육 방식은 어떨까요? 매일 5km를 달리기하고 팔굽혀펴기 100회를 하는 것과 같은 체력 훈련도 포함시킬 수 있습니다.

또한 개인의 삶의 역량뿐만 아니라 타인과 효과적으로 공존하는 방법, 인간관계에서 갈등을 해결하는 법, 수많은 유혹과 위험에 노출된 세상과 소통하는 방법, 그 유혹들을 극복하는 방법, 위험을 피해가는 법 등 가르쳐야 할 내용은 끝없이 제시할 수 있습니다.

시험을 잘 보기 위한 일타강사(一打講師)는 인터넷 서비스로 충분히 접할 수 있습니다. 그렇다면 학교에서 만나게 되는 선생님들이 해야 할 역할과 영역은 그것과는 다른 차원의 무언가가 되어야 하지 않을까요?

미래 선생님들이 해야 할 역할에 대한 고민이 깊어지는 시기라고 생각합니다.

삶의 고통

하루하루 삶이 힘들고 고달플 때, 우리는 흔히 "삶이 이렇게 견디기 힘들 정도로 고통스러운가?"라고 느끼곤 합니다. 만약 당신이 지금 삶의 고통 속에서 살아가고 있다면, 지난 시간을 돌이켜보며 고통스럽지 않았던 순간이 언제였는지 회상해보시기 바랍니다. 아마 쉽게 기억해내지 못할 겁니다. 왜냐하면 당신은 삶이 어떤 형태로 다가오든지 간에 행복이나 만족보다는 고통을 더 많이 느꼈을 가능성이 크기 때문입니다.

물론, 누가 봐도 불가역적인 어려움을 겪고 있는 사람도 있습니다. 사랑하는 가족, 그것도 자식이나 반려자가 예상치 못한 죽음이나 사고로 갑작스럽게 떠났을 때 느끼는 상실감은 매우 크고, 그러한 고통을 치유하는 데는 시간이 필요합니다.

하지만 이러한 몇 가지 특별한 경우를 제외하고, 사람이 느끼는 대부분의 고통은 그 상황을 받아들이고 인식하는 능력과 방식에서 비롯된 것이라고 할 수 있습니다. 어떤 사람은 전혀 불행이라고 느끼지 않는 상황을 당신은 불행하다고 느낄 수 있습니다. 이에 대해 스스로 돌아보는 것이 필요합니다.

옛말에 "천석꾼은 천 가지 걱정, 만석꾼은 만 가지 걱정"이라는 말이 있습니다. 만약 자신이 원하는 것을 소유하지 못한 것을 불행이라 느낀다면, 그 불행은 어떤 경우에도 완전히 해결될 수 없습니다. 이는 외부에서 원하는 것을 얻지 못해 느껴지는 불행이 아니라, 당신 내부에서 타오르는 탐욕(貪欲)이 가져다준 불행이기 때문입니다.

이러한 불행은 탐욕의 불을 끌 때만 해결될 수 있습니다. 왜냐하면 인간이 원하는 것이 사라진 삶은 곧 죽음을 의미하기 때문입니다. 살아 있는 동안 탐욕의 불을 끄기 위해서는 끊임없이 사색과 명상을 해야 합니다. 불교에서는 삶을 힘들게 하는 세 가지 마음, 즉 탐진치(貪瞋痴)를 '삼독심(三毒心)'이라 부르며 가르칩니다. 삼독심은 세상에 대한 신비가 사라질 때 함께 찾아옵니다.

탐욕의 정도를 스스로 측정하는 것은 쉬운 일이 아닙니다. 탐욕이 적은 사람은 어떤 것을 사치라 느끼지만, 그것을 필수라 느끼며 살아가는 사람은 그 상태를 탐욕이라 인식하지 못하기 때문입니다.

나이가 들면 흔히 '추억을 먹고 산다'고 합니다. 필자는 아직 환갑이 1년 정도 남았으니 나이가 많다고 보긴 어렵지만, 노인들이 모여서 노는 곳에 가면 과거에 대한 이야기들을 많이 나누는 모습을 볼 수 있습니다.

"내가 왕년에 말이야…"로 시작하는 '그땐 그랬지' 시리즈가 바로 그것입니다. 추억을 먹고 산다는 것은 과거 시간에 사는 삶을 뜻합니다. 하지만 현재를 치열하게 사는 사람은 오늘이 인생에서 가장 행복한 날이거나 가장 특별한 하루일 것입니다.

하루하루 맞이하는 시간을 설레는 마음으로 받아들여보세요. 세상이 신비롭고 설레지 않는 것이 아니라, 우리가 세상을 바라보는 눈이 신기함을 잃어버린 것입니다. 세상이 변한 것이 아니라, 세상을 바라보는 우리의 방식이 변했기 때문입니다. 똑같은 세상을 살아가는 손주들은 매 순간을 신기한 눈으로 맞이합니다. 같은 시간, 같은 공간을 살아가는 우리가 신기함을 잃어버렸을 뿐입니다. 삶이 고달프게 느껴지는 이유는 세상에 대한 신비로움을 잃었기 때문입니다. 만약 당신이 세상에 대한 신비로움을 잃었다면, 그것은 지금 맞이하고 있는 시간을 어제와 같은 시간으로 받아들이고 있기 때문입니다. 하지만 어제는 이미 지나가버린 삶이고, 오늘만이 우리가 살아야 할 인생입니다.

새로운 오늘이라는 인생이 왜 신비롭지 않겠습니까?

세상은 아직도 궁금한 것들과 배울 것들로 가득합니다. 세상이 신비롭다는 것은 아이들의 정신세계로 돌아가는 것과 상통합니다.

아이들은 세상을 고달퍼하지 않습니다. 태어나 처음 만난 엄마와 아빠를 아이들은 언제까지 신비롭게 바라볼까요? 매일 만나는 엄마와 아빠를 신비롭게 여깁니다. 그 신비로움은 바로 사랑입니다. 그래서 아이들은 부모에게 무한한 사랑을 표현할 수 있는 것이죠.

오늘 당신의 시간을 어린아이의 시선으로 바라보세요. 옆에 있는 배우자가 얼마나 신비로운지, 오늘 만나게 되는 직장 동료가 얼마나 신비로운지, 오늘 떠오르는 태양이 얼마나 신비로운지를 생각해보세요. 그럼에도 불구하고 당신이 삶의 고통을 느낀다면, 한 번 더 세상을 진실하게 만나보기를 권합니다.

그 안에서 당신의 삶을 고통으로부터 구원할 길을 찾을 수 있을 것입니다.

소프트랜딩

주식 용어 중에는 경기 침체의 속도를 나타내는 말로 소프트랜딩, 하드랜딩, 노랜딩이 있습니다. 소프트랜딩은 연착륙, 하드랜딩은 경착륙, 노랜딩은 착륙하지 않는 것을 의미합니다. 이 표현은 주식이나 경제에서 자주 사용되지만, 삶과 인생에도 충분히 적용될 수 있습니다.

항공기가 이륙할 때 전체 비행 시간 중 가장 짧은 시간이 소요됨에도, 전체 에너지의 50%를 사용한다고 합니다. 비행기를 띄우는 데 드는 엄청난 에너지처럼, 인생에서 어떤 목표를 이루기 위해 도전하는 순간에도 우리에게는 막대한 노력이 필요합니다. 마지막 한 단계, 단 1인치만 부족해서 목표에 도달하지 못했던 순간들을 기억해 보세요. 그 1인치를 극복하며 비상에 성공한 사람이라면 하늘을 나는 듯한 기쁨과 성공의 희열을 느껴본 경험이 있을 것입니다.

하지만 그렇게 어렵게 성공의 정점에 오른 사람들이 하루아침에 나락으로 떨어지는 경우를 흔히 볼 수 있습니다. 왜일까요? 그 이유는 정상에 올랐을 때 내려갈 준비를 하지 않았기 때문입니다. 아무리 높은 산도 정복 후에는 내려와야 하듯이, 인생에서도 정상에 다다랐다면 안전하게 내려갈 준비를 해야 합니다. 산을 오르는 것만큼이나, 산을 내려오는 과정에서의 안전이 중요합니다.

어떤 비행기도 영원히 하늘만 날 수는 없습니다. 목적지를 정하고 안전하게 착륙하려면 미리 준비가 필요합니다. 인생도 정상에 다다랐을 때 추락이 아닌 착륙을 준비해야만 합니다. 정상의 달콤함에 취해 내려가야 할 때를 잊거나, 내려갈 준비 없이 끝까지 버틴다면 그 비행기는 결국 추락하고 맙니다. 그래서 "화무십일홍(花無十日紅), 권불십년(權不十年)"이라는 말이 생겼습니다.

역사적으로도 이러한 교훈은 반복됩니다. 초한지에 등장하는 유방의 조력자, 장자방은 한 나라를 세운 후 스스로 권력의 정상에서 내려올 준비를 했습니다. 반면, 건국의 1등 공신이자 권력을 즐겼던 한신은 안하무인으로 행동하다 결국 반란 혐의로 체포되어 처형되었습니다. 장자방의 선택은 연착륙(소프트랜딩)이었지만, 한신은 추락(하드랜딩)의 길을 걸었던 것입니다.

끝없이 하늘을 나는 전설 속의 대붕조차도 날개를 접고 쉬기 위해 착륙해야 합니다. 인생도 마찬가지입니다. 높은 자리에서 내려오는 것은 비행기가 착륙하는 것만큼이나 중요한 일입니다. 스스로 내려오기를 선택하면 그것은 착륙이지만, 내려오지 않으려 버티다가 강제로 끌려 내려오면 그것은 추락입니다.

혹시 비상의 경험이 없는 인생이라고 한탄하지 마십시오. 끊임없이 비상하려는 노력을 멈추지 않는다면, 넓은 창공을 향해 날아오를 날이 반드시 올 것입니다. 하지만 날아오르기 전에 반드시 명심해야 할 것은, 추락이 아닌 착륙을 선택할 준비를 해야 한다는 것입니다. 그렇지 않으면, 당신의 의지와는 상관없이 추락의 고통을 맞이할 수도 있습니다.

당신의 삶이 언제나 지혜로운 소프트랜딩으로 이어지길 응원합니다.

약속

공자님 말씀 중에 "하늘도 속이고 땅도 속이고 귀신도 속일 수 있다. 하지만 그 모든 것을 속였다고 하는 너 자신은 속일 수 없다."라는 말이 있습니다. 이 말은 결국, 세상에서 남을 잘 속이는 사람이라 하더라도, 진정으로 자기 자신을 속이는 것은 불가능하다는 깊은 의미를 담고 있습니다. 완벽하게 타인을 속이기 위해서는 자기 자신부터 속여야 하지만, 이는 결국 자기 내면의 진실과 멀어지게 만드는 길입니다.

타인과의 약속을 천금처럼 지키며, 신용을 생명처럼 여기는 사람들이 있습니다. 시간 약속, 금전적 약속을 철저히 지키며, 신용을 삶의 최우선 가치로 삼는 이들입니다. 그러나 세상에서 그 어떤 신용보다 중요한 것은 자신에 대한 신용입니다. 세상 그 누구와의 약속보다도 중요한 것이 바로 자신과의 약속입니다.

세상에서 가장 속이기 쉬운 존재가 바로 자기 자신입니다. 자신에게 속는 것을 경계하지 않으면, 자신과의 약속을 어기는 것이 매우 쉬워집니다. 인간은 타인의 잘못에 대해서는 용서하기 어렵지만, 자신의 잘못은 지나치게 쉽게 용서하는 경향이 있습니다. 성공한 인생을 살아가려면 이 태도를 바꿔야 합니다. 타인의 잘못에 대해 너그럽게 용서할 줄 아는 마음과, 자신의 잘못에 대해 한 치의 양보도 하지 않고 바로잡으려는 용기를 가진 사람이 진정한 성공으로 나아갈 수 있습니다.

대부분의 사람들은 타인과의 약속이나 타인을 속이지 않는 것을 성공의 가장 중요한 요건으로 생각합니다. 그러나 아무리 그것들이 중요하더라도, 자신과의 약속을 지키지 못하고 스스로를 속이는 사람은 완전한 성공을 거두기 어렵습니다. 세상 모든 사람을 속이고 완벽한 성공을 연출하며, 주변 사람들에게 축하를 받고 성공담을 자랑할 수도 있습니다. 그러나 하늘도, 땅도, 귀신도 속일 수 있다 하더라도 자기 자신은 속일 수 없다는 사실을 깨닫지 못한다면, 그 외적인 성공은 진정한 행복으로 이어질 수 없습니다.

이는 자신이 이룬 모든 성공이 결국 자신을 극복하지 못했기 때문입니다. 스스로를 이겨내지 못한 사람은 부귀와 권세, 영광 속에서도 공허함을 느끼게 됩니다. 앞서 살다간 인생 선배들과 깨달음을 얻은 자들은 이 진실을 깨닫고, 자신의 삶 전체가 스스로를 속이지 않도록 끊임없이 수행하며, 자신의 삶이 자신의 본질과 동일해질 수 있도록 노력했습니다.

자신의 삶이 언어가 되고 글이 되며 행동으로 표현될 때, 그때 비로소 완벽하게 자기 자신을 속이지 않는 삶을 살 수 있습니다. 당신도 스스로에게 더 충실한 약속을 하고, 그 약속을 지켜가며 진실된 삶을 살기를 바랍니다. 그것이야말로 완전한 성공의 길입니다.

통찰력

지식의 양이 늘어날수록, 무지의 양도 함께 제곱승수로 증가합니다. 지식이 늘어났는데도 무지가 늘어나지 않는다면, 그것은 제대로 된 지식을 만나지 못했기 때문일 것입니다. 우리가 모르는 것을 하나 안다고 하는 것은, 그 뒤에 숨어 있던 더 많은 모르는 것들을 발견하게 되는 과정과도 같습니다.

무지는 아는 것에 비례해 늘어납니다. 이것이야말로 지식을 대하는 올바른 태도입니다. 어둠을 밝히기 위해 지식의 횃불을 높이 들었을 때, 그 횃불이 비추는 빛만큼이나 무지라는 어두운 그림자도 늘 존재한다는 사실을 잊어서는 안 됩니다.

지식의 습득은 단순히 모르는 것을 알아가는 것이 아닙니다. 내가 모르고 있다는 사실을 깨달아가는 과정임을 기억해야 합니다. 이 점에서 소크라테스의 깨달음은 의미심장합니다. 그는 수많은 학자들을 만난 뒤, 그들이 자신이 무엇을 모르고 있는지조차 모른다는 사실을 알게 되었다고 했습니다. 반면, 자신은 최소한 자기가 모른다는 사실을 알고 있다는 차이를 깨달았다고 했습니다. 이것이 바로 무지의 지(知)입니다.

우리가 지식을 습득하는 이유는 세상의 모든 지식을 얻으려는 것이 아닙니다.

인간은 시간과 공간의 제약을 받는 존재이기 때문에, 실시간으로 온 우주에서 벌어지는 모든 것을 알 수 있는 것은 신의 영역이지 인간의 능력이 아닙니다. 그러므로 우리가 지식을 대할 때에는, 지식으로 모든 것을 이해하려는 욕망을 넘어, 지식을 통해 자신의 무지를 깨닫고 그 깨달음이 통찰적 지혜로 이어지도록 노력해야 합니다.

지혜는 단순히 지식을 쌓는 것으로 얻어지지 않습니다. 지혜는 지식이 밝혀주지 못하는 무지를 깨닫게 하고, 지혜만이 무지를 밝힐 수 있습니다. 불가에서는 이를 무명(無明)을 밝힌다고 표현합니다. 마치 어두운 방에서 스위치를 누르면 방 안이 환해지는 것처럼, 지혜로 무명을 밝히는 과정도 갑작스럽게 찾아오는 깨달음의 순간입니다.

모든 강물은 거대한 바다로 흘러가지만, 그 시작은 깊은 산속의 옹달샘 한 방울로부터 비롯됩니다. 지혜는 모든 강물과 바닷물의 근원과 같습니다. 그러므로 지식을 연마하는 자는 지식을 통해 무지를 알고, 그 무지를 통해 무명을 밝혀 지혜의 눈을 뜨는 데 초점을 맞추어야 합니다. 그것이야말로 삶을 통찰하는 길입니다.

책읽기

'사람은 책을 만들고 책은 사람을 만든다'는 말이 있습니다. 나는 이 말에 부분적으로는 동의하지만, 그렇지 않은 경우를 보며 의문을 갖기도 합니다. 주변에서 책을 많이 읽고 지식이 풍부한 사람이 행동은 수준 이하일 때, 책이 사람을 만든 건지 아니면 오히려 버린 건지 헷갈릴 때가 있습니다.

예를 들어, 세상에서 가장 좋은 책을 만 명이 읽었다고 하면 그 만 명 모두가 책의 영향으로 삶이 변화해야 책이 사람을 만든다고 볼 수 있습니다. 하지만 세상에서 가장 좋은 책 만 권을 읽은 사람들 중에서도 삶이 변하지 않는 사람들이 있다는 점에서, 책이 사람을 변화시킬 수도 있지만 그렇지 않을 수도 있다는 결론에 이르게 됩니다.

그렇다면 책을 읽고 변화한 사람과 변하지 않는 사람의 차이는 무엇일까요? 책을 읽는다는 것은 시장에서 요리할 재료를 사 오는 단계와 비슷합니다.

물론 책과 아예 담을 쌓고 시장에 가지 않는 사람보다는, 책을 읽는 사람이 훨씬 낫습니다. 평생 책 한 권도 읽지 않는 것보다는 적어도 읽어보는 것이 훨씬 더 유익하다는 것은 분명합니다. 그러나 대부분 사람들이 책을 읽고도 삶이나 인생이 바뀌지 않는 이유는, 시장에서 재료를 잔뜩 사왔지만 정작 요리를 하지 않는 것 때문이라는 사실을 모르는 데 있습니다. 책은 요리 재료에 불과합니다.

그렇다면 책을 읽고 나서 요리를 한다는 것은 무엇일까요? 책에서 얻은 지혜를 자기만의 방식으로 삶에 녹여내고, 이를 통해 자신의 삶이라는 요리를 완성해가는 과정입니다. 책이라는 다양한 식재료를 활용해 맛있는 삶을 창조할 줄 알아야 합니다.

책을 읽는 것도 다양성이 중요합니다. 만약 읽는 책이 특정 분야에만 편중되어 있다면, 그 재료로 만든 삶의 요리는 균형을 잃고 빈약해질 수밖에 없습니다. 한쪽으로 치우친 독서는 마치 다시다가 빠진 국물이나 마늘 다대기가 없는 요리처럼 빈약한 맛을 낼 뿐입니다. 최고의 음식을 만들려면 훌륭한 요리 재료가 필요하듯, 다양한 분야의 책을 읽고 이를 조화롭게 활용해야 합니다.

예를 들어 한식 요리 대가가 되기 위해 일식, 중국요리, 서양요리에 대한 재료와 접근 방식을 알아두는 것은 매우 유리할 것입니다. 전통 한식이 만약 퓨전 한식보다 맛이 떨어진다면, 전통 한식만을 고집하는 것이 옳은 길일까요? 퓨전 한식을 만드는 요리사가 일식과 양식 재료를 잘 조합해 새로운 한식을 창조했을 때, 그 맛이 일품이라면 그 요리사는 명품 요리사입니다.

세상의 모든 책을 다 읽을 수는 없습니다. 또한 모든 책을 읽을 필요도 없습니다. 당신의 삶을 풍요롭게 만드는 데 필요한 책은 그렇게 많지 않습니다.

괴테와 니체를 읽었다면 다산과 퇴계에도 관심을 가져보십시오. 금강경에 심취해 그 내용을 꿰뚫고 있다면, 토마스 아퀴나스의 신학대전 또한 이해하려 노력해보는 것이 좋습니다. 혹은 신학대전을 잘 이해하고 있는 사람과 대화를 통해 깊이 있는 내용을 나누는 것도 훌륭한 방법입니다.

책은 사람을 만들지 못합니다. 명심할 것은 책이 사람을 만들 수 있는 준비된 사람에게만 그 말이 해당된다는 점입니다. 오늘도 명품 요리로 창조될 당신의 삶을 응원합니다!

인내

참을성과 인내는 같지 않습니다. 참을성은 자신에게 닥친 외부의 일이나 상황을 받아들이는 마음의 상태를 말합니다. 반면, 인내는 내 안에서 세상을 바라보는 감정을 다스리는 상태를 뜻합니다.

"인내는 쓰다. 하지만 그 열매는 달다"는 말처럼, 인내는 내면에서 스스로 생산된 영양분과도 같습니다. 그것은 나무가 뿌리를 내리고 대지에서 영양을 흡수하며 성장하는 과정에서 필요한 견디는 힘을 의미합니다.

예를 들어, 고등학교 3학년 학생이 공부를 할 때, 단순히 지루함을 참아내는 참을성으로 시간을 보내는 것과, 이를 자신의 미래 성장을 위한 인내로 인식하며 즐거운 마음으로 그 시간을 견디는 것에는 큰 차이가 있습니다. 결과가 같더라도 인내에서 나온 성취와 참아서 얻어진 성취는 같을 수 없습니다.

참는다는 것은 본인이 견디기 어렵다고 느끼는 상태를 의미합니다. 그러나 '견디기 어렵다'고 정한 것은 결국 자신입니다. 추위를 참아야 한다고 생각하는 사람에게 추위는 견뎌야 할 대상이 됩니다. 하지만 추위는 받아들일 수 있는 자연의 일부이지, 굳이 싸워야 할 대상이 아닙니다.

진정으로 참아야 할 일이 그리 흔하지 않다는 점을 잊지 마십시오. 외부에서 생긴 일을 스스로 조작하지 않는다면, 작은 고통을 반드시 참아야 할 대상으로 볼 필요는 없습니다. 그것을 흘러가는 일상으로 받아들이는지는 각자의 태도에 따라 달라집니다. 혹시 당신이 지금 인생이 힘들고 고통스럽다고 느끼면서 "나는 잘 견디고 있다"고 자랑스레 여기는 것이 참을성이라면, 그 의미를 다시 한 번 생각해 보아야 할 것입니다.

진정으로 인내하는 사람은 외부 상황에서 참아내야 할 일을 자주 만들지 않습니다. 어떤 상황이 닥치더라도 수용할 준비가 되어 있는 사람에게는 참아야 할 일이 그리 많지 않습니다. 대신, 내면이 성장하는 과정에서 찾아오는 성장통을 견디는 것이 바로 인내입니다.

사람은 신체의 성장은 20세 전후에 끝날 수 있지만, 정신세계의 성장은 끝을 알 수 없습니다. 정신적 성장의 길을 걷고자 하는 사람은 종종 더 이상 성장할 수 없을 것 같은 벽에 부딪힙니다. 그러나 그 벽을 넘어 더 성장하고자 하는 사람은 결코 멈추지 않습니다. 끝이 보이지 않는 여정을 한 걸음씩 걸어나가는 과정에서 스스로를 이겨내는 것을 우리는 인내라고 부릅니다.

모든 환경을 수용할 수 있는 태도를 지닌 사람이라면, 참을성은 크게 필요하지 않을 것입니다. 그러나 끊임없이 성장하고자 하는 정신세계의 여정을 걷는 사람에게는 인내가 반드시 필요합니다.

오늘의 한마디
참을성은 쓰다. 그러나 그 열매도 쓰다.
인내는 쓰다. 그러나 그 열매는 달다.

삶의 지혜 049

삶의 의미

삶에는 고정된 의미가 따로 존재하지 않습니다. 단지 우리가 스스로 삶에 의미를 부여할 뿐입니다. 철학이나 종교 관련 서적을 읽다 보면 "삶이란 무엇인가? 삶은 의미가 있는가?"라는 원초적인 질문에 직면하게 됩니다. 필자 역시 30대 초반, 이 질문으로 인해 많은 혼란을 겪으며 답을 찾아가는 여정을 거쳤습니다.

그 시기에 읽었던 책들, 예컨대 금강경, 탄트라 비전, 도덕경, 쇼펜하우어의 저서들은 필자에게 큰 영향을 미쳤습니다. 금강경의 경우, 1년 동안 책 한 권만 붙들고 파고들며 그 핵심을 이해하려 노력했지만, 그 내용이 삶에 대한 무의미함과 회의론으로 정신세계가 흘러가는 계기가 되기도 했습니다. 삶에 대한 확실한 의미를 찾지 못한 채, 어떤 지점에서 다시 삶의 동력을 찾아야 할지 혼란스러운 시간을 보냈습니다. 그러나 시간이 지나면서 결국 깨닫게 되었습니다. 삶에는 본래 따로 정해진 의미가 없으며, 우리가 의미를 부여해야만 그것이 삶의 의미가 된다는 사실을요.

그렇다면 삶에 의미가 없다고 죽음을 선택해야 할까요? 앞서 살다간 수많은 사람들이 이와 같은 고민을 했을 것입니다. 삶의 의미를 찾지 못한 채, 하루하루 시간을 흘려보내다 결국 의미 없는 인생으로 삶을 마감하기도 합니다. 그러나 삶의 의미를 찾는 것과 삶을 의미 있는 인생으로 바꾸는 기준은 무엇일까요?

결론적으로, 자신이 바라보는 세상에 스스로 의미를 부여하지 않으면 세상은 아무런 의미도 가져다주지 않는다는 사실을 깨달아야 합니다. 이것이 삶을 능동적으로 살아가는 자세입니다. 각자의 삶의 의미는 모두 다를 수밖에 없습니다. 한강 작가는 글을 쓰는 것이 삶의 의미이고, 워런 버핏은 투자와 기부가 삶의 의미일 것입니다. 이러한 의미는 저절로 주어지지 않습니다. 삶의 의미를 찾기 위해서는 미래에 대해 스스로 의미를 부여하고, 그 의미를 성취하기 위해 에너지를 쏟아야 합니다.

삶의 의미를 반드시 크고 거창하게 정의할 필요는 없습니다. 자신이 부여한 작은 의미일지라도 그것에 열정을 다하고, 매일매일 최선을 다해 매진한다면 하루하루가 긍정적인 의미로 채워진 삶이 될 것입니다. 그리고 그때는 숨쉬는 공기, 마시는 물, 만나는 사람, 읽는 책, 모든 것이 이전과는 전혀 다른 의미로 다가오게 됩니다.

그렇다면, 의미 없는 삶을 의미 있는 삶으로 바꾸기 위해 가장 중요한 것은 무엇일까요? 그것은 바로 사랑입니다. 혼자 지내는 사람은 자신을 사랑하는 법을 배워야 합니다. 배우자가 있는 사람은 지극한 마음으로 상대방을 사랑하고, 그 사랑을 통해 삶의 의미를 찾아야 합니다. 더 나아가 깊은 사랑의 완성은 삶의 의미를 발견하는 데 큰 도움을 줄 것입니다.

자신이 추구하는 목표나 이루고자 하는 일에 의미를 부여하는 것도 중요합니다. 그렇게 하면 삶이 무미건조하게 흘러가는 시간을 허투루 보내는 일이 줄어듭니다. 만약 그 목표가 예상과 다른 결과를 가져다주더라도, 그 결과를 겸허히 받아들이고 긍정하는 자세가 필요합니다.

성공한 인생을 살았다고 평가받는 사람들의 공통점은, 삶 자체에 의미가 있어서가 아니라, 삶의 순간순간에 스스로 의미를 부여하고 그 삶을 완성시켜간 사람들이라는 점입니다. 우주적 관점에서는 하찮아 보일지 몰라도, 금강경이 말하는 "우주와 먼지 한 톨은 둘이 아니다"라는 깨달음을 얻는다면, 삶을 이분법적으로 바라보는 모든 혼란에서 자유로워질 수 있을 것입니다.

대상을 바라보는 나와 그 대상은 본질적으로 하나입니다. 내가 어떤 것을 깊이 사유할 때, 대상이 나이고 내가 대상임을 깨닫게 됩니다. 사람, 사물, 정신세계 모두 동일합니다. 그러므로 멀고 어려운 곳에서 삶의 의미를 찾으려 하지 마십시오. 매일 아침 눈을 떠 세상을 마주하는 모든 순간이 이미 삶의 의미를 가득 담고 있습니다. 삶의 의미는 찾는 것이 아니라, 느끼는 것입니다.

분노

조작된 분노. 우리는 얼마나 많은 사람들이 조작된 분노와 진짜 분노를 구분하지 못하고 살아가고 있는지 생각해봐야 합니다.

울분과 분노는 답답하고 분한 상태를 의미합니다. 한국 사람들은 이를 흔히 '홧병(鬱火病)'이라고 부릅니다. 현대인을 만나보면 많은 사람들이 무언가에 끊임없이 분노하고 있다는 것을 쉽게 느낄 수 있습니다. 하지만 그 분노가 조작된 분노인지, 진짜 분노인지 구분할 줄 아는 사람은 많지 않은 듯합니다.

분노하는 사람을 관찰하다 보면 의구심이 들 때가 있습니다. 분노라는 감정이 어느 한순간 왔다가 사라진다면 그것이 진정한 분노일까요, 아니면 조작된 분노일까요?

진정한 분노는 한동안 왔다 사라지는, 심심할 때 꺼내 씹는 껌 같은 감정이 아닙니다. 백범 김구 선생이나 안중근 의사의 분노가 단순히 순간적인 물안개 같은 것이었겠습니까? 진정한 분노란 분함과 억울함이 극에 달해 목숨을 걸더라도 바로잡고자 하는 그 어떤 것입니다. 그것은 세상의 부조리와 싸우기 위한 마지막 에너지이며, "천지를 개벽해서라도 기어코 이뤄내겠다"는 의지가 담긴 것입니다.

『백범일지』에서 김구 선생은 "하느님이 나에게 소원을 묻는다면, 1초의 망설임도 없이 '대한의 독립'이라고 말씀드리겠습니다"라고 적으셨습니다. 이처럼 일본에 대한 분노가 극에 달했던 김구 선생의 분노는 진정한 것이었습니다.

하지만 오늘날 많은 이들의 분노는 어떻습니까? 용산에 계신 사모님의 '명품 가방'에 대한 분노, 자신이 재벌가 자식으로 태어나지 못해 느끼는 불평등에 대한 분노, 부족한 장애인 처우에 대한 분노, 평균 연봉을 훨씬 초과하는 대기업 노동자들이 더 많은 것을 요구하며 외치는 분노, 의사 정원 확대에 반대하는 의사들의 분노 등등. 사회 곳곳이 분노로 가득 차 있습니다.

하지만 이러한 분노는 자신과 타인의 삶을 한 단계 더 나은 방향으로 승화시키는 데 1mm의 도움도 되지 않는다는 것을 깨닫는다면, 우리는 스스로에게 물어봐야 합니다. 진정 분노해야 할 일이 무엇인가?

진정한 분노는 자신의 삶을 나아지게 하고, 꿈을 실현시키는 방향으로 이끄는 분노입니다. 자신이 무엇에 분노해야 할지, 분노의 대상이 무엇인지, 그리고 진정한 분노를 통해 이루고자 하는 삶이 어떤 삶인지 알아야 합니다.

예를 들어, 부자가 되고 싶다면 검소함, 근면, 성실, 끊임없는 공부와 독서를 통해 돈의 흐름을 이해하려는 노력을 해야 합니다. 만약 이를 실천하지 못하고 있다면, 먼저 자신에 대해 분노해야 합니다.

또 세상 사람들에게 자애롭고 덕이 있는 사람이 되고자 한다면, 자신이 그런 삶에 부합한 하루를 살고 있는지 돌아보십시오. 만약 그러지 못했다면, 그 역시 자신에 대한 분노의 이유가 될 것입니다.

사랑이 가득한 삶을 원한다면, 당신 스스로가 사랑하는 사람이 되어야 합니다. 만약 그렇지 못했다면, 그것에 대해 분노하십시오.

진정한 분노는 단발성이 아닙니다. 진정한 분노는 한순간 왔다가 사라지는 것이 아니라, 끊임없이 일어나 자신을 변화시키는 에너지로 작용해야 합니다. 당신이 이루고자 하는 꿈이 완성되었을 때 비로소 분노의 불길은 잦아들 것입니다. 그것이 바로 진정한 분노입니다.

나라를 구하는 애국이나, 이타행(利他行)을 실천하는 보살도의 길을 걷는 것도 중요합니다. 하지만 그보다 먼저 자기 자신을 구하는 진정한 분노를 깨달아야 합니다. 내면의 분노가 당신을 현재에서 당신이 꿈꾸는 그곳으로 이끌어줄 것입니다.

그렇다면 가장 먼저 해야 할 일은 무엇일까요? 그것은 바로, 자신이 살고 싶은 삶을 설정하는 것입니다. 바람에 흔들리는 갈대처럼 변덕스러운 삶이 아닌, 그렇게 살지 않으면 죽고 나서도 후회할 만큼 절실한 삶을 설정하십시오. 그리고 그 삶대로 실천하지 못하는 자신에게 분노해야 합니다.

분노란 세상 모든 성공과 창조를 이룩하게 하는 에너지입니다.

진정한 분노를 올바르게 사용하여, 지금의 자리에서 당신이 가고 싶은 그곳으로 건너가시길 기원합니다.

배움의 기술

세상살이가 배워서 다 알 수 있는 것이라면, 이렇게 세상살이가 어렵다고 느끼지 않았을 것입니다.

우리는 태어나서 끊임없이 무언가를 배워왔습니다. 요즘 아이들은 세 살, 네 살 때부터 유아원, 유치원, 학원, 학교를 다니고, 과외를 비롯해 무수히 많은 시간을 배우는 데 할애하고 있습니다. 하지만 결국 우리가 그럼에도 불구하고 여전히 무언가를 모른다는 사실을 깨닫게 됩니다. 끊임없이 모르는 것을 찾아 배우려 했지만, 왜 배움만으로 모르는 것이 해결되지 않는가에 대한 의문이 남습니다.

세상을 움직이는 지혜(智慧, Wisdom)는 배워서 얻는 것이 아니라 깨달음(悟, Enlightenment)을 통해 얻는 것입니다. 깨달음으로 얻는 지식과 배워서 얻는 지식은 근본적으로 차이가 있습니다.

세상에 존재하는 많은 기술적인 부분이나 정신적인 부분에서 숙련된 사람들은 배움을 기초로 지혜를 완성한 사람들입니다.

그렇다면 배움을 기초로 지혜를 완성한 사람, 즉 깨달은 사람이란 무엇인가요?

배워서 알고 있는 이론(理論, Theory)이 실제로 어떻게 작동하는지 그 메커니즘(Mechanism)을 이해하는 사람을 의미합니다. 사실 대부분의 경우 세상을 움직이는 근본적인 메커니즘은 언어나 글로 표현하여 가르치기가 쉽지 않은 것이 현실이며, 그래서 표면적으로 이런 것이 있다는 정도만 가르치는 것으로 끝나는 경우가 많습니다.

배운다는 것은 단순히 앎에 이르는 과정을 뜻하지 않습니다. 이에 대해 공자께서도 말씀하셨습니다.

"學而時習之 不亦說乎" (학이시습지 불역열호), 배우고 익히면 이 또한 즐겁지 아니한가라는 뜻입니다. 배우고 난 후 익히는 단계까지 채워야만 비로소 앎의 단계에 들어설 수 있는 것입니다.

배운 것들이 앎의 단계로 승화되기 위해서는 자신의 혁신이 필요합니다.

대부분의 사람들이 배움의 단계에서 앎의 단계로 나아가지 못하는 이유는 배우는 것이 단순히 카피(copy)하는 행위이고, 앎은 창조하는 능력임을 모르거나, 알고 있다 하더라도 카피하는 것이 훨씬 쉽고 편하기 때문에 이를 넘어 창조의 단계로 들어서기를 꺼려하기 때문입니다.

자신의 삶을 돌아보길 권합니다. 당신 머릿속에 들어 있는 배움으로 얻은 지식들, 즉 타인의 지식을 카피하여 옮겨온 후에, 그 지식을 바탕으로 스스로 창조한 지식은 얼마나 되는지 생각해 보시길 바랍니다.

요즘, 고해상도 컬러 프린터로 5만 원 지폐를 복사한 위조 지폐를 실제 5만 원 지폐와 구분하기는 쉽지 않습니다. 하지만 진짜 5만 원 지폐는 세상에 단 하나

뿐입니다. 일련번호가 똑같은 5만 원 지폐는 세상에 오직 한 장뿐이기 때문입니다.

배움과 앎의 단계를 거쳐 창조를 하기 위해서는 단순히 카피하는 능력이 아닌, 배운 것을 바탕으로 전에 없던 것을 창조하는 능력을 발휘해야 합니다. 이는 대단히 어려운 일처럼 보일 수도 있지만, 어느 분야든 몰입하다 보면 자신만이 구현할 수 있는 기술이나 능력을 한 가지씩 갖추게 됩니다.

다만 자신만의 기술이나 능력을 갖춘 사람은 그렇지 않은 사람과 다릅니다. 그 차이는 지금 자신이 서 있는 지점에서 다른 지점으로 나아가기 위해 모든 것을 바쳐 몰입하고 치열하게 살아온 과정을 통해 이전과는 다른 세계에 도달한다는 것입니다.

학력

선거 홍보물을 읽다 보면 빠지지 않고 등장하는 것이 학력과 경력입니다. 병을 잘 고친다고 소문난 개인병원에 가도 과거 대학병원에서 근무했던 경력이 자랑스럽게 명시돼 있습니다. 사람을 처음 만날 때 주고받는 명함에도 학력, 경력, 직책 같은 정보들이 포함되어 있습니다. 과장, 부장, 대표이사 등과 같은 직함을 통해 자신을 소개하며 상대방에게 어느 정도의 이미지를 전달하려 합니다.

우리가 낯선 사람을 판단해야 할 때, 흔히 그 사람의 학력과 경력을 중요한 판단 기준으로 사용합니다. 또한, 그 다음으로는 재정 상태가 판단의 척도로 작용하곤 합니다. 학력과 경력은 무시할 수 없는 부분입니다. 왜냐하면, 그 사람의 삶의 태도나 살아가는 방식은 깊은 관계를 맺어야만 알 수 있는 것이기 때문입니다. 하지만 문제는, 이 학력과 경력을 기준으로 그 사람의 본질을 판단하려 할 때 종종 큰 후회가 찾아온다는 데 있습니다.

학력과 경력은 단지 그 사람의 과거를 나타낼 뿐이며, 사람을 완벽히 알 수 있는 잣대는 아닙니다. 그럼에도 불구하고, 그 사람이 내민 학력, 경력, 혹은 명함에 쓰인 직책에 지나치게 의존해 그 사람의 전부를 판단하려 한다면 중요한 본질을 놓칠 가능성이 큽니다.

우리가 놓치는 그 본질은 바로 '사람' 자체입니다.

모든 사람은 학력과 경력이 없는 상태로 태어나 성장합니다. 학력과 경력은 우리가 인생을 살아가며 경험 속에서 입은 옷과도 같습니다. 중요한 것은 과거의 옷이 아니라, 지금 그 사람이 입고 있는 현재의 옷입니다. 과거에 입었던 옷만으로 그 사람을 판단한다면, 현재의 본질을 제대로 보지 못하는 실수를 범할 수 있습니다.

지혜로운 사람은 상대를 포장하는 겉모습, 즉 포장지가 아닌 내용물을 보려고 노력합니다. 내용물을 보려면 포장지를 벗겨내야만 합니다. 화려한 포장에 담긴 것이 진정 가치 있는 것인지, 아니면 겉만 번지르르한 속 빈 강정인지 확인하려는 노력이 필요합니다. 결국, 외형적 학력이나 경력은 과거의 흔적일 뿐, 지금의 그 사람을 나타내지는 않습니다.

필자는 평생 국민학교 졸업장이 최종 학력인 삶을 살아왔습니다. 그러면서 다양한 사람들과의 관계와 경험을 통해 학력과 경력이 그 사람의 인품과 반드시 비례하지 않는다는 것을 깨달았습니다. 머릿속에 들어 있는 전문 지식이나 구사할 수 있는 외국어 몇 마디가 그 사람의 인격을 대변해 주는 것은 아닙니다.

진정 자신감 있는 사람은 학력이나 경력, 또는 집안 배경을 내세워 자신을 증명하려 하지 않습니다. 진품에는 상표가 필요 없듯이, 진짜 보석은 감정을 받아야만 보석이 되는 것이 아닙니다. 자신의 가치를 스스로 만들어 가는 사람은 다른 이의 평가를 기다리지 않습니다. 진정한 자기 가치는 다른 누구도 아닌 스스로가 가장 잘 아는 법이기 때문입니다.

결국, 사람을 판단할 때 가장 중요한 것은 겉으로 드러난 학력이나 경력이 아니라, 지금 그 사람의 본질과 그 사람이 현재 보여주고 있는 삶의 태도입니다. 겉으로 보이는 모습이 아닌, 진짜 내면의 가치를 보려는 노력이 더욱 중요합니다.

기다림

겨울을 기다리는 마음. 이제 11월의 끝자락에 접어들었습니다. 폭염으로 힘들었던 여름이 지나고 11월의 마지막에 이르렀지만, 한낮의 기온은 여전히 늦가을이라고 하기에는 너무 포근하다 못해 덥게 느껴질 정도입니다.

이렇게 기다리는 것이 반드시 기다림으로 이루어지지 않음을 알았다면, 기다림으로 인한 지친 마음이 힘들기 전에 그 기다림을 내려놓았을지도 모릅니다. 하지만 우리 모두가 지금도 기다림을 내려놓지 못하는 이유는, 기다림이 비록 바라는 대로 오지 않는다 하더라도 그 기다림이 살아갈 수 있는 이유(Reason)를 만들어주기 때문입니다. 기다림에 지쳐 쓰러진다고 하더라도, 기다리는 시간은 행복할 수 있는 법입니다.

행복(幸福, Happiness)은 미래의 시간을 기다리는 마음이 현재의 시간에 빛을 투영하여 그리는 한 폭의 그림과 같습니다. 그래서 기다림은 그 자체로도 행복을 충분히 보상할 수 있는 것입니다.

삶이란 어쩌면 기다림과 만남의 연속일지도 모릅니다. 그 만남이 설령 밤의 별을 기다리다가 만난 여명처럼, 사랑을 기다리며 함께 찾아오는 그리움처럼, 당신에게 다른 모습으로 다가온다 하더라도 기다림이 곧 당신의 삶이 된다면 그어떤 기다림과 만남도 당신의 인생에 별처럼 다가올 것입니다.

다만 그 기다림이 당신의 인생을 고통스럽지 않게 하기 위해서, 기다림의 시간을 맞이할 때 그것이 비록 내가 바라던 것과 다른 모습으로 다가온다 하더라도 당신 스스로 감당할 준비가 되어 있어야 합니다.

그리고 기다리는 미래의 시간이 전혀 이루어질 수 없는 일이거나, 혹은 자신의 삿된 희망(邪念, False Hope)을 기다리는 것이라면 그러한 기다림은 당신의 인생을 풍요롭게 만들 수 없습니다. 전혀 이루어질 수 없는 것을 기다리는 것은 자신의 삶에 독약이 든 성배를 마시는 것과 같습니다. 희망이 당신의 피난처가 되어서는 안 됩니다. 희망은 당신의 등대(Lighthouse)가 되어야 합니다.

원한 있는 사람이 죽기를 바라거나, 인생이 나락으로 떨어지기를 바라는 기다림과 희망. 타인에게 고통을 크게 안겨주며 얻은 자신의 부를 바탕으로 미래의 국회의원을 꿈꾸는 기다림. 이러한 기다림이 과연 당신을 진정으로 행복하게 할 수 있을까요?

사랑하는 사람과 미래의 시간이 행복하기를 바란다면, 지금 온 힘을 다해 사랑하십시오. 그러면 당신에게 미래의 시간 또한 사랑을 선물할 것입니다.

바른 삶

'바르다'라는 뜻을 가진 한자 正(정). 그 반대말을 잘 모르는 사람은 아니 不 (불)이라고 알고 있는 경우가 있을 수 있습니다. 바른 삶을 살아가는 사람을 正 道(정도, Right Path)를 걷는다고 표현합니다. 그렇다면 바른 삶의 반대말인 비뚤어진 삶을 사는 사람은 어떻게 표현할 수 있을까요? 마땅한 표현이 참 어 렵습니다. 바르게 산다는 것이 '바를 정(正)'의 삶이라면, 비뚤어지게 산다는 것은 기울 왜(歪, Tilted)를 써서 '기울어진 삶'이라고 표현합니다. 이는 '바를 정(正)' 위에 '아니 불(不)'이 더해진 글자로, 글자 그대로 해석하면 '바르지 않 다'라는 뜻이 됩니다. 그렇다면 바르지 않은, 즉 비뚤어진 것이란 어떤 것을 의 미할까요? 바르게 산다는 것과 비뚤어지게 산다는 것은 결국 균형이 유지되었 느냐, 아니면 기울어졌느냐의 문제입니다.

삶의 여정을 어느 정도 걸어온 사람이라면, 살아가면서 바른 삶과 비뚤어진 삶을 구분하는 것이 순간순간 얼마나 어렵고 만만치 않은 일인지 잘 알고 있 을 것입니다. 바른 삶에는 절대적 기준이 없다고 한다면, 과연 어떤 기준을 가 지고 바른 삶을 정의할 수 있을까요? 한 가지 분명한 사실은, 우리가 처한 상 황에서 균형(Equilibrium)이 무너졌는지 무너지지 않았는지를 법이나 도덕으 로만 판단할 수는 없다는 점입니다. 오히려 그 일을 맞닥뜨린 사람이 스스로 균형 있는 선택인지를 결정해야만 합니다. 예를 들어, 길거리에서 폭행을 당하고 있는 사람을 돕는 것은 과연 바른 일일까요? 주변 이웃이 큰 화재를 겪어 생활이 곤궁에 빠졌을 때 도움을 주는 것은 바른 일일까요? 혹은 알코올에 중독된 남편을 관련 기관에 신고하여 정신 치료를 받게 하는 일은 바른 일일까요? 이처럼 수많은 일들을 바른 일과 비뚤어진 일로 나눈다는 것은 결코 쉬운 일이 아닙니다. 바른 일인지 아닌지 판단하는 가장 좋은 기준은, 자신의 선택으로 인해 비뚤어졌던 일이 균형 잡힌 일로 변하는 데 도움을 줄 수 있느냐 없느냐를 관찰하고, 균형이 잡히도록 행동하는 것입니다.

예컨대, 알코올 중독자인 남편을 관련 기관에 신고해서 정신과 치료를 받게 하는 것이 비뚤어진 일을 바로잡는 데 도움이 되겠습니까? 아니면, 자신이 설득하여 술을 끊도록 사랑으로 감싸주는 것이 더 도움이 되겠습니까?

판단의 기준은 명확합니다. 알코올 중독자를 수용 시설에 넘겨 치료받게 하는 것이 더 합리적인 해결책일 것입니다. 그러나 많은 사람들이 가족 내 알코올 중독자를 신고하지 못하는 이유는, 자신이 문제를 바로잡을 수 있다고 생각하기 때문입니다. 하지만 이는 본인의 역량을 벗어난 영역일 수 있습니다.

바른 일을 선택한다는 것은 자신의 기준이 아니라 바로잡고자 하는 문제나 사람의 기준에서 더 합리적인 위치를 찾아내는 것을 말합니다. 이는 개인적인 일에서도 마찬가지입니다.

하지만 자신에게만 예외를 두는 경우, 시간이 흐르면서 비뚤어진 일이 더욱 큰 문제로 발전한다는 것을 살아가면서 여러 번 경험했음에도, 동일한 실수를 반복하고 있다면 자신의 선택을 다시 한번 객관적으로 돌아볼 필요가 있습니다. 왜 이런 오류가 발생할까요? 이는 바른 일이 곧 옳은 일이라는 혼동에서 비롯됩니다.

바른 일이 반드시 옳은 일은 아닐 수 있습니다. 많은 사람들이 잘못되었다고 생각하는 일이 오히려 바른 일일 때가 종종 있습니다.

치매를 앓는 부모를 지극정성으로 모시는 자식이 있다면, 이 사람은 바른 사람이라 할 수 있습니다. 하지만 치매를 앓는 부모를 수용 시설에 맡기지 않고, 넉넉하지 않은 형편 속에서 가정에서 케어하는 것이 바른 자식의 도리인지 고민해 볼 필요가 있습니다. 가족 구성원들에게 더 큰 고통을 안기게 된다면, 그것이 과연 바른 부모나 남편의 도리인지 다시 생각해 볼 여지가 있습니다.

오늘날 대부분의 사람들은 치매 노인을 수용 시설에 보내는 것이 효도라고 생각합니다. 시설에 맡긴 후 정기적으로 면회하고 찾아뵙는 것만으로도 충분히 바른 자식의 도리를 다했다고 볼 수 있습니다.

바른 일이란 상황과 시기에 따라 계속 변하기 마련입니다. 따라서 완전한 균형을 맞춘 삶이란 것이 존재하지 않으며, 비뚤어진 삶과 바른 삶의 기준도 결코 절대적이지 않다는 점을 항상 인식해야 합니다.

자신의 고집스러운 기준으로 주변 사람들을 고통 속에 살게 한다면, 자신의 바른 삶에 대한 기준을 내려놓는 용기가 필요한 것입니다. 그것이야말로 진정으로 바른 삶을 살아가는 사람의 도리라 할 수 있습니다.

예를 들어, 재산이 많은 50대 중년 남자가 재혼을 위해 여성을 만나는 상황을 상상해봅시다. 이 남자가 자신의 재산을 노린 것이 아닌가 하는 의심을 품고 만남을 시작한다면, 이미 그 만남은 처음부터 바른 만남이라 보기 어렵습니다. 그런 의심을 품고 만남을 시작하려 한다면 차라리 만나지 않는 것이 나을 지도 모릅니다.

바른 만남이란 재산의 많고 적음을 떠나, 서로의 부족한 부분을 얼마나 채워 줄 수 있는지, 그리고 금전적인 것 외의 다른 측면에서 서로를 얼마나 보완해 줄 수 있는지를 보는 사람만이 진정한 사랑을 찾을 수 있습니다.

바른 삶이란 정해진 틀에 맞춰 사는 것이 아니라 상황에 따라 변화하는 삶입 니다. 그러나 그렇다고 해서 모든 것을 비뚤어지게만 보지 않는 것이 바른 삶 임을 깨닫는다면, 한 걸음 한 걸음마다 道(도)가 아닌 것이 없고, 삶 자체가 正 (정) 아닌 것이 없을 것입니다.

삶의 지혜 055

도덕의 기준

요즘 한참 뜨거운 이슈인 배우 정우성과 문가비의 비혼 출산에 대해 설왕설래 말이 많습니다. 앞에 다뤘던 삶의 지혜 54편, '바른 삶'에 관한 관점에서 본다면, 이는 충분히 논의가 될 만한 사건이 아닌가 생각됩니다.

출산이라는 것이 결혼을 전제로 해야만 도덕적이라는 기존의 관념에 대해, 이제 시대는 또 다른 관점을 요구하고 있습니다. 이번 사건을 계기로 진행된 긴급 여론조사에 따르면, 20대와 30대의 약 35% 이상이 비혼 출산에 찬성한 반면, 60대 이상에서는 20% 정도만 찬성하는 결과가 나왔습니다.

이혼이 보편화된 요즘 사회에서 결혼 후 자녀를 출산하고 이혼하는 것보다 비혼 출산으로 서로 약속된 자식에 대한 책임을 법적으로 공증하여 정해둔다면, 그것이 과연 합법적 결혼을 통한 출산과 큰 차이가 있는지 명확히 답하기 어렵습니다.

이혼 후 양육비를 포함하여 자녀 출산의 책임을 다하지 않는 남편의 재산을 강제로 몰수해 국가가 양육비를 강제 징수하는 것에 대해 어떻게 생각하십니까? 또한, 결혼 후 배우자가 사별하여 홀로 양육을 감당해야 하는 부모에게 국가가 양육비를 지원하고, 모든 학자금과 의료비를 면제해주는 제도는 어떻습니까? 현재 혼인 부부에게만 적용되는 각종 출산 장려금 제도를 비혼 출산 자녀에게도 동일하게 지급하고 육아 보조금을 제공하는 것에 대해 어떻게 생각하십니까?

저는 이 세 가지 법안에 찬성하는 입장입니다. 오히려 합법적 결혼 후 출산한 자녀가 부모의 이혼으로 편부모 슬하에서 자라게 되는 경우가 더 나쁜 결과를 가져올 수도 있습니다.

만약 AI가 발달하여 인간이 여성 또는 남성 휴먼 AI와 성관계를 맺게 되는 상황에 대해, 이를 도덕적 또는 비도덕적이라거나 바른 삶 혹은 삐뚤어진 삶이라며 판단 기준을 적용할 수 있을까요?

머지않은 미래, 인간과 AI 간의 성관계는 가능할 것으로 보이며, 성관계의 대상을 인간으로 할지, AI로 할지는 선택의 영역이 될 것입니다. 이러한 행위를 도덕적으로 평가하는 것은, 1980년대 동성동본 혼인 금지법이 위헌 판결을 받으며 도덕적 논란이 뜨거웠던 시기와 다를 바가 없습니다.

물론 미래의 문제는 미래를 살아갈 사람들이 결정할 일이지만, 현재를 살아가는 우리가 비혼 출산과 관련해 주변 사람들의 자녀 양육에 대해 편견을 가지지 말아야 한다고 생각합니다.

또한, 인간이 아닌 대상을 섹스 파트너로 여기는 시대가 되었을 때, 인간과 AI 인간의 차이점에 대해서도 고민해 보아야 합니다.

지금 우리는 인간 삶의 도덕적 기준이 획기적으로 변화하는 시대의 초입에 살고 있습니다. 이는 출산, 결혼, 성관계에만 해당하는 문제가 아니라 국가, 종교, 문화, 예술 등 전반적인 분야에서 도덕적 기준이 빠르게 변화하고 있음을 뜻합니다.

새롭게 정립된 도덕적 기준과 기존의 도덕적 질서 간 충돌이 발생했을 때, 어떤 기준을 바른 삶의 기준으로 삼아야 할지에 대한 유연한 사고가 부족하다면, 젊은 세대와 나이 든 세대 간 갈등은 지속될 수밖에 없습니다.

바른 삶이란 시대적 변화에 따라 혁명적 변화를 예고하고 있습니다. 변화된 환경에 적응한다는 것은 새로운 물질 문명에 적응하는 것뿐 아니라, 도덕과 철학, 인간의 삶을 바라보는 시각 자체도 새로운 철학과 도덕 기준을 수용할 준비를 해야 한다는 것을 의미합니다.

200년 전 사람들에게 지금의 도덕적 기준을 묻는다면, 아마도 당시 사람들은 이를 도저히 받아들일 수 없었을 것입니다. 그렇다면 우리가 지금 2025년에 가지고 있는 도덕적 잣대가 과연 이 시대가 요구하는 잣대인지, 한번 살펴보시기 바랍니다.

스스로 낡은 도덕적 잣대를 가지고 그것을 지키지 않는 것을 비도덕적이라거나 비뚤어진 삶이라 판단한다면, 이는 세상의 잘못일까요, 아니면 자신의 잣대가 잘못된 것일까요?

당신의 현명한 판단이 당신에게 자유를 가져다줄 수 있습니다. 어떠한 경우에도 타인에게 무한한 고통을 주지 않는다면, 인간의 자유 의사에 따른 삶의 방식은 존중받아야 하며, 출산 방식이 그 아이의 미래에 영향을 미쳐서는 안 됩니다.

생명 선택

바른 삶에 대한 앞의 글 54편과 55편에 많은 댓글과 의견이 올라왔습니다. 그 중 55편 주제로 삼았던 문가비라는 여성이 출산하게 될 아기에 대해 어떤 시각으로 바라보는 것이 바람직한가에 대한 제 의견을 적어보려 합니다.

어쩌면 우리가 생명에 대해 중심을 잘못 이해하고 있을지도 모릅니다.

태어난 생명은 세상에서 아무것도 선택하지 않은 채 세상으로 나옵니다. 그런데도 출산과 동시에 흔히 말하는 '혼외자(婚外子, Child Born out of Wedlock)'라는 꼬리표를 달고 성장하면서 소외감을 느낄 가능성을 떠올린다면, '혼외자'라는 표현보다 조금 더 합리적이고 아름다운 표현 방식은 없을지 고민해 보았습니다.

이 글을 읽는 애독자분들 중에 '혼외자'라는 표현 외에 더 멋진 표현이 있다면 댓글로 알려주시면 감사하겠습니다.

우리는 생명의 중심을 너무나 태어난 생명을 잉태하고 세상에 내놓은 엄마와 아빠에게 두고 있는 것은 아닌가라는 의문을 가져야 합니다. 그것이 과연 바른 선택일까요?

어렸을 때 '누구의 아들'이나 '누구의 딸'이라는 말을 자주 들으며 성장했습니다. 하지만 역으로 생각해 보면, '누구의 아들, 딸'이라는 표현 대신, 태어난 아이를 중심으로 '누구의 아빠, 누구의 엄마'로 바꾸어 생각해보는 것은 어떨까요? 태어난 생명은 '누구의 아들, 딸'로 태어난 것이 아니라, 세상에서 단 하나뿐인 소중한 생명으로 태어난 것입니다.

그렇다면 생명의 중심을 태어난 아기에 둔다면 '혼외자'라는 표현은 바른 표현과는 거리가 멀지 않을까요? 태어난 생명에 외부 환경에 의해 생긴 편견을 부여하고 호칭을 짓는 것은 자연의 섭리와 어긋나는 일이라 생각됩니다.

만약 '혼외자'의 반대말이 '혼내자(婚內子)'라고 한다면, 결혼한 사람이 아이를 임신한 뒤 출산 전에 이혼했다면 그 아이는 '혼외자'일까요, '혼내자'일까요?

세상에 태어난 아기가 부모가 결혼했는지 안 했는지와 무슨 상관이 있을까요? 그 생명은 우주에서 단 하나의 존재로 태어났습니다.

우리는 그 아이가 태어난 환경을 사회적 시각으로만 결정짓고, 이를 기준으로 언어를 만들어 아이에게 상처를 주고 있는 것은 아닌지 돌아봐야 합니다.

우리 옛말에는 '호래 자식'이라는 표현이 있습니다. 어원은 다양하지만, 대체로 부모 중 한 쪽 없이 자란 아이를 지칭하는 말로, 심지어 외침이 잦았던 옛날, 중국에 끌려갔다 돌아오며 알 수 없는 아버지의 아이를 잉태한 경우 등에서 유래되었다는 이야기도 있습니다.

'후레자식' 같은 표현은 모두 태어난 생명을 중심으로 하는 사상과는 거리가 멀다고 볼 수 있습니다. 또한, 사실혼 관계에서 태어난 아이, 첩의 아이, 혹은 강간으로 태어난 아이, 방송인 사유리처럼 정자 기증을 통해 태어난 아이 등 어떤 경로로든 태어난 모든 생명은 편견 없이 사랑받아야 합니다.

여전히 인종 간, 국가 간 편견이 존재하지만, 이러한 것들을 뛰어넘어 한 국가에서 태어난 생명을 부모의 출신 환경이나 결혼 여부에 따라 판단한다는 것은 생명 중심 윤리의 관점에서 어긋난다고 봅니다.

미래에 태어날 어떤 아기라도 이러한 편견에서 자유로울 수 있는 세상에서 살아갈 수 있기를 바랍니다. 주변에 홀어머니나 홀아버지가 기르는 자식이 있거나, 국적이 다른 부모 사이에서 태어난 자식이 있거나, 정우성·문가비처럼 결혼하지 않은 상태로 태어난 아기가 있다면, 편견 없이 바라보는 것이 세상에 먼저 태어난 인간으로서 바른 도리가 아닐까요? 그것이야말로 생명을 생명 자체로 소중히 여기는 생명 중심의 시각 아닐까요?

생명에 대한 시각은 그것을 고귀하게 여기고, 사랑하는 데서 시작됩니다. 그것만이 먼저 태어난 선배로서 나중에 태어날 아기에게 해줄 수 있는 유일하고 올바른 길이라 생각합니다. 이제는 편견을 버리고 태어난 생명을 중심으로 바라볼 수 있는 사회가 되기를 기대해 봅니다.

삶의 지혜 057

거짓말 잘하기

인지혁명(Cognitive Revolution) 이후, 거짓말은 타인을 속이는 데만 사용된 것이 아니라 자신을 속이는 데도 사용될 수 있도록 진화했습니다. 거짓말로 타인을 속일 수 있는 능력이 결국 자기 자신도 속이고 있다는 것을 깨닫기 전까지는, 다른 사람을 속이기 위해 철저히 자기 자신을 먼저 속여야 한다는 사실을 인지하지 못하고 살아왔습니다.

하지만 어떤 경우라도 타인을 속이기 위해서는 가장 먼저 속여야 할 대상이 자기 자신입니다. 왜냐하면, 타인을 속이기 전에 거짓말을 창조한 사람은 그 말이 거짓임을 알고 있기 때문입니다. 거짓말을 창조한 자신이 그 거짓말로 자신을 속이지 못한다면, 그 거짓말은 곧 들통날 것입니다. 완벽한 거짓말이 되려면 자신부터 완벽하게 속여야 하며, 스스로에게 완벽한 거짓말을 할 수 있어야만 비로소 타인에게도 통할 수 있는 것입니다.

그러나 거짓말로 성취하고 싶은 것을 얻었다 하더라도, 결국 그 성취는 거짓일 뿐입니다. 거짓을 바탕으로 타인을 속이고, 이를 참인 것처럼 포장해 얻은 결과물은 절대로 참으로 볼 수 없기 때문입니다.

인간은 인지혁명 이후, 유전적으로 거짓말을 할 수 있는 능력을 갖추고 태어났습니다. 그리고 그 능력은 현재 우리를 있게 한 중요한 요인이었습니다. 하지만 아이러니하게도, 거짓말을 할 수 있는 능력은 참된 진실을 말하는 능력보다 훨씬 더 발달해 왔습니다. 이는, 진실로 세상을 살아가는 것보다 거짓으로 살아가는 것이 자신이 원하는 것을 얻는 데 더 유리하다는 사실을 우리는 어린 시절부터 학습해왔기 때문입니다.

3~4살 된 아이들조차 자신이 원하는 것을 얻기 위해 떼를 쓰거나 우는 행동을 합니다. 이를 통해 원하는 것을 취하는 경험이 반복되다 보면, 때로는 떼를 쓰고 싶지 않은 순간에도 거짓으로 행동하게 됩니다. 이렇게 자라난 아이는 이미 어린 나이에 거짓말이 원하는 것을 얻는 데 훨씬 유리한 방법이라는 사실을 깨닫기 시작합니다.

하지만 진실에 가까운 삶은 때로 손해 본다고 느껴질 때가 있습니다. 가까운 사람이나 사랑하는 사람에게조차 사실대로 말해야 할 것과 그렇지 않아야 할 것을 고민하며, 자신의 불이익이나 관계의 불편함을 피하기 위해 진실을 말하지 않으려는 경우도 많습니다. 하지만 시간이 흐르면 누구나 알게 됩니다. 과거에 심어둔 거짓말의 씨앗이 시간이 지나며 자라나 열매를 맺고, 그 열매가 새로운 씨앗이 되어 반복적으로 자신을 괴롭히는 것을 말입니다.

현재 우리를 고통스럽게 하는 주요 이유 중 하나는 과거에 뿌린 거짓이 부메랑처럼 돌아와 현재를 힘들게 한다는 점입니다. 이를 깨달았다면, 지금부터는 참과 진실을 심어야 미래에 더 이상 고통이 되지 않을 것입니다.

물론 참된 말을 한다는 것은 매우 어려운 일입니다. 보이는 대로, 느끼는 대로, 있는 그대로 사실을 말한다는 것이 얼마나 어려운 것인지 직접 실천해보시면 알 수 있습니다. 이는 인지혁명 이후, 거짓말을 창조한 조상들로부터 그 유전적 피를 물려받았기 때문에 역행하는 일이 쉽지 않기 때문입니다.

하지만 때로는 선의의 거짓말(White Lies)이 상처를 치유하고, 갈등과 반목을 막아주는 보약처럼 작용하기도 합니다.

그러나 자유로운 영혼(Free Spirit)을 위해, 인지혁명 이전의 사피엔스 조상들이 가졌던 참된 진실에 가까이 다가가려는 노력은 우리를 더 높은 곳으로 날아오르게 할 날개를 제공할지도 모릅니다.

생각의 속도

파스칼은 인간을 가리켜 "생각하는 갈대"라고 표현했습니다. 즉, 인간은 생각하는 동물이라는 뜻입니다. '사피엔스(Sapiens)'라는 말도 '지혜로운 인간' 또는 '생각하는 인간'을 의미합니다. 하지만 현대사회에 들어서, 너무 많은 일이 빠르게 지나가버리는 속도 경쟁의 시대에 살다 보니, 생각 자체를 하나의 노동으로 여기거나, 생각하는 것이 귀찮고 어렵고 힘들어 피하고자 하는 사람들이 많아졌습니다.

어떤 문제가 닥쳤을 때, 머리를 사용하여 생각하거나 사색해야 할 일이 생기면 "에라 모르겠다, 생각하지 말자. 생각한다고 달라질 게 뭐 있겠나."라는 자조적인 말을 자주 사용하는 경우가 생깁니다.

하지만 생각하기 싫어하는 인간은 죽은 인간이라 할 수 있습니다. 또는 생각할 수 없는 인간은 죽은 인간입니다. 인간을 인간이라 부르는 이유는 생각할 수 있는 능력과 그 능력을 사용하는 행위에 있습니다. 약 7만 년 전, 영장류에서 사피엔스 종으로 분리된 이유 또한 깊이 생각할 수 있는 능력 덕분이었습니다.

인지혁명(Cognitive Revolution)의 가장 큰 핵심은, 모든 현상을 구분하고, 옳고 그름, 나쁘고 좋음, 해야 할 일과 하지 말아야 할 일, 가야 할 곳과 가지 말아야 할 곳, 할 말과 하지 말아야 할 말을 구분하는 능력을 갖추는 데 있었습니다. 이러한 능력이 사라지면 인간은 인간으로서의 가치를 잃게 됩니다.

치매는 이러한 인지능력이 떨어지거나 완전히 상실된 상태를 말합니다. 즉, 구분할 줄 아는 능력을 상실한 것입니다. 치매가 심각해지면 자기 자식도 구분하지 못하게 됩니다. 치매가 인간이 가장 두려워하는 병인 이유는, 치매가 인간이라는 자격을 상실케 하는 질병이기 때문입니다. 누구나 인간답게 살고 인간답게 죽기를 원합니다.

인지장애(Cognitive Impairment)나 인지 부조화는 생각할 수 있는 능력의 부재에서 비롯됩니다. 이러한 인지장애는 정신 장애에 해당하며, 인간을 인간답게 만들어주는 핵심인 똥인지 된장인지 구분할 수 있는 능력을 잃게 합니다. 그 능력이 사라지면 더 이상 인간이라고 보기 어렵습니다.

깊이 생각하고 또 생각하며, 사색하고 또 사색하는 이유는 생각과 사색을 통해 사실과 사실이 아닌 것을 구분하고, 이를 바탕으로 해야 할 행동과 하지 말아야 할 행동을 찾아내며, 하지 말아야 할 행동을 멈추기 위함입니다.

사피엔스는 전체 체중의 3%에 불과한 뇌가 우리 몸 전체 에너지 사용량의 25%를 소모한다는 점에서, 인간은 얼마나 많은 에너지를 생각하는 데 사용하는지를 알 수 있습니다.

인간은 생각하는 동물입니다.

고로 인간은 생각하는 갈대입니다.

생각과 사색을 멈춘 인간은 더 이상 인간이라 보기 어렵습니다.

깊이 생각하고 사색하십시오. 그것이 세상의 모든 길을 열어주는 유일한 방법입니다.

통증의 고마움

아프다는 것은 신체가 균형을 바로잡기 위해 보내는 신호입니다. 감기 몸살로 심한 통증이 찾아오고 견디기 힘들 때, 그 순간 어떤 사람이라도 오로지 그 몸살에서 벗어나고 싶은 생각 이외에는 아무런 다른 생각을 할 수 없을 것입니다. 이렇게 아픔은, 너무 넘치지 않도록 균형을 조절하기 위한 신이 내린 일종의 안전장치일지도 모릅니다.

질병 중에서 가장 무서운 것은 통증을 느낄 수 없는 질병입니다. 그래서 당뇨병을 흔히 '침묵의 살인자(Silent Killer)'라고 부릅니다. 또한, 간(肝, Liver)은 심하게 손상되어 기능을 거의 잃은 상태에 이르러서야 비로소 몸에 신호를 보내기 시작합니다.

삶에서의 아픔을 느끼는 것은, 삶이 더 이상 무너지지 않도록 지탱해주는 대들보와 같다고 할 수 있습니다. 그러나 그러한 아픔에 무덤덤하거나 무감각해진다면, 이는 마치 자신의 인생이 얼마나 병들어 있는지도 모르는 것과 같습니다.

감기 몸살 또한 항상 신호를 먼저 보냅니다. "내가 너에게로 간다. 그러니 나를 만나고 싶지 않다면 몸 조심하라. 그렇다면 내가 너를 만나지 않을 수도 있다." 라고 경고합니다. 저 같은 경우는 몸 상태가 정상적이지 않다는 신호를 비교적 빠르게 감지하는 편입니다.

감기 몸살의 신호를 포착했을 때, 모든 일과를 정리하고 감기 몸살을 피하기 위해 칩거에 들어갑니다. 다소 더운 실내 온도를 26도 이상으로 유지하고, 가습기를 틀거나 수건을 적셔 거실이나 방바닥에 놓아둡니다. 충분히 물을 마시고 영양 섭취를 하며, 몸이 땀으로 흠뻑 젖을 정도로 따뜻하게 하고 푹 잡니다. 이렇게 하면 감기 몸살이라는 친구가 문 앞까지 왔다가 돌아갑니다. 지난 15년 동안 단 한 번도 심각한 감기 몸살을 앓지 않은 저만의 퇴치법입니다.

신체의 모든 질병은 완전히 고장 나기 전에 경고 신호를 보냅니다. 그 고통과 아픔은 오히려 감사해야 할 신호입니다.

하지만 신호를 무시한다면, 그 아픔은 두 배, 세 배 더 큰 고통으로 당신의 생명을 위협할 수도 있습니다.

삶의 모든 질병이 이와 같습니다. 삶에서 아픔을 느낀다는 것은, 치료할 기회가 아직 남아 있다는 뜻입니다. 또한, 삶에서 아픔을 느낀다는 것은 건강한 삶으로 회복할 가능성이 여전히 열려 있다는 것을 의미합니다.

하지만 신체에서 아픔을 느낄 수 없는 질병이 훨씬 더 위험하듯, 삶에서도 아픔을 느끼지 못하는 상태는 회복 불가능한 나락으로 떨어질 시간을 의미합니다.

삶의 아픔과 회한을 느낀다는 것은, 반성하고 바로잡아 건강한 삶으로 나아가고자 하는 반작용의 일부입니다.

당신의 삶이 지금 아프다면, 그것은 곧 건강해지기 위한 과정임을 잊지 마십시오. 자신에게 찾아온 삶의 아픔을 방치하거나, 그 아픔에 중독되어 신호를 놓쳐서는 안 됩니다. 그렇지 않으면 다시는 당신의 삶을 치료할 기회를 얻지 못할 수도 있습니다.

나이가 얼마이든 자신의 삶을 돌아볼 수 있는 사람은 행복한 사람입니다. 자신의 삶을 돌아보는 신호가 아픔으로 찾아온다는 것을 잊지 말고, 당신 삶에 찾아온 아픔을 사랑하십시오.

마치 감기 몸살이 "몸이 힘들다"고 아우성치듯, 당신 삶의 아픔도 동일합니다. 당신에게 찾아온 모든 아픔을 사랑하십시오. 그것이 몸과 마음을 건강한 삶으로 이끌어줄 것입니다.

부정과 긍정

양날의 검. 부정의 끝에서 만난 긍정, 긍정의 끝에서 만난 부정.

세상이 온통 부정적인 시각에 휩싸이고, 곧 세상이 망할 것 같은 뉴스가 신문과 TV를 뒤덮을 때, 바로 그 순간이 긍정의 시작을 알리는 타임벨이 울리는 시간입니다. 지금 이 순간처럼 말입니다.

그리고 얼마 지나지 않아 사람들은 언제 그랬냐는 듯 부정의 시간을 잊어버리고 부어라 마셔라 흥청거리며 광란의 축제를 벌입니다.

거품이 극에 달하고 모든 이가 "내일은 오늘보다 나을 거야", "모레는 내일보다 더 좋아질 거야", "집값은 끊임없이 오를 거야", "주식은 더 오를 거야", "내 연봉은 올라갈 거야", "우리 회사는 내년에 더 좋아질 거야"라는 극긍정의 기운에 휩싸일 때, 부정의 그림자는 그 긍정의 끝에서 서서히 모습을 드러내어 우리를 다시금 시련의 나락으로 끌어내립니다.

지혜로운 사람은 이 양날의 검을 압니다. 부정의 칼끝이 날카로울수록 긍정이 시작되는 신호라는 것을. 또한 긍정이 극에 달해 날카로울 때, 그것이 곧 부정의 칼날로 돌아올 그림자가 이미 우리 앞에 닥쳐오고 있음을 압니다.

이렇듯 지혜로운 이는 세상 만물의 중도(中道, Middle Way)의 이치를 알고, 치우침 없는 마음으로 흔들림 없이 나아가는 사람입니다.

삶의 지극한 행복을 누리고 싶다면, 지금 당신이 지나고 있는 지루하고 반복되는 일상이 얼마나 큰 행복인지 깨달아야 합니다. 심한 시련과 고통의 시간을 지나온 사람, 깊은 어둠의 골짜기를 걸어본 사람만이 이를 알 수 있습니다.

지금 당신이 부정의 칼날 위에 서 있는 것은 세상이 부정적이어서가 아니라, 당신이 세상을 부정적으로 맞이하기 때문입니다. 세상은 본래 부정적이지도 긍정적이지도 않습니다. 다만 그것을 맞이하는 사람이 어떤 시각으로 바라보느냐에 달려 있습니다.

세상의 모든 것은 부정과 긍정이 따로 존재하지 않습니다. 칼날 또한 마찬가지입니다. 양면의 칼날이 잘 어우러져야 명검(名劍, Masterpiece Sword)이 되듯, 부정과 긍정도 분리되어 있는 것이 아니라 서로 맞닿아 있는 것입니다.

양날의 검 위에서 춤출 수 있는 사람만이 부정과 긍정이라는 양극단의 세상에서 완전한 평온을 얻을 수 있습니다. 흔들리지 마십시오. 아무리 날카로운 칼날도 전자 현미경으로 들여다보면 평평하다고 합니다. 그 칼날 위에 서 있을 수 있는 사람이 되십시오.

당신의 인생이 부정과 긍정의 끝자락에서 만나는 날카로운 칼날 어딘가에서 중도의 길을 찾을 수 있다면, 세상의 어떤 환란과 어려움도 당신을 불행의 늪으로 끌어들이지 못할 것입니다.

왜냐하면 당신은 이미 두 극단을 초월한 사람이기 때문입니다.

광야에서의 삶

삶이란 언제나 안전하다고만 할 수 있는 것이 아님을 아는 사람은 외부에서 일어나는 작은 일들에 크게 흔들리지 않습니다. 한국 나이로 60세가 된 저는 지금도 위험한 일에 끊임없이 도전하며 삶을 멈추지 않고 있습니다. 위험한 삶을 회피한다면 결코 앞으로 나아갈 수 없습니다. 세상에서 성공으로 가는 길목마다 언제나 안전이 보장되어 있는 것은 아닙니다. 현재의 지점에서 당신이 살고자 하는 삶이 자리 잡은 또 다른 지점, 즉 성공(Success)으로 가는 다리를 건너는 일은 위험이 도사린 미래를 향해 나아가는 것입니다. 시간을 초월한 안전을 추구하기보다는 다른 지점으로 건너가고자 하는 열망이 당신을 부른다면, 이를 거부하지 마십시오. 안전한 인생을 꿈꾸지 마십시오. 안전한 인생은 죽은 목숨이라 단언할 수는 없지만, 온실(溫室, Greenhouse) 속에서 길러지는 식물과 같은 삶이라 할 수 있습니다. 광야에 나선다는 것은 온실을 떠나 매서운 찬바람과 폭풍우를 견딜 준비를 하는 것입니다. 오랜 세월 동안 위험을 감수했던 유전자들만이 지구상에 살아남았습니다.

미래형 인간으로 일컬어지는 일론 머스크(Elon Musk)는 누구도 가보지 못한 미래의 시간과 공간을 개척하며 그 개척자 정신(Pioneer Spirit)으로 끊임없는 혁신을 만들어내고 있습니다. 안전한 삶보다 자신의 꿈에 한 걸음 더 가까워지는 삶을 살고자 한다면, 안전을 바라지 마십시오. 안전한 삶이란 이미 검증되었거나 누군가가 앞서 걸어간 길을 따라가는 것입니다. 이러한 길에서는 위험 요소를 사전에 제거하거나 미리 안내받을 수는 있을지라도, 새로운 길을 찾는 일은 아무도 가본 적 없는 길을 찾아내는 것을 의미합니다.

자기 혁신(Self-Innovation)이란 지금까지의 사고방식이나, 타인의 방식에 단순히 따르는 것이 아닙니다. 자기만의 방식을 창조하기 위해서는 위험을 두려워하지 않아야 합니다. 위험 속에서 생존을 위해 죽을 각오로 모든 에너지를 집중시킬 때에만 비로소 당신에게 새로운 길이 열립니다.

당신은 안전한 온실 속의 식물로 살 것인지, 제때 밥을 얻어먹고 보호받으며 살아가는 반려묘로 살 것인지를 결정해야 합니다. 아니면 안전한 보호자를 떠나 춥고 외로운 광야에서 쥐를 사냥하며 살아갈 것인지를 선택해야 합니다. 이 모든 선택은 오로지 당신의 몫입니다.

4년 전 저는 매일 글쓰기를 하기로 결심했습니다. 지금까지 하루도 빠짐없이 실천해왔으며, 평생 일기를 써본 적 없는 사람이 다른 지점으로 나아가고자 하는 열망 하나로 시작한 글쓰기는 천 편이 넘는 글로 결실을 맺었습니다. 앞으로도 제 생이 다하는 날까지 매일 글쓰기를 멈추지 않을 생각입니다. 매일 글쓰기는 새로운 세계를 창조하고자 하는 제 열정이 만들어낸 시간입니다. 저는 반려묘의 삶을 거부합니다. 위험 속에서 광야에 나아가 쥐를 잡으려 합니다. 주린 배를 움켜쥐고 마지막 에너지를 쏟아 쥐 한 마리를 사냥하는 그 순간, 저는 비로소 살아 있음을 느낍니다. 비록 그 길이 제 삶을 힘들고 험난하게 만들지라도 인간으로서 자유 의지를 온실 안에 가둘 수는 없습니다. 안전한 삶을 바라지 마십시오. 인생은 생각보다 길지 않습니다. 하루를 살더라도 위험한 삶을 선택하십시오. 그것만이 오로지 당신의 삶을 창조하는 길입니다.

체중 감량

다이어트는 살을 빼기 위해 절식을 하거나 운동을 통해 칼로리를 소비해야 원하는 체중을 만들 수 있습니다. 몸무게는 체중계에 올라가면 알 수 있습니다. 하지만 정신 세계도 다이어트가 필요하다는 점은 잘 인식되지 않는 경우가 많습니다. 정신 세계가 비만인지 아닌지 확인할 수 있는 '정신세계 체중계'는 없기 때문에, 자신의 몸무게는 알 수 있지만, 정신 세계의 무게는 알기 어렵습니다.

다이어트는 비워내는 것이 기본입니다. 비우고 내보내야 가벼워집니다. 정신 세계도 마찬가지입니다. 비우고 내보내야 가벼워질 수 있습니다. 변비가 있다면 다이어트에 큰 장애물이 됩니다. 정신 세계도 마찬가지로, 비우고 내보내지 않으면 무거워지기 마련입니다.

하루를 시작하면서 체중 관리와 함께 절식하고 내보내듯, 정신 세계도 매일 비워낼 것을 비워내야 합니다. 그래야만 정신 세계가 무거워지는 것을 방지할 수 있습니다. 시간이 지나면서 버려야 할 것들이 몸속에 쌓이는 것은 노폐물과 배설물뿐만 아니라, 우리 뇌에 저장해 둔 지식과 '옳음'에 대한 잘못된 믿음도 마찬가지입니다. 그 지식이 정말 건강한 지식인지, 올바른 '옳음'인지 살펴보아야 합니다.

가끔 잘못 먹은 상한 음식은 장에 염증을 일으킵니다. 하지만 독이 있는 독버섯이나 복어 알 같은 음식은 생명을 앗아갑니다. 정신 세계에도 잘못 받아들인 상한 음식처럼, 그릇된 지식이나 독버섯처럼 치명적인 지식이 있다면, 이는 서서히 정신 세계를 죽음으로 몰고 갈 수 있습니다. 더욱이 잘못된 지식이나 그릇된 '옳음'은 자신을 죽이는 것에 그치지 않고, 수많은 사람을 죽음으로 몰고 갈 수도 있습니다.

먹을 음식이 상했는지 아닌지 유통 기한이나 신선도를 체크하듯이, 자신이 정신 세계에 공급하고 있는 잘못된 지식이 자신을 죽이고 타인도 죽이고 있지 않은지 살펴야 합니다. 음식은 먹을 음식과 먹지 말아야 할 음식을 구분하는 것이 어렵지 않지만, 정신 세계에 공급되는 지식은 구분하기가 매우 어렵습니다.

하루가 시작되면, 우리 의지와 관계없이 무수히 많은 정보들이 손 안에 쥐어진 휴대폰을 통해 전달됩니다. 휴대폰을 통해 전달되는 수많은 정보, SNS나 YouTube, 네이버, Facebook 등 다양한 경로를 통해 들어오는 지식과 정보들을 어떻게 받아들이고 해석하느냐에 따라 그 정보는 독이 될 수도, 약이 될 수도 있습니다.

불과 수십 년 전 인간이 가질 수 있었던 정보의 양과 지식의 양은 상상할 수 없을 만큼 방대하게 늘어났습니다. 하지만 그 양이 늘어났다고 해서 세상이 더 똑똑해지고 지혜로워진 것은 아닙니다. 오히려 세상은 심한 소란과 소음이 가득하게 되었습니다. SNS에 올라오는 수많은 댓글과 시위나 집회에서 들리는 구호들을 보면, 세상이 더 똑똑해졌는지 아니면 어리석어졌는지 각자 판단해

보시기 바랍니다.

이는 마치 매일 진수성찬이 차려진 뷔페로 가서 배가 터지도록 과식을 하고, 그 후에 살찌지 않기를 바라는 것과 같습니다. 정신이 소란스럽다면, 일단 멈추고 다시 돌아봐야 합니다. 지금 당신의 삶이 채우는 데만 급급한 삶인지, 아니면 비우기 위한 준비가 이루어진 삶인지를 점검해 보아야 합니다.

모든 참선(禪)이나 명상의 목적은 비워내고 비워내어 정신 세계의 무게를 0kg으로 만드는 데 있습니다. 빈 의자에는 누구나 앉을 수 있듯이, 비워낸 정신 세계는 언제나 새로운 지식을 받아들여 새로운 세계를 창조하는 에너지가 됩니다. 꽉 차서 무거워진 정신 세계에는 그 어떤 새로운 것도 담을 수 없습니다.

철거 작업

재개발(再開發)이란 기존에 있는 것을 완전히 갈아엎었을 때 진행할 수 있습니다. 일단 사람이 거주하는 지역을 재개발하려면 그곳에 사는 모든 지역 주민들을 다른 곳으로 이주시키고 집을 텅 비워야만 재개발을 시작할 수 있습니다. 이는 파괴입니다. 파괴와 몰락을 겪은 사람만이 새로운 인생을 재개발할 수 있습니다. 다만 그 파괴와 몰락이 새로운 건물을 올리고자 하는 과정에서 일어났다는 것을 자각하고, 자신에게 닥친 환란과 고통을 이겨낼 수 있는 사람만이 파괴와 몰락을 건너 새로운 창조를 할 수 있습니다.

인생 재개발이란 무엇일까요? 만약 당신이 당신의 인생을 재개발하고 싶다면, 이전에 가지고 있던 집을 부수듯이, 창조적인 삶을 살기 위해 가장 먼저 해야 할 일은 당신 스스로 만들어 놓은 안전가옥에서 탈출하는 것입니다.

10대와 20대의 무모한 도전이 실패로 끝난 후, 많은 사람들은 그 고통을 벗어나기 위해 안전가옥을 짓기 시작합니다. 그 후로는 성공할 수 있는 방법보다는 실패하지 않는 방법을 찾는 데 더 많은 시간을 기울입니다. 물론 실패하지 않는 방법을 찾는 것도 중요하지만, 실패하지 않는 방법을 찾는 이유가 안전한 방법을 찾는 것과 동일한 것은 아닙니다. 가장 안전한 방법은 아무것도 하지 않는 것입니다. 세상에서 가장 안전한 장소인 교도소는 누구도 가고 싶어 하지 않으며, 생명이 있는 한 가장 안전한 장소였던 엄마 뱃속에서 10개월이 채 되지 않아 우리는 불안정한 세상으로 몸을 내던졌습니다. 이렇게 어쩌면 인간의 삶이란 불안정하고 위험한 하루하루를 극복해 나가는 것이라 할 수 있습니다.

실패한 이유를 찾았다면, 그것을 통해 위험을 감수하고 다시 앞으로 나아가기 위해 한 걸음 내딛어야 합니다.

인생에서 재건축(再建築)이란 무엇일까요? 두 가지 측면으로 해석할 수 있습니다. 첫 번째는 이전에 있던 건물을 허물고 새로운 건물을 지어 올리되, 이전보다도 토지에 대한 용적률이나 효율 면에서 훨씬 더 높고 건축 면적을 크게 짓는 것입니다. 두 번째는 이전과 같은 사이즈로 재건축을 하되, 이전보다 훨씬 더 효율적이고 튼튼하며 아름다운 건축을 짓는 것입니다. 이것이 재건축의 목적이라면, 당신의 인생에서 가장 먼저 해야 할 일은 앞서 언급한 대로 파괴입니다. 만약 당신의 인생이 당신이 원하는 삶이 아니라고 생각한다면, 가장 먼저 해야 할 일은 지금 당신이 살고 있는 안전한 생각의 집을 부수는 일입니다. 그렇게 안전한 생각이 부서진 자리에 창조가 생겨납니다.

특히 세상을 살아온 시간이 어느 정도 지나 중년으로 접어들었다면, 진정 자신이 살고 싶은 삶을 가로막고 있는 수많은 두려움과 불안정한 인생에 대한 공포로부터 벗어나야 합니다. 그리고 스스로에게 질문을 해보세요. "진정 이것이 내가 원하는 삶인가?" 그 질문의 끝에 새로운 인생 길이 보일 것입니다.

당신이 어제보다 더 나은 내일을 창조할 수 있도록, 당신 스스로를 그 위험한 골짜기에 몸을 던져 보세요. 그것이 당신의 미래를 성장시킬 수 있는 유일한 길입니다. 비바람이 몰아치는 광야는 그렇게 외롭고 쓸쓸한 것만은 아닙니다.

삶의 지혜 064
능력의 차이

어떤 일의 실패와 성공 여부가 그 일을 수행하는 사람의 자세와 노력 여하에 따라 결정된다고 완전히 부정할 수는 없지만, 그 이전에 실패를 한 이유가 노력과 관계가 없는 경우도 있을 수 있습니다. 이때 실패의 원인을 파악해야 다음 실패를 줄이거나 방지할 수 있습니다.

사람들은 실패한 사람과 성공한 사람의 차이를 능력의 차이라고 착각하는 경우가 많습니다. 그러나 이것이 얼마나 위험한 생각인지 잘 알지 못하는 경우가 많습니다.

다재다능(多才多能)이란 한 사람이 여러 가지 능력을 복합적으로 발휘하여 무엇이든지 잘하는 사람을 말합니다. 하지만 운동 매니아였던 필자의 생각을 예로 들어보면, 내가 도전했던 철인 3종 경기(ironman)의 경우 수영, 싸이클, 마라톤 세 종목을 골고루 잘해야 좋은 기록이 나오고 우승을 할 수 있습니다. 하지만 철인 3종 경기 세계 대회에서 우승한 선수가 수영 종목만 따로 떼어내어 수영 대회에 나간다고 해도 우승할 가능성은 거의 없습니다. 다른 두 종목도 마찬가지입니다. 그렇다면 다재다능이 꼭 성공의 열쇠라고 할 수는 없습니다.

우리가 일상에서 흔히 사용하는 언어인 '성공'이란 어떤 한 분야에서 특출난 능력을 발휘하여 보통 사람보다 훨씬 나은 성과를 만들어낸 것을 의미합니다. 그렇다고 그 한 분야에서 성공을 거두었다고 해서 모든 분야에서 성공할 수 있다는 것은 아닙니다.

그렇다면, 만약 당신이 살아가는 과정에서 도전한 일들이 모두 실패로 돌아갔다면, 당신은 어떤 자세로 삶을 이어가야 할까요? 첫 번째로, 자기가 도전한 일이 정말 잘 할 수 있는 일이었는지, 아니면 잘할 수 없는 일을 무모하게 도전하고, 그 일이 성공할 것이라는 착각에 빠져 끊임없이 도전하고 있는 것은 아닌지 돌아볼 필요가 있습니다.

한 우물만 파는 사람을 성실하다고 말하지만, 물이 전혀 나올 가능성이 없는 곳을 한없이 파고 들어가는 것이 성실한 것인가요? 그것은 미련한 일입니다.

만약 당신의 삶이 열 번의 실패로 더 이상 도전할 의욕조차 사라진 상태라면, 당신은 이렇게 생각할 수 있습니다. "나는 인생의 패배자다. 내가 하는 일은 아무것도 성공할 수 없다."라고 자포자기하고 더 이상 도전할 의지를 가지지 못한다면, 그것은 진짜 실패한 인생을 스스로 인정하는 것과 다름없습니다.

하지만 또 다른 사람은 열 번의 실패를 경험한 후 이렇게 생각할 수도 있습니다. "수많은 직업과 수많은 일들 중에서 나는 겨우 열 가지의 일을 실패했을 뿐이다. 내가 잘 해낼 수 있는 일이 분명히 있다면, 그 일을 찾아낸다면 나도 충분히 크게 성공할 것이다."라고 생각할 수도 있습니다.

어떤 생각으로 실패를 받아들일지는 각자의 몫이겠지만, 앞서 자신이 어떤 일을 했을 때 성공할 가능성이 높은지, 자신 스스로의 능력과 장단점을 객관적으로 파악할 필요가 있습니다. 그런 다음, 보기에 멋있는 일이 아닌, 자기가 잘 할 수 있는 일을 찾아야 합니다.

그 후, 세상에 많은 일들 중에서 자기가 타고난 성품과 성격에 적합한 일을 찾아내고 그 일에 몰두하는 것이 더 빠르게 성공을 이루는 방법입니다.

만약 류현진이 축구를 선택했다면 어떻게 되었을까요? 손흥민이 야구를 했다면 어떻게 되었을까요? 백종원이 요리 전문가가 아닌 철학자가 되어 철학 강의를 했다면, 지금처럼 성공했을까요? 백종원은 그 수많은 직업군 중에서 요리를 잘하는 사람입니다. 손흥민은 그 수많은 운동 종목 중에서 축구를 잘하는 사람입니다.

그렇다면 당신은 이 수많은 직업과 일들 중에서 자신이 잘할 수 있는 일을 아직 찾지 못한 것일 뿐, 실패한 것은 아닙니다. 그것을 찾기 위해 나이가 많거나 학력이 부족하다고 망설일 필요는 없습니다.

모든 사람에게는 한 가지쯤은 다른 사람보다 특별히 잘할 수 있는 능력이 있습니다. 주변을 보면 성격이 엉망인 사람이 기계를 고치는 능력은 탁월하고, 말을 잘 못하지만 글 쓰는 능력이 뛰어난 사람도 있습니다. 또한 글 쓰는 능력은 부족하지만 말을 잘하는 사람도 있습니다. 신은 한 인간에게 모든 능력을 부여하지 않았습니다.

현명한 사람은 한우물을 파지 않습니다. 미련하게 자신이 잘할 수 없는 일을 잘 할 수 있다고 생각하는 것은 시간 낭비에 불과합니다.

자신이 잘할 수 있는 일을 찾아야 합니다. 마치 우물을 파기 전에 수맥을 찾듯이, 그러나 이 모든 것이 자신이 성공할 수 있다는 확신과, 그 성공을 반드시 이루겠다는 결심이 뒷받침되지 않는다면 아무리 잘할 수 있는 일을 찾아도 성공할 수 없습니다.

어떤 성공도 연마와 숙련 과정에서 눈물 젖은 시간과 고뇌의 빵을 먹어보지 않고서는 바로 완전한 성공을 이루기 어렵습니다.

삶의 지혜 065

좋은 직업

아내와 아들 둘과 함께 동네 고깃집에 외식하러 갔습니다. 그 고깃집은 아주 젊은 사람들이 운영하고 있었습니다. 대화 중 아내가 "요즘 젊은이들이 창업을 참 많이 하네요"라고 하며, "요즘 일자리가 없어서 창업을 많이 하는 것 같아요"라고 말했습니다. 이에 제가 이렇게 답변했습니다. "일자리가 없는 것이 아니라, 양질의 일자리가 부족한 것이 아닌가요?"라고 반문한 것입니다.

일자리가 없다고 하는 나라에 끊임없이 외국인 노동자들이 들어오고 있으며, 심지어는 가사 노동자까지 필리핀에서 수입하고 있습니다. 아내가 얘기한 양질의 일자리가 우리가 흔히 알고 있는 대기업에 취업하는 것이나 교직, 공무원 등을 의미한다면, 그 일자리의 숫자는 매우 제한적입니다. 모든 젊은이들이 삼성, 현대, SK, LG 또는 외국계 대기업에 취업할 수는 없습니다.

모든 대기업의 생태계는 대기업을 기준으로 한 중견기업과 중소기업의 협력 체제로 이루어져 있습니다. 그것은 자동차 회사든, 반도체 회사든, 대기업은 그 기업과 함께 동반 성장할 수 있는 기업의 생태계를 함께 갖추고 있습니다. 양질의 일자리가 반드시 대기업이어야 한다고 생각하지 않는다면, 일자리는 얼마든지 찾아볼 수 있습니다.

물론 후생 복지나 연봉 등 모든 조건이 대기업이 중견기업이나 중소기업에 비해 월등히 더 나은 조건을 제시하는 것은 사실입니다. 그렇다고 하더라도 모든 취업 준비생이 "대기업 아니면 취업하지 않겠다"고 생각한다면, 수많은 젊은 이들은 백수의 신세를 면하지 못할 것입니다.

이것은 지금처럼 로스쿨 제도가 활성화되기 이전, 제가 젊었을 때, 20대 시절에 사법고시라는 인생 로또를 꿈꾸며 수많은 젊은이들이 사법 시험에 도전했던 경험을 떠올리게 합니다. 제 기억으로는 그 당시 사법 시험의 정원이 200명 정도였던 것 같습니다. 하지만 그 시험을 준비하는 사람은 수만 명에 가까웠으니, 그 시험을 통과한다는 것은 낙타가 바늘구멍에 들어가는 것만큼 어려운 일이었습니다. 그래서 우리 나이 또래는 과거에 내가 사시 준비생이었다고 말하는 것이 지적 수준을 자랑하는 기준이 되기도 했습니다. 하지만 합격하지 못했다면 그것은 단지 취업 준비생으로 끝났습니다.

"젊어서 어떤 직업을 선택해야 하는가?"라는 질문에 대한 답은 다음과 같습니다.

첫 번째로, 자기가 잘 할 수 있는 일을 찾아야 합니다. 누구나 다른 사람보다 잘할 수 있는 일이 한 가지는 있습니다.
두 번째로, 자기가 좋아하면서 잘 할 수 있는 일이면 금상첨화입니다. 좋아하는 일과 잘하는 일이 같다면 인생의 행복이 보장되겠지만, 만약 좋아하는 일과 잘하는 일이 다르다면, 잘하는 일은 직업으로 삼고 좋아하는 일은 취미로 하는 것을 추천합니다.
세 번째로, 현재 연봉보다는 미래를 고려한 비전을 찾아야 합니다. 고액 연봉보다 미래의 비전 관점에서 바라봐야 합니다.

네 번째로, "젊어서 고생은 사서도 한다"는 마음 자세가 있다면, 훨씬 더 많은 비전의 문이 당신에게 열릴 것입니다.

양질의 일자리를 바라는 젊은 사람들의 소망을 모르는 것은 아니지만, 스스로의 능력을 가늠하고 자신이 잘할 수 있는 일을 찾는 것이 오히려 미래의 양질의 일자리가 될 수 있습니다. 20살이 넘게 살았으면 자신이 남들보다 잘할 수 있는 것이 무엇인지를 대부분 알고 있을 것입니다. 요리를 잘하고, 기계를 잘고치고, 문서 정리를 잘하고, 영업을 잘하고, 말을 잘하는 등, 신은 모두에게 한 가지의 남다른 재능(才能)을 공평하게 나누어 주었습니다. 그중에서 자신에게 주어진, 보통 사람보다 더 나은 재능을 발휘할 수 있는 일을 찾아내는 것이 중요하지 않을까요?

모든 요리사가 백종원이 될 수는 없습니다. 하지만 요리하는 일이 주변 사람 수백 명 중에서 자신이 가장 자신 있는 일이라면, 수백 개의 직업 중에서 가장 잘 할 수 있는 일이 요리사일 수도 있습니다. 양질의 일자리를 찾는 일은, 가장 먼저 자신이 잘할 수 있는 일을 찾는 것에서 출발해야 합니다. 그 지점에서부터 시작해야 합니다. 주변에 수많은 사람들이 추구하는 직업이, 젊었을 때 꿈꾸었던 로망은 아닐 수도 있습니다. 하지만 그들은 그 일에서 행복을 찾고 살아가고 있습니다. 그리고 과거에는 없던 직업이 새로 생겨나고, 존재하던 직업이 사라지기도 합니다.

제가 자주 쓰는 인생 좌우명 중 하나는 "생각은 머리카락 한 올도 옮겨 놓을 수 없다"는 말입니다. 행동이 따르지 않는 생각은 당신의 인생을 단 1mm도 앞으로 나아가게 할 수 없습니다.

표현의 자유

최근 가수 이승환의 구미 공연이 취소되었습니다. 이에 반발하여 음악인 2,600명이 구미 시장에게 사과를 요구하는 성명을 발표했습니다. 공연 취소의 사유는 이승환이 탄핵 집회에서 정치적인 발언을 많이 했다는 것이었습니다. 물론 그는 탄핵 찬성 쪽의 발언을 했습니다.

만약 이러한 이유로 음악인들의 공연이 취소된다면, 과거 군사 정권 시절 금지곡이 있었던 그때로 돌아가자는 것인지 모르겠습니다. 저도 어렸을 때 금지곡이라는 것에 더 큰 관심을 가졌고, 그 곡들을 더 많이 불렀던 기억이 납니다. 표현의 자유에 대해 사람마다 기준이 다를 수밖에 없다는 것을 알고 있습니다.

그래서 영상물이나 출판물의 검열, 그리고 아동 성착취물과 같은 사회 악으로 분류되는 동영상을 내보내는 것은 범죄로 간주되어 강력한 형사 처벌을 받아야 한다고 생각합니다. 그러나 음악 그 자체와, 그 음악을 만드는 사람이 밝힌 정치적 의사를 이유로 공연을 취소하는 것이 과연 공연 음란물에 해당하는지에 대한 의문은 남습니다. 이는 아이러니가 아닐 수 없습니다.

그리고 그 정도의 발언은 이승환 뿐만 아니라, 12.3 내란 사태 이후 많은 사람들이 했다고 생각됩니다. 다만 공인이라는 이유로 정치적 발언을 할 수 없다고 한다면, 이는 표현의 자유를 보장한 헌법에 위배되지 않는지 따져볼 문제입니다.

하지만 근본적인 문제는 누가 어떤 말을 했는가가 중요한 것이 아니라, 그 말을 받아들이는 사람이 어떻게 받아들였는가가 더 중요한 것 아닐까 생각합니다. 언어와 글이 사람과 사람 사이를 연결해주는 끈이 될 수 없는 것은 언어의 문제가 아닙니다. 언어는 그 말을 한 사람의 현재의 생각이 창조되어 만들어진 목소리로 표현된 창작품입니다. 하지만 다른 사람이 만든 언어의 창작품을 감상할 것인지, 감상하지 않을 것인지는 오직 자신의 결정에 달려 있습니다.

우리는 수많은 음악 공연이나 예술 공연, 미술 전시회, 스포츠 경기 등 많은 문화생활을 모두 즐기지는 않습니다. 모든 사람들이 그중에서 자신에게 필요한 것들만 선택적으로 즐기면서 살아갑니다. 언어로 만들어진 창작품도 마찬가지입니다. 자신의 생각과 달라서 귀에 거슬리는 말을 하는 사람을 만나지 않는 것은 자신의 선택이듯, 공중 매체에 떠돌아다니는 또는 특정 장소에서 특정 사람이 하는 말을 받아들일 것인지 아닌지는 또한 자신의 선택에 달려 있습니다.

타인이 말한 언어로 인해 크게 분노가 일어난다고 해서, 그것을 물리적인 행동으로 제지하려 한다면 과연 세상의 언어는 남아 있을 이유가 있을까요? 청각 장애인이 아니라면 우리는 어떤 경우든 언어를 통해 자신의 생각과 뜻을 세상 밖으로 내보낼 수밖에 없습니다. 그것들을 정리하여 글로 남기는 것이 바로 책입니다.

세상의 모든 책을 다 읽을 수는 없습니다. 하지만 자신에게 도달한 세상 모든 소리를 들을 수는 있습니다. 그리고 그 소리를 받아들일 것인지, 아닐 것인지는 자신의 몫입니다. 하지만 이번 이승환 가수처럼 어느 특정 지역에서 말의 길(言路)을 막아버린다고 해서 그 언어가 사라지는 것은 아닙니다. 사람들이 쏟아낸 언어는 그 사회가 지금 해결해야 할 가장 중요한 언어입니다.

자기 입맛에 맞는 소리인지를 구분할 것이 아니라, 얼마나 많은 사람들이 같은 언어를 사용하고 있는지를 살펴봐야 합니다. 들리지 않습니까? 지금 대한민국에서 울려 퍼지는 언어의 쓰나미가 세상을 뒤흔들 준비를 하고 있다는 것을.

가치의 기준

세상 모든 사람이 추구하는 삶의 가치가 동일하다면 충돌이 일어날 일이 많지 않겠지만, 각자가 다른 가치를 가지고 있기 때문에 인간관계에서 가장 어려운 점은 서로 다른 가치를 가진 사람들이 만나 동일한 가치를 만들어 내는 일입니다. 그 과정에서 어쩔 수 없이 가치와 가치가 부딪히며 충돌하게 됩니다.

대부분 기존의 가치를 옹호하고 지키려는 쪽을 보수라고 하고, 기존의 가치보다 혁신적인 새로운 가치를 만들고자 하는 쪽을 진보라고 이야기하지만, 그것이 반드시 옳은 사고방식은 아닙니다. 세상의 모든 일이나 상품, 돈, 신념, 종교, 이데올로기, 정신세계 등은 본래부터 가치가 정해져 있는 것이 아닙니다. 다만 가치를 부여하는 사람에 따라 가치 있는 일이 될 수도 있고, 아무런 가치가 없는 일이 될 수도 있습니다.

국가나 사회집단이 추구하는 가치와 개인이 추구하는 가치가 반드시 일치할 수는 없지만, 개인도 국가의 일원이므로 국가의 가치를 완전히 분리해서 볼 수는 없습니다. 하지만 대부분의 사람들은 국가나 사회의 가치보다는 개인의 삶의 가치에 중심을 두고 자신의 삶을 가치 있게 완성하고자 노력합니다. 여기서 자칫 실수하기 쉬운 것이 있습니다. 자신이 가진 가치가 세상에서 가장 절대적이라고 착각하여 타인에게 그 가치를 전도하거나 강요하려 한다면, 반드시 부작용이 생깁니다.

이것은 종교적인 가치뿐만 아니라 이성 관계, 돈 관계 등 삶의 모든 방식에서 동일하게 나타납니다. 자신의 가치가 우월하다고 생각하며 타인에게 강요하는 것은 바람직하지 않습니다. 하지만 그전에 가장 중요한 것은, 니체가 말한 '가치의 전도(顚倒)'처럼 우리가 태어나면서부터 의지와 관계없이 학습하고, 사회 문화가 가치 있다고 규정하여 알고 있는 많은 것들에 대해 스스로 질문해보는 것입니다. 과연 이것이 내가 정한 가치인가? 왜 지금의 일이 가치 있다고 생각하는가?

사실 모든 일에 가치를 부여하며 사는 것이 반드시 옳다고 볼 수는 없지만, 인간이 동물과 다른 점은 생각할 수 있는 능력이 있고, 삶에 대해 가치를 정하며 그 가치에 따라 살아간다는 것입니다. 하지만 스스로 만든 삶의 가치가 너무 무겁거나 자유롭지 못하다면, 그 가치가 어디서 왔는지 한 번쯤 돌아볼 필요가 있습니다.

사람들 간의 대화에서 가장 많이 회자되는 주제는 '요즘 돈벌이는 잘 되십니까?' 같은 질문입니다. 낯선 사람을 만나면 그 사람의 직업과 재력을 알고 싶어 하는 경우가 많습니다. 그렇다면 본인의 직업에 대해 어떤 가치를 가지고 있는지 자문해 보시기 바랍니다. 그리고 누군가 당신에게 "왜 돈을 법니까?"라고 질문했을 때, 3초 안에 짧은 문장으로 대답할 수 없다면, 그것은 당신이 정한 가치가 아닐 수 있습니다. 흔히 "먹고 살기 위해 돈을 번다"라고 말하지만, 그것이 진정한 가치이길 바랍니다.

가치는 태어나기 전부터 정해진 기준에 따라 사는 것이 아닙니다. 어떤 가치든 간절함이 빠져 있다면, 그것은 단순히 다른 사람에게 듣기 좋게 하기 위해 만들어 놓은 위장된 가치일지도 모릅니다. 깊은 사랑의 열정이 휘몰아쳐 온 사람은 그 순간, 세상의 모든 가치가 오직 사랑 하나뿐임을 압니다. 하지만 열정이 식은 후에도 사랑을 인생 최고의 가치로 삼고 실천하는 사람은 극히 드뭅니다.

그럼에도 불구하고 모든 삶의 진정한 가치 기준은 어디에 두어야 할까요? 그것은 바로 사랑입니다. 국가 지도자는 국민을 사랑하고, 남편은 아내를 사랑하며, 아내는 남편을 사랑하고, 부모는 자식을 사랑하며, 자식은 부모를 사랑합니다. 우리의 삶에서 공동의 가치는 누군가를 사랑하는 것을 완성하기 위해 필요한 것입니다. 돈도 마찬가지입니다.

그러나 이 모든 행동이 단순히 쾌락을 추구하기 위한 가치가 되어서는 안 됩니다. 쾌락은 중독성이 강한 것으로, 계속해서 더 강한 자극과 충격을 원하기 때문입니다. 그렇기에 자신의 가치를 점검해 보고, 그것이 진정으로 자유롭게 살고 싶은 자신만의 가치인지 생각해 보아야 합니다. 만약 그렇지 않다면, 당신만의 가치를 새롭게 만들어 보시기 바랍니다.

세상은 누구에게도 정해진 가치대로 살아가라고 강요한 적이 없습니다.

진정한 용기 (True Courage)

용기 있는 사람이란 어떤 사람일까요? 대개 남들이 쉽게 하지 못하는 일을 실천에 옮기거나 모든 사람이 포기할 때 끝까지 버티거나, 모두가 불가능하다고 여길 때 그 불가능한 일에 과감히 도전하는 사람을 용기 있는 사람이라고 합니다.

하지만 지나고 나서 보면, 이러한 행동은 자신의 무지(ignorance)나 오기에서 비롯된 것이지, 진정한 성공을 바라는 용기에서 나온 것이 아니라는 점을 깨닫게 됩니다.

그렇다면, 진정한 용기란 무엇일까요? 안 되는 일을 과감히 포기할 줄 아는 용기, 설득이 불가능한 사람을 포기할 줄 아는 용기, 성공 가능성이 희박한 일을 과감히 포기할 줄 아는 용기. 많은 사람들이 포기했던 일을 가능하다고 믿고 무모하게 도전하여 시간을 낭비하고 인생을 허비한다는 것을 깨닫는 순간, 포기할 줄 아는 용기를 발휘하는 것입니다.

이 외에도 수많은 포기할 줄 아는 용기들은 여러분의 삶을 더욱 자유롭고 성공적인 방향으로 이끌어줄 가능성이 훨씬 큽니다. 때로는 불가능하다고 여겨졌던 일을 성공한 사람들을 우리는 존경하며 추앙합니다. 하지만 대부분의 사람들은 그러한 성공과는 거리가 먼, 평범한 일상을 살아가고 있습니다.

평범한 일상에서 세상을 뒤집을 만한 발명품을 만들거나 플랫폼을 구축하거나 삼성전자를 능가하는 기업을 창조해내는 일은 소설에서나 가능한 일입니다. 여러분의 인생은 소설이 아닌 현실입니다. 현실에서는 실천할 수 있는 용기만큼이나 포기할 수 있는 용기도 중요합니다. 그렇다면 포기할 수 있는 용기가 필요한 경우는 어떤 경우일까요?

이는 실천할 수 있는 용기를 가진 사람만이 포기할 수 있는 용기를 누릴 수 있는 것입니다. 아무것도 실천하지 않은 사람에게는 포기할 일이 생기지 않습니다. 예를 들어, 담배를 끊겠다, 살을 빼겠다, 돈을 5억을 모으겠다, 또는 1년에 책을 100권 읽기에 도전하겠다고 한다면, 이러한 목표는 반드시 실천이 먼저 선결된 이후에야 비로소 불가능하다는 사실을 깨닫고 포기할 줄 아는 용기가 필요합니다.

포기할 줄 아는 용기를 가진 사람만이 자신이 도달할 수 있는 지점을 정확히 알 수 있습니다.

무모한 행동 뒤에는 무모한 결과만 따를 뿐입니다.
무모함이란 물리적으로 실현될 확률이 로또 복권보다 더 낮은 경우를 가리킵니다. 이를 가능하다고 믿고 구체적인 실천 없이 막연히 꿈꾸는 사람을 망상가(妄想家)라고 합니다.

유통업을 하는 필자는 사람들을 만나면 허황된 꿈을 곧 실현될 것처럼 이야기하며 다니는 사람들을 자주 봅니다. 그러나 이는 마치 사막 위에 모래로 성을 쌓아 올리는 것과 같아 결코 오래 유지될 수 없습니다.

진정 용기 있는 사람은 포기할 줄 아는 용기를 가진 사람입니다.

포기란 또 다른 도전을 위한 준비 과정입니다. 인간에게는 시간이 한정되어 있고 에너지가 무한정 솟아나는 것이 아니므로, 실현될 가능성이 높은 일에 집중하기 위해 망상에 가까운 꿈은 과감히 포기해야 합니다.

이것이 진정한 포기의 의미입니다.

진정 포기할 줄 아는 용기를 가진 사람이 진정 행동할 줄 아는 용기를 가진 사람입니다

확증편향 (Confirmation Bias, 確證偏向)

요즘은 '확증편향(Confirmation Bias, 確證偏向)'이라는 말을 많은 사람들이 알고 있습니다. 사전적 의미로 확증편향이란, 자신이 가진 신념이나 가치관에 부합하는 정보만 골라서 취하고, 그 신념을 강화하기 위해 자기 입맛에 맞는 정보만 선택하거나, 자신의 생각과 비슷한 사람들만 만나거나, 그런 단체나 모임 활동을 하는 것을 뜻합니다. 하지만 이런 시간이 오래 지속되면, 특히 요즘처럼 알고리즘(Algorithm)이 발달한 세상에서는 자신이 잘못된 생각을 하고 있다는 것조차 인지하기 어려운 현실에 놓이게 됩니다. 이는 누구에게나 발생할 수 있는 일입니다.

확증편향과 확증편향이 충돌한다고 해서 문제가 해결될 것이라 기대하는 것은 착각입니다. 양극단으로 치닫는 두 확증편향이 충돌한다고 해서 하나의 해결책이 나올 수는 없습니다. 이는 현재 한국 사회에서 벌어지고 있는 양극단의 확증편향 충돌이 어떤 결과를 초래하는지를 보면 잘 알 수 있습니다.

이런 감정 상태를 설명하는 심리학 용어 중에 '휴리스틱스(Heuristics)'라는 개념이 있습니다. 쉽게 말해, 인간의 감정은 옳고 그름보다는 좋고 나쁨에 더 많은 영향을 받는다는 의미입니다.

그렇다면 왜 인간은 이런 불합리한 '휴리스틱스(Heuristics)'라는 감정으로부터 자유로울 수 없는 것일까요? 일반적인 심리는 후천적인 노력을 하지 않는다면, 인간이 진화(Evolution) 과정에서 유전적으로 받아들인 감정이 우선 작용할 수밖에 없습니다. 따라서 대부분의 사람들은 옳고 그름보다는 좋고 나쁨의 기준에 따라 판단을 내립니다.

개인이나 집단이 옳고 그름과 좋고 나쁨 중 좋은 것만 취하는 결과가 언제나 옳다면, 좋은 것만 선택하는 것이 최우선적인 삶의 기준이 될 수도 있을 것입니다. 하지만 세상에는 좋고 나쁨보다는 옳고 그름의 기준에 의해 결정되는 일이 많으며, 때로는 좋고 나쁨이나 옳고 그름과 전혀 관계없는 선택이 가장 현명한 경우도 있습니다.

그렇다면 가장 현명한 선택을 하기 위해서는 어떤 훈련이 필요할까요? 먼저, 세상일에는 정형화된 패턴(Predefined Pattern)이 존재한다고 믿는 생각을 내려놓아야 합니다. 지금 이 순간 마주하고 있는 감정의 흐름은 과거의 어떤 데이터로도 완벽하게 설명할 수 없으며, 실시간으로 변화하고 있기 때문입니다. 또한, 나와 타인의 감정을 완벽하게 설명해 놓은 책도 존재하지 않습니다.

따라서 가장 자유롭고 현명한 선택을 하기 위해서는 확증편향으로 굳어져 가는 정보 수집 방식, 즉 만나는 사람, 읽는 신문, 자주 보는 유튜브(YouTube) 채널이나 뉴스, 종교(Religion)나 사상(思想, Idea), 이데올로기(Ideology)에 대한 정보를 다양한 시각으로 바라보는 연습이 필요합니다. 그런 후 감정의 소용돌이를 내려놓고, 내 앞에 놓인 상황을 객관적으로 바라보는 훈련을 해야 합니다.

바둑(Go, 棋)이나 장기(Korean Chess, 將棋)에서 훈수를 두는 사람이 고수인 이유는, 자신의 감정을 배제한 제3자적 시각(Third-Person Perspective)으로 판을 보기 때문입니다.

스스로에게 질문해야 할 중요한 명제는, '옳은 것(Right)과 좋은 것(Good)의 차이', '그른 것(Wrong)과 나쁜 것(Bad)의 차이'를 설명할 수 있는가입니다. 그리고 이에 대해 생각하는 것에서 그치지 않고, 글로 남겨보기를 권장합니다.

또한, 자신이 쓴 글을 타인이 읽었을 때 어떤 언어로 받아들여질지를 깊이 고민해 본다면, 자신의 언어를 객관적으로 바라볼 수 있습니다. 결국, 우리가 사용하는 언어(Language)가 우리의 정신세계(Mental World)를 형성하며, 그 정신세계가 감정으로 발현되는 것입니다.

이런 훈련을 지속적으로 하기 위해서는 짧은 글쓰기를 통해 자신의 정신세계 속에서 맴도는 언어들을 정리하는 것이 중요합니다. 그리고 자신이 쓴 글을 1년, 2년 후에 다시 읽었을 때, 혹은 정반대 입장의 사람이 읽었을 때, 그것이 무색무미무취(無色無味無臭)하지만 인간의 생존에 필수적인 물(Water)과 같은 느낌을 준다면, 인지적 편견을 벗어나 지혜로운 사고를 하는 데 가까워진 것이라 할 수 있습니다.

물론, 이는 쉬운 실천 방법이 아닙니다. 수년간 매일 글쓰기를 실천하고 있는 필자인 저 또한, 오래전에 쓴 글을 읽으며 현재의 감정과 100% 부합하지 않는 글을 발견하는 경우가 있습니다. 이는 당시의 감정이 완전한 중도(中道, Middle Way)를 이루지 못했음을 보여줍니다.

확증편향(Confirmation Bias, 確證偏向)이나 인지적 편견(Cognitive Bias)은 나와 사회를 병들게 하는 질병(Disease, 疾病)입니다. 건강한 사회와 개인의 행복을 위해 반드시 치료해야 할 문제임을 인식해야 합니다.

그 출발점은 의식적으로 자신이 보기 싫어하는 신문을 읽거나, 다른 관점의 책을 읽거나, 다양한 시각의 TV 프로그램(TV Program)과 유튜브(YouTube) 채널을 깊이 있게 탐색해 보는 것입니다.

왜냐하면 확증편향(Confirmation Bias)을 가지는 것은 본인 스스로도 고통스럽기 때문입니다. 확증편향이 강한 사람들은 끊임없이 누군가를 미워해야(Hate) 하기 때문입니다. 하지만 타인(Others)을 미워하는 일이 행복(Happiness)이 될 수는 없습니다. 그런 이유로 확증편향은 나와 타인 모두를 고통스럽게 만든다는 점을 기억해야 합니다.

길안내 (Guidepost)

과거에 익스트림 스포츠를 즐겼던 대가로 현재 퇴행성 관절염 2기(Arthritis, 退行性關節炎) 진단을 받고 치료 중입니다. 철인 3종 경기와 자전거 타기를 평범한 사람이 평생 운동할 양을 짧은 시간 안에 채우다 보니, 결국 무릎이 손상되었습니다. 이는 제 행위의 결과이니 어쩔 수 없는 일이라고 생각합니다. 만약, 그 당시 철인 3종 경기 킹코스 완주라는 버킷리스트를 도전하고 싶은 마음을 꺾고, 미래에 무릎 연골이 악화될 것을 걱정하여 도전을 포기했다면, 무릎은 지켰을지 모르지만, 이루고 싶었던 꿈을 해보지 못한 아쉬움이 더 컸을 것이라 판단됩니다. 지난 선택에 후회는 없습니다.

사람이 어디가 아프게 되면, 모든 신경이 그 아픈 부위를 치료하기 위해 집중될 수밖에 없습니다. 특히, 무릎처럼 통증이 생활에 불편함을 주는 경우, 더욱더 그렇습니다. 현재 동네 통증의학과 두 군데와 한의원 한 군데에서 치료를 받고 있지만, 성과가 기대만큼 좋지 않습니다. 그래서 큰 병원에 가서 MRI를 촬영해 무릎 상태를 정확히 파악한 후, 수술 여부를 결정해야 할 기로에 서 있습니다.

사람은 몸이 아프면 명의(名醫)를 찾아 치료하려 부단히 노력합니다. 그러나 아무리 명의라 하더라도 질병을 정확히 진단하지 못하거나 치료 방법이 본인에게 맞지 않으면, 그 병원에 대한 신뢰가 의심으로 바뀌고, 다시 다른 병원을 찾기 마련입니다.

살아가면서 삶의 방향을 잃고 헤매거나 극복하기 어려운 고통에 직면하면, 이 고통으로부터 벗어나기 위해 방법을 모색하는 과정에서 삶의 스승을 찾기도 합니다. 자신의 미래나 인생의 무게를 덜어낼 수 있는 길을 진단받기를 기대하며 다양한 방식을 시도합니다. 무속인(Shaman)을 찾거나 하느님을 만나 치유를 경험하기도 하고, 참선(參禪, Zen Meditation)을 통해 세상의 이치를 깨닫고 마음의 평안을 얻는 사람들도 있습니다.

하지만 대부분의 신체적 질병은 과거 자신이 저질렀던 행위의 축적으로 발생합니다. 술 한 잔도 하지 않는 사람이 간암에 걸리거나, 담배를 피지 않는 사람이 폐암에 걸리는 경우도 있지만, 통계적으로 술과 담배를 과도하게 즐긴 사람이 더 높은 확률로 질병에 걸립니다.

60년 동안 자신이 유전적으로 튼튼한 치아를 물려받았다고 자부하며 치아 관리를 소홀히 했던 저는, 몇 달 전 치과에서 충치가 5개나 생긴 것을 알게 되었습니다. 다행히 심해지기 전에 발견해 임플란트는 하지 않았고, 충치 치료로 마무리되었습니다. 이후 하루 두세 번 양치질과 치간 칫솔질을 꼼꼼히 하고 있습니다. 이는 제 게으름과 무관심의 결과일 뿐입니다.

신체 건강도 자신이 누적한 업보(業報, Karma)의 결과라면, 정신적 고통이나 질병도 과거의 삶에서 세상과 소통한 방식이 쌓여 발생한 것입니다. 긍정적이거나 비관적인 사람은 따로 정해진 것이 아닙니다.

이미 시작된 질병을 부정할 수는 없습니다. 하지만 병이 생긴 상황이라면, 치료와 관리라는 두 가지 선택이 있습니다. 의사는 치료를 도와줄 수 있지만, 관리는 스스로 해야 합니다. 이는 마음의 고통도 마찬가지입니다. 절이나 교회, 점쟁이를 찾아가더라도 근본적인 치유는 스스로 관리하고 지속해야 가능합니다.

자기계발서나 인문학 서적을 통해 순간적인 깨달음을 얻을 수 있지만, 그것을 지속하기 위해선 자기 스스로 과거를 되돌아보고, 고통의 원인을 인식하며, 이를 줄여가는 노력이 필요합니다. 자신에게 생긴 모든 일을 능동적이고 적극적으로 받아들이며 균형 잡힌 식생활, 운동, 그리고 정신세계를 관리하는 사람만이 조화로운 삶을 이어갈 수 있습니다.

성장하는 삶 (Growth in Life)

삶의 성장은 반드시 세월과 비례하지 않습니다. 나이가 든다고 모든 사람이 지혜로워지는 것은 아닙니다. 시간은 사람의 신체를 늙게 만들 수는 있지만, 시간이 정신 세계를 자연스럽게 지혜롭게 하지는 못합니다.

만약 나이가 들면서 젊었을 때보다 도전할 용기와 호기심이 줄어들었다면, 이는 정신 세계가 성장을 멈춘 것입니다. 반대로, 나이가 젊음에도 불구하고 세상에서 맞닥뜨리는 여러 상황들에 대해 두려움과 공포로 인해 한 발짝도 앞으로 나가지 못한다면, 그 사람 역시 성장이 멈춘 것입니다.

정신 세계의 성장은 자신에게 찾아온 고통의 크기와 강도에 따라 좌우됩니다. 고통이 크고 강할수록 그 고통에 굴복하는 사람도 많아집니다. 그러나 삶에 고통을 경험하지 못한 사람은 진정으로 삶을 살았다고 말할 수 없습니다. 불타는 사랑과 이별의 고통을 경험하지 않은 사람은 사랑에 대해 책이나 이론으로만 이해할 수 있을 뿐, 그것을 온전히 느낄 수는 없습니다.

삶에서 고통을 겪는 일은 사춘기와도 같습니다. 사춘기를 거치며 몸과 마음이 크게 성장하듯, 성장에는 언제나 성장통이 따릅니다. 이 질풍노도의 시간을 지나온 사람들이 크게 성공하는 경우가 많은 것을 보면, 고통이야말로 성장이라는 엔진에 필요한 연료임을 알 수 있습니다.

이는 나이와는 무관합니다. 20대나 30대에 완성형 인간이 된 사람은 두 부류로 나뉠 수 있습니다. 하나는 짧은 시간 동안 평범한 사람이 평생 동안도 경험하지 못할 고통의 바다를 건너온 사람이며, 다른 하나는 타인의 고통에 민감하게 반응할 정도로 감성이 극도로 발달한 사람일 것입니다.

만약 고통의 바다를 건너지 않았음에도 스스로 삶이 성장했다고 느낀다면, 그것은 착각입니다. 고통 없이 성장하는 삶은 존재하지 않습니다. 고통을 경험하지 않고 고통에 대해 말하는 것은 타인의 말을 빌려 자신의 경험인 척 떠드는 앵무새에 불과합니다.

사람은 직접 체험한 고통만이 진정으로 자신을 성장시킬 수 있습니다. 타인의 고통을 온전히 이해할 수는 없으나, 공감 능력이 뛰어난 사람은 일부나마 타인의 고통을 이해할 수 있습니다.

사람은 고통의 크기만큼 성장합니다. 이는 책이나 글을 통해 얻을 수 있는 것이 아닙니다. 벗어나기 힘든 고통과 마주해본 적이 있습니까? 만약 그런 고통이 당신에게 닥쳐온다면, 당신은 그 고통을 어떻게 받아들이겠습니까? 많은 사람들이 자신만의 방식으로 고통의 바다를 건너갑니다. 그리고 다시는 그 바다에 들어가지 않으려 고통을 피하는 방법을 찾아 평생을 고민하며 살아갑니다. 그렇게 나이가 들어서는 짧게 스쳐 지나갔던 작은 고통을 훈장처럼 포장하며, 자신의 과거 고난을 과장해서 이야기하기도 합니다.

신은 성공이라는 선물을 주기 전에 먼저 고난과 역경을 이겨낼 수 있는지를 시험한다고 합니다. 그리고 그 고통을 견뎌내지 못한 사람에게는 성공이라는 선물을 보내지 않습니다.

고통을 피하기 위한 삶을 살아온 사람에게는 지혜의 문이 열리지 않습니다. 지혜로운 삶의 문은 고통의 크기와 시간에 비례하여 열립니다. 세상의 모든 성장에는 고통이 따릅니다.

만약 삶을 한 단계 더 성장시키고 싶다면, 자신에게 찾아온 고통을 피하지 마십시오. 고통 앞에 무릎을 꿇어서는 안 됩니다. 신은 당신의 삶의 방향을 바꾸고자 할 때, 고통이라는 시험을 통해 당신을 시험합니다. 이를 잊지 마십시오.

고통은 싸워야 할 대상도, 협상해야 할 대상도 아닙니다. 그리고 비겁하게 무릎 꿇을 대상은 더더욱 아닙니다. 삶에 찾아온 고통을 자신의 성장을 위해 찾아온 신의 선물로 받아들이고, 고통과 마주 앉아 깊은 대화를 나눠 보십시오.

그렇다면 고통의 실체가 보일 것입니다. 고통이 얼마나 감사한 것인지, 그리고 얼마나 큰 선물인지 깨닫게 될 것입니다. 제가 돌아본 지난 삶의 시간 속에서, 큰 고통을 겪은 이후에 그 고통을 피했는지 아니면 정면으로 마주했는지에 따라 이후 삶이 크게 달라졌음을 알 수 있었습니다.

고통 없는 삶을 꿈꾸지 마십시오. 그런 삶은 살아 있으나 죽은 것과 같습니다. 시간과 자원만 낭비하다가 결국 화장장에서 생을 마감하는 고깃덩어리에 불과할 뿐입니다. 당신에게 찾아온 고난의 세월과 고통스러운 일상이 당신을 진정 살고자 하는 완성형 인간으로 성장시키는 선물이라는 사실을 잊지 마십시오.

기도 (Prayer, 祈禱)

기도는 미래의 시간 속에서 집단이 원하는 세상이 되기를 바라거나, 개인이 바라는 소망이 이루어지기를 바라는 마음에서 시작됩니다. 또한, 현재 하고 있는 좋은 일들은 지속되기를, 나쁜 일들은 사라지기를 바라는 마음에서 기도를 하기도 합니다.

필자의 생각으로는 기도라는 행위 자체가 내면의 만족감이나 안위를 가져다 줄 수는 있지만, 외부에서 일어나는 현상 자체를 변화시키지는 못합니다. 기도를 통해 이루어질 수 있는 일은 자신의 내면적 안정 외에는 아무것도 없다는 것입니다.

그럼에도 불구하고 여전히 많은 종교들이 '기도팔이 장사'를 지속할 수밖에 없는 이유는, 그것이 무속신앙이나 점(占, fortune telling)과 크게 다르지 않기 때문입니다.

인디언 속담 중에 "기우제를 지내면 반드시 비가 온다"라는 말이 있습니다. 그 이유는 비가 올 때까지 기우제를 지내기 때문입니다. 더운 여름날 날씨가 시원해지기를 바라는 마음에서 기우제를 지낸다고 해서 기후가 바뀌는 것도 아니고, 전쟁이 일어나는 것을 기도한다고 해서 막을 수 있는 것도 아닙니다.

어떤 경우에는 국가 간 축구 경기를 앞두고 양국의 국민이 각각 기도합니다. 하지만, 축구 경기 결과는 기도와 아무 관련이 없습니다.

세상의 모든 일은 그 일에 관여된 여러 현상과 이유가 결합되어 발생하는 것입니다. 불교에서는 이를 연기법(緣起法, Dependent Arising)이라고 합니다.

불과 몇 백 년 전 조선시대만 해도, 국왕들은 가뭄이 들어 흉년이 찾아오면 백성들이 굶주리는 일을 자신의 덕이 부족한 탓으로 여기며 반성의 의미로 반찬의 가짓수를 줄이고, 하늘에 기우제를 지냈습니다. 그러나 현대에 가뭄이 들어 흉년이 오더라도, 장바구니 물가가 오를 수는 있어도 굶주림은 대부분 소득에 비례하여 발생합니다. 우리나라의 식료품과 육류, 해산물, 과일 등 대부분의 먹거리를 외국에서 수입하고 있기 때문입니다. 따라서 한국 사람들은 하늘에 비를 내려달라고 기도하지 않습니다.

엄밀히 따지면, 하늘의 일은 하늘이 하고, 사람의 일은 사람이 해야 합니다. 사람의 일이 하늘의 간섭으로 바뀌는 경우는 없습니다. 천둥번개, 일식(日蝕, Solar Eclipse), 월식(月蝕, Lunar Eclipse) 등도 현대인들에게는 단순한 자연현상으로 이해됩니다.

모든 현상이 발생하는 데는 이유가 있습니다. 따라서, 개인에게 닥친 불행이나 행복은 자신이 과거에 만들어 놓은 결과이거나 우연히 발생한 인연에서 비롯된 것이며, 신(神)의 장난으로 생겨난 것이 아닙니다.

결론적으로, 기도는 자신의 마음의 안위를 위해 스스로를 위로하고 격려하는 행위일 뿐, 그 이상도 이하도 아닙니다.

기도를 멈추라는 말은 아닙니다. 인간(Sapiens)은 살아 있는 한 자신의 기대와 바람을 완전히 내려놓을 수 없습니다. 따라서 기대와 바람을 이루고자 하는 정신적 활동이 기도라고 본다면, 기도에 기대하기보다는 현실에서 기대와 바람을 이루기 위한 구체적인 행동을 찾는 것이 기도를 이루는 데 더 효과적일 것입니다.

예를 들어, 살을 빼고 싶다고 기도만 한다고 살이 빠지지는 않습니다. 부자가 되고 싶다고 주말마다 로또 복권을 산다고 해서 부자가 되는 것도 아닙니다.

기도하는 삶을 살아가십시오. 하지만 기도에 지나치게 의지하는 삶은 살지 마십시오. 기도는 당신의 피난처가 될 수 없습니다. 그리고 기도를 자신의 안위를 위한 것이 아닌, 위로가 필요한 사람들을 위해 기도하십시오. 기도가 미래의 일을 바꿀 수는 없지만, 이미 일어난 고통을 짊어지고 살아가는 사람들에게는 위로가 될 수 있습니다.

무안 공항 제주항공기 참사로 갑작스럽게 가족이나 지인을 잃은 모든 분들께 깊은 위로의 기도를 올립니다.

사랑의 에너지 (Energy of Love)

황혼에 새로운 사랑을 시작했습니다. 그리고 매일 서로가 서로에게 이전보다 조금 더 나은 날들을 만들어가고자 노력하고 있습니다.

만인을 사랑하는 것보다 한 사람을 사랑하는 일이 더 어렵다는 사실을 점차 깨닫고 있습니다. 사랑에 욕심을 부리지 않으려 합니다. 당신의 사랑의 에너지는 그렇게 넘치고 넘치는 것이 아니기 때문입니다.

새로운 사랑을 시작한 후, 제가 약속한 것은 사랑하는 여인에게 지난날보다 한 뼘만큼 더 행복한 시간을 만들어 주겠다는 다짐이었습니다. 그러나 제 작은 불찰로 함께 보낸 시간 중 단 하루만큼은 한 뼘만큼 힘들게 했습니다.

이 일을 통해 깨달은 것은, 만인을 사랑하는 것보다 한 사람을 사랑하는 일이 결코 쉽지 않으며, 한 사람을 사랑할 줄 모르는 사람이 다수의 사람들을 사랑하겠다고 다짐하는 것은 마치 산수조차 모르는 사람이 고등수학을 풀겠다는 욕심을 부리는 것과 같다는 사실이었습니다.

물론 사랑이란 두 사람이 세상을 바라보는 방식이 서로 닮아야 하는 것이 당연한 일입니다. 그러나 남남이 만나 사랑하게 되었을 때, 모든 것이 완벽하게 일치하는 경우란 있을 수 없습니다.

그렇기에 서로의 다름을 인정하고, 그 다름을 있는 그대로 아름답게 바라볼 줄 알아야 합니다. 또한, 서로 비슷하거나 같은 점을 찾아 함께하는 시간을 늘려나가는 일이야말로 사랑하는 사람들 간에 가장 중요한 과제가 아닐까 생각합니다.

서로 다른 두 사람이 50년 넘게 따로 살아오다가 만났다면, 지나간 세월의 흔적이 똑같을 수는 없습니다. 그로 인해 세상을 바라보는 방식이 크게 다를 수도 있습니다.

특히 저처럼 일반적인 또래들이 걸어온 인생길과는 조금 다른, 평범하지 않은 여정을 지나온 사람과, 제가 사랑하는 여인처럼 온실 속에서 평온한 삶을 살아온 사람이 공통된 분모를 많이 찾아내기란 쉽지 않을 것입니다.

다행히도 금수저 집안에서 자란 제 연인은 과도하게 사치스럽거나 지나친 탐욕을 가진 사람이 아닙니다. 오히려 그녀는 내면이 소란스럽지 않고 소박한 삶을 즐길 줄 아는 사람으로, 저와 살아가는 결이 비슷하다는 느낌을 주었습니다.

앞으로도 많은 시간을 함께 보내며 서로에게 무거운 존재가 되지 않는 것, 그것이 사랑을 오래 지속하기 위한 중요한 덕목이 아닐까요? 황혼의 사랑은 젊은 시절처럼 아무 장애 없이 사랑과 열정 하나만으로 함께 살아갈 수 있으리라 여겼던 때와는 분명히 많은 차이가 있다는 점을 인정하고, 서로에게 무거운 사랑이 되지 않기 위해 노력해야 합니다.

단 한 사람을 행복하게 해주는 일이 천하의 모든 사람을 행복하게 해주는 것보다 가볍지 않다는 사실을 매일매일 깨닫고 있는 요즘입니다.

황혼의 완전한 사랑이란 세상에 존재하지 않습니다. 서로 조금 부족하고 모자란 부분을 매일 조금씩 채워가려는 노력이 없다면, 하늘에서 감 떨어지기를 기다리는 마음으로 하는 사랑은 완성될 수 없습니다.

살아온 세월만큼 상대를 바라보며 원하는 것이 줄어든다면 다행이겠지만, 현실적인 삶에서 살아온 시간 동안 수많은 경우를 경험했기에 마음속에서 바라는 것이 전혀 없다고 말하는 것은 오히려 서로에게 거짓이 될 것입니다. 두 사람이 서로 부족한 점을 채워가면서 살아가겠다고 다짐하는 것이 필요합니다.

요구하는 것보다 해주는 것이 많은 사랑, 바라는 것이 많은 사랑보다는 상대에게 무엇이 필요한지 챙겨줄 줄 아는 사랑이, 그리고 서로의 존재가 무겁게 느껴지지 않는 사랑이 황혼의 사랑에서 중요한 덕목이 아닐까요?

건강한 몸과 정신을 위해 노력하는 것은 사랑하는 이에게 줄 수 있는 최고의 선물입니다. 저 또한 제가 선택한 사랑에 최선을 다할 생각입니다.

황혼의 사랑을 너무 어렵게 바라보지도, 너무 가볍게 여기지도 마십시오. 사랑은 분명히 대가가 필요하다는 점을 명심하고, 인생 마지막 끝사랑을 잘 완성하기를, 저처럼 황혼의 사랑을 하고 있는 모든 분들이 혼자 지냈던 시간보다 더 행복하기를 진심으로 바랍니다.

삶과 죽음 (Life and Death, 生과 死)

젊음과 늙음은 둘이 아니며, 삶과 죽음도 결국 둘이 아닙니다. 젊었을 때는 죽음이 마치 자신과는 거리가 먼, 타인의 이야기처럼 느껴지다가 나이가 들면서 자신의 몸이 늙어가고 있음을 알게 됩니다. 하지만 이를 쉽게 받아들이기가 힘듭니다. 그래서 회춘을 위해 어떤 대가라도 지불하겠다는 마음으로 몸에 좋은 음식을 챙겨 먹고, 성형외과를 찾아 보톡스나 필러 등 온갖 방법을 시도하지만, 늙어가는 신체의 시간을 거슬러 젊어지는 것은 불가능합니다.

세상의 모든 이치가 함께 일어난다는 것을 이해하고 받아들인다면, 늙어가는 것과 그 늙음이 얼마 남지 않은 인생 시계가 자신에게 무엇을 가르쳐주는지 깨닫게 될 것입니다. 젊어지기 위해 애쓰는 대신, 잘 익어가기 위해 노력하는 것이 어떨까요?

밤을 지나지 않고 아침이 되는 경우는 없으며, 겨울을 지나지 않고 봄을 맞이할 수는 없습니다. 세상 모든 것이 이 것(此)을 의존하여 저 것(彼)이 생겨나고, 저 것을 의존하여 이것이 생겨난다는 연기법(緣起法)의 평범한 진리를 알고 평생 느끼며 살아왔다면, 자신의 생명의 순환 역시 대우주적 질서 속에서 벗어날 수 없음을 알고 순응하는 삶을 받아들이는 노년의 준비가 얼마나 아름다운지 생각해볼 만합니다.

가수 노사연의 노래 가사처럼, 우리는 늙어가는 것이 아니라 익어가는 것입니다. 과일이 당도가 높아지고 맛있어지기 위해서는 시간이 필요합니다. 과일은 자기 순환적 주기의 마지막 단계에서 가장 당도가 높고 맛있는 모습으로 세상에 선물됩니다.

인생으로 보면 노년의 시기가 바로 당도가 가장 높아지는 과일과 같습니다. 제대로 익은 과일처럼 늙어가기 위해서는 자연의 질서와 법칙에 순응하는 법을 알아야 합니다.

시간이 잘 익은 과일을 만들어내듯, 노년기에 만들어낸 과일은 자신을 위해 만들어진 것이 아닙니다. 그것은 세상에 남아있는 수많은 사람들에게 자신이 과일나무가 되어, 세상으로부터 받은 은혜에 보답하기 위한 선물임을 알아야 합니다.

왜냐하면 자신도 젊었을 때, 노년의 인생 선배들로부터 그런 과일을 받아먹으며 성장했기 때문입니다.

노년기의 인생을 잘 살아가기 위해 가장 필요한 것은 무엇일까요? 그것은 바로, 그 누구도 경험해보지 못한 죽음과 만나는 것입니다. 오랜 세월 동안 많은 철학자들이 죽음에 관해 다양한 어록과 글을 남겼지만, 죽음을 경험하고 돌아온 이는 아무도 없습니다. 그렇기에 죽음을 한마디로 정의하는 일은 불가능합니다.

세상에서 가장 불행한 노인은 자신에게도 머지않아 죽음이 다가오리라는 사실을 망각하고 사는 사람입니다.

늙었다고 해서 반드시 어른이 되는 것은 아닙니다. 시간이 지나면 누구나 늙을 수 있지만, 신체가 늙었다고 해서 모든 사람이 어른이 되는 것은 아닙니다. 늙어서도 어른이 되지 못하는 사람이 있는가 하면, 젊어서 어른이 된 사람도 있습니다.

어른이 되는 것은 삶의 시간과 정비례하지 않습니다. 어른이 된다는 것은 무엇일까요? 검은 것은 검다, 흰 것은 희다, 옳고 그름을 구분할 줄 알며 세상의 이치를 깨닫고도 세상과 다투지 않고 순리대로 문제를 해결할 줄 아는 지혜로운 사람이 바로 어른입니다.

하지만 안타깝게도 대한민국은 초고령사회로 접어들었음에도, 어른이 되지 못한 신체만 늙은 노인들이 많아지고 있습니다. 이로 인해 세상이 소란스러운 날이 끊이질 않습니다.

저 역시 머지않아 법적으로 노인 나이인 65세에 도달합니다. 과연 저는 노인이 아닌 어른이 될 수 있을까요? 세상을 소란스럽지 않게, 그리고 순리대로 사는 방법을 가르치고 갈 수 있는 어른이 될 수 있을까요?

오늘도 시끄러운 세상 속에서 스스로의 죽음과 깊은 대화를 나누며, 살아 있는 오늘이 잘 익어가는 하루이길 바랍니다.

삶의 지혜 075

감정과 이성 (Emotions and Reason)

내 생각이 어디서 왔고 어디로 가는지를 볼 수 있다면, 자신의 생각의 지배로 부터 자유로워질 수 있습니다. 자기 통제가 뛰어난 사람은 자신의 생각을 타인 의 생각처럼 제3자의 입장에서 바라볼 줄 압니다. 예를 들어, 어떤 사람이 당 신에게 욕을 했을 때, 그 욕을 듣고 화가 났다면, 그 화가 당신 때문이 아니라 욕을 한 사람 때문이라고 생각한다면, 이는 사실과 동떨어진 것입니다. 하지만 이런 사실을 스스로 느끼지 못하는 경우가 많습니다. 대부분 사람들은 분노 가 외부에서 오는 것이라고 믿습니다. 그리고 분노를 일으키는 원인이 외부에 있다고 착각합니다. 하지만 실제로 분노를 일으키는 것은 자기 자신입니다.

그렇다면 왜 이런 착각에 빠지게 되는 걸까요? 이는 자신의 생각과 감정을 분 리해 바라보지 못하거나, 그러한 능력을 갖추지 못했기 때문입니다. 결국 자신 의 생각에 사로잡혀 감정과 이성이 작동하게 되는 것이지요.

흔히들 감성적인 인간, 이성적인 인간이라고 이야기하지만, 어떤 결정이든 감 성과 이성을 나눠서 작동시킬 방법은 없습니다. 그래서 감정과 이성이 교차하 는 어느 지점에서 우리의 행동이 결정됩니다.

만약 당신의 친한 친구가 화가 났다고 합시다. 이때 당신은 화가 난 친구의 감 정을 제3자의 입장에서 볼 수 있습니다. 그리고 친구가 화가 난 이유를 외부에서 그 친구를 자극한 어떤 사람의 말이나 일의 결과 때문이라고 말하고 있다면, 당신은 그 말을 동의할 수 있을까요?

사람은 자신의 생각에 지배받아 행동을 결정합니다. 그렇다면 그 생각이 왜 일어났는지, 어디서 왔는지, 어디로 가는지도 볼 수 있어야 합니다. 만약 자신의 생각을 바라볼 수 있다면, 생각이 아무 이유 없이 생겨나는 것이 아니라 외부 대상과의 만남을 통해 움직였음을 알게 될 것입니다.

그렇다면 외부 대상과 만나지 않았을 때에도 생각은 일어날까요? 물론 그렇습니다. 사람은 살아 있는 한 생각을 멈출 수 없습니다. 생각을 멈출 수 있는 유일한 방법은 뇌사 상태나 죽음뿐입니다.

그러나 자신 안에서 일어나는 생각을 바라볼 수 있다면, 그 생각이 어디로 향하는지도 알 수 있습니다. 이를 위해서는 자신의 생각과 행동을 동일시하지 않아야 합니다. 생각이 행동으로 옮겨지기 전에, 그 생각을 타인이 바라보는 것처럼 볼 수 있는 훈련이 필요합니다.

우리는 타인의 생각과 행동을 볼 때, 종종 비이성적이고 이해할 수 없는 결정을 내리는 것을 보고 의아해합니다. 마찬가지로, 내 생각도 타인이 바라본다면 이해하기 어려운 순간이 있을 것입니다.

자신의 생각을 타인의 생각처럼 바라보는 훈련을 시작하려면 어떻게 해야 할까요? 어떤 자극을 받았을 때 감정이 요동치기 시작하면, 그때 크게 한 번 호흡을 하고 3초간 기다려 보세요. 그리고 그 순간 머릿속을 스쳐가는 생각을 관찰해 보십시오. 그 생각을 자신이 아닌, 절친한 친구가 하고 있는 것처럼 제3자의 입장에서 바라보는 훈련을 해보시기 바랍니다.

뇌과학적으로 우뇌는 감성을, 좌뇌는 이성을 담당한다고 하지만, 우리가 만나는 외부 상황을 좌뇌와 우뇌로 구분하여 판단할 수는 없습니다. 또한 실시간으로 이뤄지는 감정과 이성이 교차하는 지점에서 우리는 의사 결정을 내리게 됩니다.

다소 어렵더라도 자신의 생각을 객관적으로 바라보는 관찰자로 남을 수 있다면, 자신의 감정이나 이성이 원치 않는 방향으로 의사를 결정지을 확률을 현저히 줄일 수 있습니다.

결국 자신의 생각을 지배할 수 있느냐 없느냐는, 당신이 당신의 생각을 바라볼 수 있느냐 없느냐로 결정됩니다.

생각을 객관화하는 능력은 수많은 판단을 더 옳은 방향으로 결정짓는 데 중요한 역할을 합니다. 이는 삶에서 중요한 결정을 내릴 때, 자신의 결정을 더욱 명확히 판단할 수 있도록 돕습니다. 우리는 타인의 잘못된 판단을 더 정확히 볼 수 있습니다. 이는 타인의 결정을 멀리서 관찰자 입장에서 볼 수 있기 때문입니다.

자신의 생각도 깊이 매몰되기보다는 멀리 떨어져 무심하게 객관화하여, 타인의 생각처럼 바라볼 수 있다면 훨씬 더 좋은 결과를 만들어낼 수 있습니다. 이는 창업, 취업, 연애, 결혼, 인간관계 등 인생의 여러 중요한 결정에 영향을 미칩니다. 우리는 매일 선택하고 판단해야 하며, 이러한 판단을 지배하는 것이 바로 생각이기 때문입니다.

오늘 하루도 당신의 생각의 관찰자로서, 당신의 생각을 바라보길 희망합니다.

지력과 직감 (Intelligence and Intuition)

지력과 직감 중 어떤 것에 의존하여 판단하느냐가 삶에서 많은 결정에 영향을 미친다는 것을, 우리는 여러 차례 경험하며 살아왔습니다. 하지만 어떤 상황에서 직감이 아닌 지력에 의지하여 습관적으로 판단하는 경우가 많습니다.

지력에 의한 결정이 필요한 경우와 직감에 의한 결정을 내려야 하는 경우가 명확히 구분되지 않아 어렵게 느껴질 때가 있습니다.

처음 만나는 사람과 대면할 때 우리는 어떤 방식으로든 그 사람에 대한 느낌을 받아들입니다. 가령 지하철에서 딱 한 번 본 사람이나 길거리에서 스쳐 지나가는 사람일지라도, 내 시선과 생각이 잠시 그들에게 머물렀다면 그 순간, 우리의 무의식은 이미 그 사람에 대한 판단을 내립니다.

이렇게 우연히 스쳐 지나갔던 인연이 어떤 이유로 필연이 되어 자주 만나게 되는 사람이라면, 첫 만남에서 느꼈던 직감에 의해 형성된 이미지를 바꾸기가 쉽지 않습니다.

이처럼 우리는 때때로 지력보다는 직감에 의존하여 많은 결정을 내리고, 그 정보를 저장해 자신과 세상 간의 관계를 결정하는 중요한 자료로 사용합니다.

일상에서도 흔히 사람에 대한 첫 느낌을 표현하며 "호감형이다" 또는 "비호감이다"와 같은 말을 사용합니다. 친구가 새로운 여자친구나 남자친구를 소개했을 때, 우리는 그들의 첫마디로 "그 사람 어땠어? 느낌 좋았어?"라고 물어보곤 합니다.

이 '느낌'이라는 것은 직감에 해당됩니다. 놀랍게도 직감은 처음 만난 사람에 대해 정보가 부족함에도 이미 결정 지어진 상태입니다. 하지만 시간이 지나며 인연이 지속되고 여러 번 만나게 되면, 첫 직감이 정확히 맞아떨어지는 경우도 있고 처음 느낌과는 다른 사람이라고 판단될 때도 있습니다.

처음 만난 사람에 대해 비교적 정확한 판단을 내리는 사람들의 공통적인 특징은, 지력을 사용한 직감과 지력을 배제한 직감의 차이에 따라 결정된다는 것입니다.

새로운 사람을 만나거나 상품을 고르거나 낯선 식당에서 음식을 선택할 때, 저장된 정보가 전혀 없는 상태에서 어떻게 선택할 것인지 고민하게 됩니다. 이 혼란스러운 상황에서 판단 기준은 두 가지로 나뉩니다. 과거 저장된 정보를 무시하고 상황 자체만 직감적으로 판단하는 사람과, 과거 경험을 바탕으로 깊이 생각하여 결정을 내리는 지력 의존적 판단을 하는 사람으로 나뉩니다.

성공한 사업가들은 첫 번째 방식이 발달한 경우가 많습니다. 수많은 억만장자의 자서전을 보면, 직감 능력이 뛰어났다는 공통점을 발견할 수 있습니다. 이는 투자 판단뿐만 아니라 새로운 아이템을 받아들일지 여부, 동업자 선택, 직원 채용에도 해당됩니다.

그러나 모든 판단을 직감에만 의존하는 것은 위험할 수 있습니다.

지력은 저장된 정보의 양과 분석 능력 차이에서 생깁니다. 지력이 강한 사람은 저장된 정보의 양이 많고, 이를 활용할 줄 아는 능력이 탁월하다는 특징을 가지고 있습니다.

따라서, 지력을 배제한 직감에 의한 결정을 내려야 할 경우와, 직감에 의한 결정을 지력을 통해 분석해야 할 경우를 구분할 줄 아는 능력이 필요합니다.

직감 능력을 키우기 위한 훈련 방법은, 당신을 스쳐 지나가는 모든 찰나의 순간에 지력적 판단을 개입시키기 전에 직감적으로 결정해보는 것입니다.

스쳐 지나가는 찰나의 느낌에 집중하세요. 그러면 이전에 보지 못했던 새로운 직감의 세계가 열릴 것입니다.

숙련 (Mastery, 熟練)

능수능란함이란 기술의 숙련도가 완벽에 이른 사람을 일컫는 말이며, 우리는 그러한 사람들을 '장인(Master, 匠人)'이라 부릅니다. 삶의 모든 분야에는 장인이 존재합니다. 요리, 의류, 건축, 예술, 스포츠, 영업, 그리고 연애까지, 장인이 없는 분야는 없습니다. 하지만 그 수많은 장인들도 과거 수많은 실패를 경험한 결과로 장인이 되었다는 점을 잊어선 안 됩니다.

무언가를 배우겠다고 마음먹는다는 것은 곧 실패를 감당할 준비를 한다는 것입니다. 많은 사람들이 새로운 것을 배우기 위해 시작했다가 실패를 감당하지 못해 포기합니다.

수많은 사람들이 어떤 일을 시도하다 포기한 뒤 흔히 하는 핑계는 "그건 내 적성에 맞지 않아"입니다. 그리고 또 다른 사람이 자신이 도전했던 일에 도전하려고 하면, 쌍수를 들어 말리며 이렇게 말하곤 합니다. "야! 내가 해봤는데, 그거 생각했던 것보다 비전 없는 일이야. 그래도 네가 해보고 싶다면, 적성에 맞지 않으면 빨리 포기하는 게 좋아."

하지만 이 과정이 때로는 하루, 심지어 반나절밖에 되지 않는 경우도 많습니다. 그리고 그런 짧은 경험으로 무언가를 안다고 떠벌리는 것은 마치 중국에

한 번 여행을 다녀온 뒤 중국을 다 안다고 하는 것과 다를 바 없습니다.

진정한 배움이란 실패의 과정을 즐기는 것입니다. 그것이야말로 진정한 배움의 자세입니다. 끊임없이 실패하는 과정 속에서 자신이 처음 배우고자 했던 본질을 찾아가는 것입니다. 그렇기에 자신이 무엇을 찾아가고 있는지 명확히 알고 있는 사람만이 배움을 통해 진정한 장인에 이를 수 있습니다. 배우는 과정에서 실패로 인한 위험을 감수할 용기가 없는 사람이 어떻게 장인이 되기를 바랄 수 있겠습니까? 모든 배움과 배움을 통한 새로운 창조는 실패라는 위험을 감당하고 견뎌내겠다는 의지에 달려 있습니다.

열심히 배우고 익혀서 스승을 뛰어넘기 위해서는 이전에 경험해보지 못한 고통과 고뇌가 함께 찾아오리라는 것을 받아들여야 합니다. 또한 실패에 대한 위험이 항상 뒤따른다는 사실을 감당할 충분한 용기도 필요합니다.

맹자(孟子)의 告子章(고자장) 편에는 이런 말이 있습니다. "하늘이 장차 그 사람에게 큰일을 맡기려 할 때에는 반드시 먼저 그 심지(心志)를 괴롭히고, 그 살과 뼈를 고달프게 하며, 신체와 피부를 주리게 하고, 궁핍한 상황에 처하게 하며, 그가 하는 모든 일이 잘못되고 뒤틀리게 한다. 이는 그 사람의 마음을 분발시키고 성격을 강인하게 함으로써 부족한 능력을 키워주려는 것이다."

숙련은 배움의 과정을 거쳐 완성됩니다. 배우고 익힌다는 것은 계속되는 실패를 견뎌내는 것을 의미합니다. 그때서야 비로소 장인의 경지에 이를 수 있다는 것을 잊지 말고, 자신이 시작하고자 하는 일을 어떤 마음가짐으로 시작해야 하는지 다시 한 번 새겨보길 바랍니다.

말 (Words, 言語)

내면의 생각을 밖으로 드러내지 않고 자신 속에 가둬둔다면, 그 생각을 비방하는 사람은 생겨나지 않습니다.

생각을 말로 표현했더라도 행동으로 옮기지 않았다면, 그로 인해 피해를 입는 사람도 은혜를 입는 사람도 생기지 않습니다.

생각이 밖으로 나와 말이나 글로 표현되기 시작하는 순간, 그 생각은 살아 있는 생명체와 같아집니다. 그래서 "발 없는 말이 천리를 간다"는 속담이 생겼습니다.

생각을 밖으로 꺼낼 때에는, 그 결과가 어떻게 되든 자신이 감당할 준비가 되어 있어야 합니다.

대부분의 다툼은 누군가의 입에서 나온 말이 발단이 되어, 그 말을 해석하는 과정에서 확대 재생산되며 생겨납니다. 그래서 옛말에 "종아리를 보면 허벅지를 봤다고 하고, 허벅지를 보면 거시기를 봤다고 한다"는 표현이 생겨난 것입니다.

따라서 직접 들은 이야기라고 해도, 귀에 도달하는 말을 그대로 믿는 것은 어리석은 일입니다. 왜냐하면 말은 의사를 전달하는 수단일 뿐, 뜻과 의미를 온전히 전달할 수 있는 수단은 아니기 때문입니다. 이것이 언어의 한계입니다.

하물며 직접 듣지 않은 이야기에 대해서는 말해 무엇 하겠습니까?

자신이 한 말도 세상 밖으로 나가면, 본래의 의미와 전혀 관계없이 세상에서 확대 재생산되어, 처음 의도와는 다른 뜻으로 전달될 수 있다는 점을 명심해야 합니다.

세상에 나온 모든 말은 누군가에 의해 재단되고 판단됩니다. 그 과정에서 호평과 비평이 동시에 따라올 수 있습니다. 아무리 좋은 의도로 한 말과 행동이라도 해석하는 사람의 관점에 따라 본래 취지와 의도와는 관계없이 왜곡될 가능성이 큽니다.

특히, 말과 행동을 한 사람이 사회적 영향력이 크거나 언론에 자주 노출된다면, 그 영향력은 더욱 클 수밖에 없습니다.

세상에 떠도는 말은 공기와 같아, 숨을 쉬는 사람이라면 누구나 공기를 마시듯 말을 듣게 됩니다. 하지만 떠도는 모든 말을 받아들일 수는 없습니다. 받아들여야 할 말과 받아들이지 않아도 되는 말을 구분하며, 들어야 할 말이라면 그 말을 생산해낸 화자의 의도와 뜻에 가장 부합하는 해석을 이해할 능력을 키워야 합니다. 이러한 능력이 있어야 세상에서 들려오는 소음과 같은 말들을 정리하고, 나와 너, 그리고 우리에게 도움이 되는 말은 널리 알려 세상을 이롭게 하고, 해로운 말들은 자신에게 도달하는 것으로 끝내며 더 이상 확대 재생산되지 않도록 해야 합니다.

내가 받아들인 말이 타인에게 전달되지 않는다면 그 말은 내 안에서 죽습니다. 그러나 누군가에게 전달되면 그 말은 살아 움직이며 떠다닙니다.

인간관계에서 말을 죽여야 할 때 죽이지 못하고, 살려야 할 말을 살리지 못한 채 확대 재생산하여 원래와 다른 뜻으로 퍼뜨리는 일이 얼마나 중요한 문제인지 경험해본 사람은 모두 잘 알고 있을 것입니다.

세 치 혀는 사람을 살릴 수도 죽일 수도, 나라를 구할 수도 망하게 할 수도 있습니다.

모든 다툼은 말에서 시작됩니다. 따라서 입 밖으로 나가는 말은 늘 조심하고 또 조심해야 합니다.

천재 (Genius, 天才)

천재는 타고나는 것일까요, 아니면 만들어지는 것일까요? 저는 세계적 괴짜로 불리는 일론 머스크(Elon Musk)를 좋아합니다.

일론 머스크는 '죽어 있는 시간'을 살지 않습니다. 그는 오로지 '살아 있는 현재'를 사랑하는 천재입니다. 그의 IQ가 얼마나 높은지는 잘 모르겠지만, 우리나라에도 IQ 150 이상인 사람이 1% 정도 있다고 합니다. 그런데 왜 그토록 혁신적인 사고를 가진 사람은 쉽게 나오지 않는 것일까요?

우리는 어렸을 때부터 어떻게 하면 정답을 많이 맞추고, 얼마나 빨리 맞추는지에 초점을 맞춘 교육을 받습니다. 그 점수를 기준으로 진로가 결정되기도 합니다.

이러한 교육 방식은 이미 정답이 있는 문제들을 시험관들이 나열해놓고, 그중 몇 문항을 맞췄는지를 평가합니다. 그러나 그 평가 방식은 거기까지입니다. 학력 수행 평가만으로는, 한낮에 떠 있는 북극성처럼 중요한 가능성을 발견할수 없습니다. 이를 위해 '제3의 눈'을 떠야 합니다.

상위 1% 중에서도 진정한 천재는, 획일화된 정답을 맞추는 사람이 아닙니다. 끊임없이 아무도 하지 않던 질문을 자신에게 던지며, 세상에 없는 방법을 통해 새로운 정답을 찾아가는 사람입니다.

이미 지나간 시간에 정답을 잘 맞춘다고 해서 혁신적 아이디어가 생겨나는 것은 아닙니다. 미래 창조란, 과거의 답안지를 복사하는 것이 아니라, 스스로 창조하며 새로운 시간을 이끌어가는 데 있습니다.

전 세계적으로 높은 교육열로 평가되는 대한민국에서 창의적인 사고를 가진 사람이 왜 충분히 나오지 않는지 깊이 고민해볼 필요가 있습니다.

그리고 자녀가 있다면, 자녀들에게 어떤 교육을 시켜야 할지, 또 어떤 기준에서 교육해야 할지를 성찰해야 합니다. 남들보다 한글을 일 년이나 이 년 먼저 배우고, 선행학습을 통해 조금 앞서갔다고 우쭐할 필요는 없습니다. 수능 성적 순으로 선택한 대학을 졸업한 뒤 그 울타리 안에서 어느 정도의 부를 쌓고, 학연과 지연으로 인간관계망을 형성하여 부족함 없는 인생을 살게 되는 것이 모든 목표가 되어서는 안 됩니다.

하지만 일론 머스크처럼, 1년에 700권의 책을 읽고 하루에 15시간 이상 일하며, 끊임없이 도전하는 젊은 천재는 쉽게 찾아보기 어렵습니다.

인생의 성공을 어떤 기준에서 평가할 수 있을지는 알 수 없습니다. 그렇다고 경제적으로 부족함 없이 평화로운 일상을 살아가며 하고 싶은 일을 어느 정도 하면서 살고자 한다면, 이는 얼마나 비참한 삶일까요?

일론 머스크는 유년 시절이 가장 끔찍했다고 말합니다. 부모님의 이혼과 친구들에게 왕따를 당하며 혼자 있는 시간이 많았고, 그 시간을 책과 함께 보냈습니다.

남아프리카 공화국에서 태어난 그는 미국으로 가는 꿈을 10대 후반에 이루었고, 스탠퍼드 대학교(Stanford University)에 합격했지만 불과 이틀 만에 그만두고 스타트업을 창업했습니다. 우리가 아는 테슬라(Tesla) CEO 이전에 이미 여러 기업을 창업하고 이를 매각하여 종잣돈을 마련하며 여러 분야에서 끊임없이 도전했습니다. 이렇게 그는 세계에서 가장 영향력 있는 미치광이가 되었습니다.

인간으로서 성공한 삶이란 무엇일까요? 탁월한 능력을 타고났거나 뛰어난 두뇌를 가졌다 해도, 그 능력을 개발하고 발전시키려는 부지런함이 없다면 아무리 뛰어난 천재라 하더라도 소용없을 것입니다.

'구슬이 서말이라도 꿰어야 보배'라는 말처럼, 각자의 인생 우주선을 쏘아 올리기 위해 멈추지 않고 도전하는 삶을 살아보는 건 어떨까요?

시간은 우리를 가만히 두지 않습니다. 시간 속에서 죽음으로부터 자유로운 사람은 없습니다.

오늘 하루, 단 하나의 일이라도 창조해보며 살아보는 건 어떨까요?
한 걸음만 더 내딛는 당신의 인생을 응원합니다.

삶의 지혜 080

생태계 (Ecosystem, 生態系)

자연과학 용어인 생태계를 네이버에서 검색하면, "어느 환경 안에 사는 생물군과 그 생물들을 제어하는 제반 요인을 포함한 복합 체계"라는 정의가 나옵니다. 제가 살고 있는 부산 낙동강 주변에는 삼락 생태공원, 화명 생태공원 등 다양한 생태공원이 있습니다. 각 생태계 환경이 다 같은지는 알 수 없지만, 을숙도 철새 도래지에 위치한 하단 생태공원은 조금 다른 환경을 가지고 있다고 알고 있습니다. 그 외의 다른 생태계들이 어떤 목적으로 만들어졌는지, 어떤 생물군이 살기에 좋은 환경을 조성했는지에 대해서는 잘 모르겠습니다.

이처럼 자연 생물학에서 사용되던 용어인 생태계는 최근 주식시장에서도 널리 사용되고 있습니다. 특정 사업군이 성장하기 위해 주변의 어떤 사업들이 함께 성장해야 하는지를 표현할 때 반도체 생태계, AI 생태계, 조선산업 생태계, 방산 생태계 등으로 구분하여 이야기합니다.

생태계는 살기에 적합한 환경을 뜻하며, 생존을 위해 반드시 필요한 것이 바로 생태계의 유지와 발전입니다.

인간에게 적합한 생태계를 '환경'이라 부르기도 합니다. 실제로 우리가 살아가는 주변은 여러 환경들로 둘러싸여 있습니다. 우리는 자의든 타의든 이미 만들어진 환경 속에서 살아가는 경우가 대부분입니다.

그렇다면 당신의 삶은 스스로 선택한 결과인가요, 아니면 이미 만들어진 환경에 의해 지배당하고 있다고 느낀 적은 없으신가요?

당신은 환경의 지배를 받는 사람인가요, 아니면 환경을 지배하는 사람인가요? 실행 심리학자 마셜 골드스미스(Marshall Goldsmith)는 "우리가 환경을 만들고 통제하지 않으면, 환경이 우리를 만들고 통제한다"고 표현했습니다.

하지만 과거처럼 한 사람의 생태계 환경이 본인의 의지만으로 살아가기 어려운 시대가 되었고, 다양한 형태의 소셜 네트워크(Social Network, 社會關係網) 환경 속에서 각자 나름의 방식으로 대응하고 살아가야 합니다.

매일 글을 쓰는 저 역시 소셜 네트워크 환경에 제 글을 노출시키고 있습니다. 현재는 Facebook과 밴드를 중심으로 글을 올리고 있지만, 앞으로는 또 다른 채널에 공유할 수도 있을 것입니다.

이와 같은 행위가 아니더라도, 우리는 카카오톡 단톡방이나 기타 다양한 채널을 통해 나를 중심으로 주변 사람들과 함께 공유할 수 있는 멤버를 초대하여 각자의 생태계를 만들어갑니다.

이러한 생태계는 원래 알던 지인들과의 관계에서 발전하기도 하지만, 때로는 전혀 일면식이 없던 사람들과 새로운 인연을 맺고 매일 의사소통하며 관계를 발전시키는 경우도 많습니다.

저 역시 여러 채널에서 제 글을 읽어주는 많은 분들과 의식적으로 공유하고 있습니다. 모든 소셜 네트워크는 실시간 댓글이 가능하며, 댓글에 답글이 달리면서 그 환경이 본인에게 이로운지 해로운지 인지하지 못한 채 깊이 빠져들기도 합니다. 악성 댓글 하나로 스트레스를 받거나, 댓글에 답글을 달며 논쟁이 길어지다 보면 한 번도 본 적 없는 사람을 상대로 분노심을 느끼기도 합니다.

밖으로 노출된 모든 소셜 네트워크를 포함한 삶의 환경은 현대인의 삶에서 분명 새로운 생태계라 할 수 있습니다.

소셜 네트워크 생태계는 과거보다 훨씬 더 편리한 삶을 제공했음을 부정할 수 없습니다. 이제 인간은 이러한 생태계를 전혀 사용하지 않고 살기란 불가능한 시대가 되었습니다.

그렇기에 새로운 생태계가 건강하게 작동하도록 관리할 필요가 있어 보입니다. 이는 도덕적, 법률적으로 모두 요구되는 상황이라 할 수 있습니다.

하지만 현재 소셜 네트워크 생태계에서 가장 지혜롭게 살아가는 방법은, 받아들일 것과 버릴 것, 인정할 것과 인정하지 않을 것, 가짜와 진짜를 구분하는 것입니다. 또한 커뮤니케이션 당사자 간 암묵적 거리감을 유지해야 합니다. 왜냐하면 이 공간은 시공을 뛰어넘어 실시간으로 작동하기 때문입니다. 자신이 참여하는 원칙을 정하고, 그 관계에서 생겨나는 소란과 소음을 잠재울 수 없다면, 이 새로운 환경은 당신에게 지옥이 될 수 있습니다.

부디 새롭게 등장한 소셜 네트워크 생태계에서 더욱 건강하고 행복한 삶이 여러분에게 찾아오길 바랍니다.

답장 (Reply, 答狀)

오래전, 우표를 붙여 편지를 보내던 시절에는 답장을 받기 위해 일주일 정도 기다리는 것이 보통이었습니다. 물론 그보다 더 이전, 우편이 발달하지 않았던 시기에는 한 달을 기다려도 답장을 받기 어려운 때도 있었습니다. 누군가에게 자신의 소식을 전한다는 것 자체가 쉽지 않았던 시절이었지요.

그런 시간이 지나 지금은 답장이 실시간으로 도달하는 시대가 되었습니다. 하지만 지나치게 빠른 편지와 답장이 생겨나면서, 과거보다 오히려 더 많은 부작용을 경험하게 되었습니다. 아무리 짧은 단문의 편지라도 보내는 사람의 생각과 뜻을 완전히 파악하기에는 시간이 필요하기 때문입니다.

세상의 이치가 모든 일에 답을 줄 수는 없습니다. 어쩌면 답할 수 없는 일들이 더 많은지도 모릅니다. 내가 보낸 편지에 오랜 시간이 지나도 답장이 오지 않듯이, 세상에 질문을 던질 수는 있어도 그에 대한 답장을 항상 받을 수는 없습니다.

그러나 인간이 존재하는 한, 호기심을 잠재우는 것은 불가능합니다. 그래서 우리는 끊임없이 대답 없는 질문을 던질 수밖에 없습니다.

아마도 이러한 호기심과 끊임없는 질문이 지금의 세상을 만들었을 것입니다. 살아 있는 한 호기심을 멈추지 않아야 합니다. 호기심을 멈춘 인간은 더 이상 진화를 포기한 인간이나 다름없습니다. 호기심은 또 다른 호기심을 불러옵니다. 그 끊임없는 호기심 속에서 이전에는 알지 못했던 해답을 찾아가는 것은 마치 내가 쓴 편지에 내가 답장을 쓰는 것과 같습니다.

니체(Nietzsche)는 초인(Übermensch)으로 가는 인간 유형 중 가장 추구해야 할 인간 유형으로 '아이'를 제시했습니다. 아이들이 바라보는 세상은 언제나 신비롭고 호기심으로 가득 차 있습니다. 그래서 아이들은 끊임없이 질문을 합니다. 그리고 질문에 대한 질문을 또 던집니다. 그런 뒤, 스스로의 질문에 답을 찾아갑니다. 이 과정이 바로 창조의 과정입니다.

세상 모든 창조는 호기심에서 출발합니다. 호기심은 스스로에게 보내는 편지와 같습니다. 모든 혁신을 이뤄낸 사람들의 공통점은 마치 아이와 같았다는 것입니다. 그래서 모든 종교는 궁극적으로 아이의 정신세계와 같은 순수한 상태를 추구합니다.

그러나 나이가 들면서 자신이 많은 것을 알고 있다고 착각하는 사람은 더 이상 자신에게 편지를 보내지 않습니다. 자신에게 편지를 보내지 않는 삶은 위험한 삶입니다. 왜냐하면 더 이상 답장이 오지 않기 때문입니다. 세상은 질문하지 않는 사람에게 대답하지 않습니다. 또한 보내지 않는 편지에는 답장이 오지 않습니다. 나이가 들수록 세상에 대한 편견은 자신에게 던지는 질문을 멈추고 새로운 해답을 찾기 위한 노력을 중단했을 때 생겨납니다.

자기 자신에게 보내는 편지를 멈추는 순간, 세상은 더 이상 당신에게 답장을 보내지 않을 것입니다.

질문이 정확하고 진실할 때 대답도 정확합니다. 우리가 일상적으로 세상에 던지는 질문은 진정한 궁금증에서 비롯된 것이 아니라, 자신이 이미 정해놓은 답을 확인하고 싶어 하는 경우가 많습니다. 그런 질문은 하지 않는 것이 오히려 낫습니다. 그런 방식으로 세상에 보내는 편지는 답장이 온다 해도 진정한 진리를 가르쳐주는 답장은 아닐 것입니다.

편지를 보내는 사람이 받아볼 답장의 내용을 미리 정해놓았다면, 그것은 왜 편지를 보냈는지조차 알지 못하는 것과 같습니다. 하지만 많은 사람들은 이미 정해놓은 답을 확인하기 위해 질문을 던집니다. 그리고 자신이 정해놓은 답과 일치하는 답변을 하는 사람을 만나면, 그 확신을 키우고 그런 사람들의 수가 늘어날수록 자신의 옳음을 더욱 굳건히 믿습니다. 그리하여 그 집단은 자신들이 정해놓은 답과 다른 답변을 하는 사람들을 배척하고 미워하게 됩니다.

세상에 대한 모든 호기심은, 자신이 밝혀내지 못한 것들에 대해 스스로 밝아지기 위한 희망과 무지를 깨우고자 하는 순수한 질문이어야 합니다.

모든 호기심을 담아 세상에 편지를 보내는 사람은 언제나 아이와 같은 순수한 마음으로, 자신이 모르고 있는 것을 배우고자 하는 자세를 가져야 합니다. 이 외에 그 어떤 삿된 생각도 없이 편지를 보낼 때, 비로소 세상은 호기심에 대한 정답을 담은 답장을 보내 줄 것입니다.

인간은 짧은 생을 살며 세상 모든 궁금증을 다 알아갈 수는 없습니다. 그렇다고 모르고 있다는 사실을 방치한다면, 세상이 보내는 메시지를 더 이상 받아볼 수 없게 됩니다. 세상은 자신과 주파수가 맞지 않는 사람에게 전파를 보낼 수 없으며, 질문하지 않는 사람에게는 답장을 하지 않기 때문입니다.

바란다는 것 (Expectation, 期待)

당신 스스로 열심히 살았지만, 지금까지의 삶이 그 노력을 반영하지 못한 초라한 결과로 다가온다고 느낄 때가 있습니까? 그 결과에 불공평함을 느끼며 세상을 원망하게 될 때, 당신은 이를 어떻게 받아들여야 할까요?

우리는 종종 자신이 통제할 수 없는 것들에 너무 많은 에너지를 쏟아부으며, 삶이 힘들고 어려워진다고 느끼곤 합니다. 정확한 출처는 기억나지 않지만, 한 기도문의 내용이 떠오릅니다.

주여, 내가 바꿀 수 없는 일들을 받아들이는 겸손함과, 바꿀 수 있는 일들을 바꿀 수 있는 용기와, 그리고 이 둘을 구별할 수 있는 지혜를 주소서.

이 짧은 글은 우리가 살아가며 맞닥뜨리는 수많은 상황에 대한 태도를 어떻게 가져야 할지를 잘 보여줍니다.

어쩌면 우리의 삶이 힘들어진 가장 큰 이유는 바꿀 수 없는 것을 바꾸려는 무지에서 비롯된 것일지도 모릅니다. 스스로 고통을 짊어지는 삶을 살고 있는 것은 아닐까요?

특히, 내가 바꿀 수 없는 것 중에서 가장 어려운 것은 사람입니다. 사람과의 관계에서 가장 경계해야 할 것은 바로 상대를 바꾸려는 마음입니다. 우리가 흔히 사용하는 "충고한다"는 말은 내면 깊은 곳에서 상대를 바꾸고자 하는 의지가 표출된 것이라 할 수 있습니다.

사람뿐만 아니라, 자연 재해, 날씨, 환경 파괴, 전쟁, 국가 간 분쟁, 집단 이기주의, 경제 상황, 정치적 행위 등 우리가 통제할 수 없는 것들에 지나치게 에너지를 쓰며 분노하고 시간을 허비하고 있는지도 모릅니다.

그러나 인생은 내가 바꿀 수 없는 것들을 바꾸려는 노력이 아니라, 내가 바꿀 수 있는 것을 바꾸는 용기에 의해 변화합니다. 이를 인식하고, 통제할 수 없는 외부 환경과 타인을 바꾸려는 노력을 멈춘다면, 성공적인 삶으로 나아갈 수 있을 것입니다.

세상에서 유일하게 통제 가능한 것은 바로 자신입니다. 자신의 삶을 돌아보세요. 그토록 통제가 가능한 자신을 얼마나 잘 통제하며 살아왔는지 스스로에게 물어보세요.

당신의 삶은 오직 통제 가능한, 지금 당장 변화시킬 수 있는 당신 자신에 의해 결정됩니다. 그 누구도 탓하지 마십시오. 그 어떤 환경도 탓하지 마십시오. 변화시킬 수 있는 자신을 변화시키지 못했다면, 그 책임은 오직 자신에게 있습니다. 스스로를 변화시킨 순간, 새로운 자유의 문이 열릴 것입니다.

통제할 수 없는 것을 받아들이는 겸손함, 통제할 수 있는 것을 바꾸는 용기, 그리고 이 둘을 구분할 수 있는 지혜를 가질 수 있기를 바랍니다. 그것이 진정한 변화의 시작이 될 것입니다.

생각의 기술 (The Skill of Thinking)

'생각하는 기술'이 모든 사람에게 똑같이 주어진다는 착각은 버려야 합니다. 파스칼(Blaise Pascal)이 말한 "인간은 생각하는 갈대다"라는 표현은 반은 맞고, 반은 틀립니다. 만약 인간이 태어나 사회적 동물로 살아가지 않고, 마치 정글북의 주인공처럼 살거나, 태어나자마자 5만 년 전으로 타임머신을 타고 가 30년을 살다가 다시 2025년으로 돌아온다면, 그 사람의 생각의 기술은 지금 시대의 사람들과 같을 수 없습니다.

세상의 모든 기술은 그냥 생겨나지 않습니다. 학문이나 기술을 배우는 것과 마찬가지로, 세상에서 어떤 기술이든 노력 없이는 얻어질 수 없습니다. 심지어 말하는 기술조차도 마찬가지입니다.

갓 태어난 아이는 보통 엄마를 통해 언어를 배웁니다. 이후 각자의 환경, 재능, 여건에 따라 다양한 삶의 기술을 익혀갑니다. 그렇게 쌓인 시간과 경험이 바로 생각의 재료가 됩니다. 특정 분야에서 뛰어난 기술을 가진 사람은 대부분 방대한 경험을 축적하여 기술을 연마한 결과입니다.

그렇다면 사람마다 생각하는 능력은 같을까요, 다를까요? 만약 다르다면, 왜 생각의 능력에서 차이가 생기는 걸까요? 이는 생각의 기술을 연마하기 위해 끊임없이 노력한 사람과 그렇지 않은 사람 간의 차이에서 비롯됩니다. 생각의 기술은 누군가 따로 가르쳐주는 것이 아닙니다. 다만, 삶에서 얻은 경험치와 책을 통해 얻은 지식을 자신 안에 충분히 누적시킨 사람과 그렇지 않은 사람의 생각의 기술은 분명히 다릅니다.

이는 AI(Artificial Intelligence, 人工知能) 기술이 데이터의 양과 처리 능력에 따라 다르다는 점을 보면 쉽게 이해할 수 있습니다. 오픈AI(Open AI)나 딥마인드(DeepMind)의 모든 AI는 데이터의 양과 이를 처리하는 능력이 핵심입니다. 인간의 생각도 이와 크게 다르지 않습니다.

생각의 기술이 왜 필요할까요? 좋은 판단을 내리기 위해서입니다. 하지만 아무리 많은 경험과 데이터가 있더라도, 이를 활용해 더 나은 생각의 기술을 연마하려는 의지가 없다면 데이터는 무용지물에 불과합니다.

생각의 기술을 통해 스스로 생각이 단단해지지 않은 사람은 타인의 생각을 빌려 자신의 생각처럼 사용합니다. 그러나 생각의 기술이 자신의 운명을 결정짓는다는 사실을 이해하지 못하는 경우가 많습니다. 생각의 기술은 스스로 만들어가야 합니다.

소매치기와 친구가 된다면 소매치기의 생각을, 깡패와 가까이 지낸다면 깡패의 생각을 배울 것입니다. 이는 생각의 기술이 빈약한 사람들의 선택입니다. 인간관계에서 생각의 전이는 완벽한 생각의 기술을 구현하는 쪽으로 기울게 되어 있습니다. 하지만 비난받거나 사회적으로 손가락질 받는 생각의 기술은 쾌락을 더 쉽게 제공하며, 따라 배우기가 쉬워 더 빠르게 전파됩니다. 청소년기에 담배, 술, 폭력, 거짓말, 도둑질, 도박, 성폭력 같은 행위들은 생각보다 쉽게 전이되기 때문입니다.

반면, 자신을 절제하며 성숙한 생각의 기술을 연마하려는 노력은 더 성숙하고 고급스러운 사람으로 성장해가는 길입니다. 자신의 생각을 관찰하고 연마해 단단하게 만드는 사람은 주변 사람들에게도 선한 영향력을 미칩니다. 자신의 생각 기준 없이 막 살아가는 친구나 가족들에게도 고급스럽고 긍정적인 영향을 끼칠 수 있습니다. 생각도 노력으로 얻어지는 기술임을 인정해야 합니다. 이는 누구나 배우는 말하기나 걷기와는 다른 차원의 문제입니다.

생각의 기술을 향상시키기 위한 훈련 방법으로 글쓰기를 추천합니다. 말은 휘발성이 강해 순간 사라지지만, 글은 언제든 다시 확인할 수 있습니다. 저 또한 글쓰기를 통해 제 생각의 기술이 많이 성장했음을 느낍니다. 생각을 잘하려면 자주 생각해봐야 합니다. 책을 읽는 것은 타인의 생각을 배우는 것이고, 글쓰기는 자신의 생각을 확장시키는 훈련입니다. 좋은 생각의 기술을 갖기 위해 자기 자신을 돌아보고 생각을 관찰할 시간을 가져야 합니다. 그러나 대부분의 사람들은 자신의 생각을 관찰하기보다는 타인의 생각을 알아내는 데 더 많은 시간을 씁니다. 거래, 연애, 사랑, 친구 관계 등에서 자신의 생각을 관찰하기보다는 상대의 의도를 파악하는 데 집중하는 것이 현실입니다.

하지만 생각의 기술이 단단한 사람은 타인의 생각을 더 중시하기보다는, 자신의 생각과 타인의 생각 중 더 이로운 방향을 선택합니다. 때로는 자신의 생각을 버리고 타인의 의견을 수용하기도 하고, 반대로 자신의 주장을 설득력 있게 펼치기도 합니다. 또 두 생각을 합쳐 새로운 생각을 창조해내는 능력도 가질 수 있습니다. 생각의 기술은 노력으로 얻어지는 것입니다. 아무 노력 없이 생겨나는 것이 아님을 이해했다면, 오늘부터 자신의 생각을 연마하며 창조적인 하루를 만들어 보시길 바랍니다.

신세타령

'신세'(身世)라는 단어를 사전에서 찾아보면, 주로 불행한 일과 관련된 개인적인 처지와 형편을 의미한다고 나옵니다.

사람들은 종종 인생의 꼬인 실타래를 한탄하며 "아이고, 내 팔자야!"라는 말과 함께 "아이고, 내 신세야!"를 외치곤 합니다. 이는 세상이 원하는 대로 풀리지 않거나 생각지도 못한 불행이 덮쳐와 고통스러운 일상을 견디며 내뱉는 넋두리와도 같습니다.

누구나 한 번쯤은 불행이 찾아왔다고 느끼는 시기가 있었을 것입니다. 반대로, 대운(大運)이 들어왔다는 시기를 경험했을 수도 있겠지요. 곰곰이 돌이켜보면, 불행과 대운이 찾아왔던 시기는 다음 두 가지로 나뉩니다. 첫째, 바람(욕망)의 크기에 정비례해 찾아오는 불행. 둘째, 바람의 크기와 관계없이 불청객처럼 찾아오는 불행입니다.

탐욕(貪慾)의 씨앗을 스스로 심어 불행이라는 열매가 찾아오는 경우는 자신이 저지른 업보(業報)의 결과입니다. 이런 경우, 자신을 돌아보고 반성하며 자숙하는 시간을 가져야 합니다. 탐욕의 크기만큼 찾아온 불행이 지나갈 때까지 인내와 성찰로 자신을 다스려야 합니다.

하지만 많은 사람들은 자신에게 찾아온 불행의 원인을 스스로에게서 찾으려 하지 않고, 다른 사람이나 외부 환경에서 찾으려 합니다. 이러한 태도는 불행과 고통의 원인을 타인이나 환경에 돌리며 분노를 표출하는 것으로 끝나버립니다. 그래서 신세타령을 할 때 자주 등장하는 불행의 원인 제공자는 국가, 부모, 친구, 형제자매, 지인, 가정환경 등이 있습니다. 물론 이런 방식의 신세타령은 분노를 표출할 대상을 찾음으로써 잠시 청량감을 느낄 수는 있습니다. 하지만 시간이 지나면 상황은 전혀 나아지지 않습니다.

다른 형태의 불행으로는 바람의 크기와 전혀 관계없이 갑작스럽게 닥치는 불행이 있습니다. 이를테면, 예상치 못한 교통사고로 장애를 얻게 되거나, 건강한 생활을 지켜왔다고 생각했는데 갑작스럽게 암 선고를 받거나, 보이스피싱으로 큰 재산을 잃는 경우 등이 이에 해당합니다. 이런 불행은 탐욕의 결과라기보다는 우연의 결과로 찾아옵니다.

이러한 상황에서, 과연 누구를 탓할 수 있을까요? 자신에게 찾아온 불행의 이유를 외부에서 찾는 사람도, 내부에서 찾는 사람도 문제의 본질을 놓치고 있는 것은 아닐까요? 기독교주의자들은 불행의 이유를 죄 많은 자신에게서 찾곤 합니다. 이는 외부 환경이나 타인에게 원인을 돌리는 것보다는 더 거룩해 보일지 모르지만, 불행을 해결하는 근본적인 방법은 아닙니다.

우연히 찾아온 불행의 원인을 사회 제도나 시스템의 문제로 돌리는 것도 마찬가지입니다. 교통사고, 보이스피싱, 천재지변 등의 원인을 국가에 돌리고 분노한다고 해서 불행과 고통이 사라지지는 않습니다.

어쩌면 전자의 불행이든 후자의 불행이든, 많은 이들은 복수심과 분노를 표출하며 자신만의 정당성을 즐기고 있는지도 모릅니다. 하지만 이러한 신세타령은 마치 몰핀 주사나 환각제를 맞는 것과 다르지 않습니다.

불행을 해결하려면 그 원인을 찾아야 합니다. 불면증이라면 원인을 해결해야 하며, 통증이라면 통증의 원인을 찾아야 합니다. 몰핀 주사나 수면제는 일시적인 해결책일 뿐, 근본적인 원인을 없애지는 못합니다.

결국 중요한 질문은 "이 불행을 어떻게 바라볼 것인가?"입니다.

탐욕에서 비롯된 불행은 자신의 탐욕을 면밀히 관찰하며 더 이상 탐욕의 불이 자신을 태우지 않도록 관리해야 합니다. 깨달음을 얻은 부처가 아닌 이상, 탐욕을 완전히 없애는 것은 불가능할 수 있지만, 조절은 가능합니다. 우연히 찾아온 불행은 이를 받아들이고 불행과 화해하며, 어루만지는 자세가 필요합니다. 그렇게 자신의 불행과 대화하고 수용하다 보면, 그 자리에서 희망의 등불이 다시 타오를 수 있습니다.

불행 속에서도 신체적인 장애를 극복하고, 오히려 과거보다 더 훌륭한 인생을 완성한 사람들은 많습니다. 휠체어를 타게 되었다면 이제 좋아하는 책을 마음껏 읽고 글을 쓸 수 있는 시간이 많아졌다고 생각할 수도 있습니다. 운동 재능을 발휘해 장애인 올림픽에 도전할 수도 있습니다. 불행과 마주할 준비가 된 사람만이, 어떤 상황에서도 대운을 스스로 만들어낼 수 있는 사람입니다.

이미 지나간 일은 바꿀 수 없습니다. 다가올 미래 역시 내 마음대로 선택할 수 없습니다. 하지만 그런 모든 상황에 대한 내 마음가짐은 내 의지로 조절 가능합니다. 그렇다면 해답은 분명합니다. 통제할 수 없는 것들에 신경 쓰기보다, 그 시간에 자신의 마음을 돌보는 것은 어떻겠습니까?

가슴앓이 (Heartache, 胸痛)

가슴이 하는 일이 우리가 흔히 말하는 대흉근(大胸筋)의 기능을 뜻하는 것은 아닙니다. 대흉근은 말 그대로 신체적인 움직임을 담당하는 근육이지만, 여기서 말하는 가슴은 우리가 느끼는 감정과 밀접한 관계가 있는 곳입니다.

우리 몸의 신체 부위마다 하는 일이 저마다 다르듯이, 머리가 하는 일과 가슴이 하는 일도 서로 다르다는 것은 누구나 알고 있습니다. 필자가 뇌과학자는 아니지만, 가슴이 만들어내는 감정이라는 것이 우리의 삶을 좌우할 만큼 강력한 영향을 미친다는 사실에는 의심의 여지가 없습니다.

누구나 행복한 삶을 살고 싶어 합니다. 그리고 그 행복한 삶을 이루기 위해 여러 가지 조건이 필요하지만, 그중에서도 감정 작용을 이해하고 감정으로부터 자유로워질 수 있다면, 그것이야말로 행복한 삶을 살아가는 데 있어 큰 영향을 미치는 중요한 조건 중 하나입니다.

가슴이 만들어낸 감정 작용이 우리 삶에 어떤 영향을 미치는지는, 감정의 소용돌이로 인해 삶의 중심을 잃고 혼란스러운 시절을 살아본 사람이라면 설명하지 않아도 충분히 이해할 것입니다.

사람의 모든 행위는 뇌의 작동에 의해 결정되기도 하고, 감정의 작동에 의해 결정되기도 합니다. 그러나 뇌의 작동보다 더 통제하기 어려운 것은 감정이 작동하여 내리는 결정입니다.

예를 들어 최근 인기리에 방영된 주병진님이 출연한 프로그램 이젠 사랑할 수 있을까?를 보면, 주병진님이 여성 세 명과 만난 뒤 최종적으로 호주 출신 국제 변호사를 선택했음을 알 수 있습니다.

주병진님이 한 여성을 선택할 때 그 기준은 뇌의 판단이었을까요, 아니면 감정의 판단이었을까요? 사랑에 빠져본 사람이라면 누구나 사랑하는 감정은 뇌가 시켜서 하는 일이 아니라는 것을 압니다. 사랑하는 사람과 헤어질 때 머리가 아픈 것이 아니라 가슴이 아픈 이유는 도대체 무엇일까요? 가슴 속에는 대체 무엇이 들어 있어서 감정이 우리 가슴을 이렇게 아프게 만드는 것일까요?

감정이 일어날 때 그 감정에 휘말리지 않는다면 감정은 더 이상 당신을 통제하지 못합니다. 우리가 감정으로 인해 고통을 짊어지는 이유는 감정에 사사건건 개입하기 때문입니다.

예를 들어 분노하거나 미워하는 감정이 일어났을 때, 한 발 뒤로 물러서서 그 감정을 타인의 감정처럼 관찰한다면, 그 감정은 당신을 스쳐 지나갈 것입니다. 모든 감정에는 수명(壽命)이 있습니다. 말다툼도 어떤 사람이 내뱉은 말 때문에 생겨나는 것이 아닙니다. 그 말을 듣고 대꾸할 때 다툼이 생겨납니다. 타인의 말을 듣고 옳고 그름, 좋고 나쁨을 구분하지 않고 그냥 듣기만 한다면 다툼은 생기지 않습니다.

감정도 마찬가지입니다. 내 안에서 일어나는 감정에 내가 개입했을 때만 작용과 반작용이 생기는 것입니다. 감정이나 말이나 관찰자 입장으로 남을 수 있다면, 그것들은 왔다가 스쳐 지나갈 뿐입니다.

지금 당신이 느끼는 감정이 영원히 지속된다면, 당신은 기쁜 감정을 죽을 때까지, 또는 분노하는 감정을 죽을 때까지 느껴야 할 것입니다. 그러나 시간이 지나면 그 감정들은 마치 신기루처럼 사라지고 맙니다.

감정이 나를 찾아왔다가 갈 때까지, 내 감정에 브레이크를 걸고 개입하지 않는다면 그 감정은 나를 스쳐 지나갈 것입니다.

우리의 순수의식(純粹意識)은 어떠한 강력한 색으로 칠해진다고 해도 그 색으로 변하지 않습니다. 순수의식은 허공(虛空)과 같아, 허공에 글씨를 써도 흔적이 남지 않으며 그 어떤 색깔로도 허공을 더럽힐 수 없습니다.

허공은 모든 것을 품지만 다투지 않고, 모든 것을 알지만 말하지 않으며, 많은 사람들이 허공을 더럽히거나 나누려고 해도 허공은 더럽혀지거나 나누어지지 않습니다.

내 안에 일어난 감정도 허공을 지나는 새와 같습니다. 허공은 날아가는 새를 지켜볼 뿐, 새와 다투지 않습니다. 자신의 감정이 왔다 가는 과정을 허공이 바라보는 새처럼 바라본다면, 감정은 내 순수의식에 그 어떤 상처나 흔적도 남기지 않을 것입니다.

줄다리기 (Tug-of-War)

줄다리기에서 승리하는 방법은 단순히 줄을 끝까지 당기는 것만이 아닙니다. 줄다리기에서 이길 수 있는 또 하나의 방법은 줄을 놓아버리는 것입니다.

당신이 살아가면서 세상에 존재하는 모든 사람들, 그리고 타인이 가진 생각, 철학, 종교, 이데올로기, 습관 등과 끊임없이 맞서 자신의 옳음을 증명하기 위해 투쟁한다면, 그 줄다리기는 결코 끝나지 않을 것입니다.

줄다리기는 내가 힘껏 줄을 당기는 만큼 상대방도 반작용으로 줄을 당기는 구조를 가지고 있습니다. 내가 자신의 옳음을 강하게 주장하려 할수록 상대방도 자신의 옳음을 주장하게 됩니다.

이러한 팽팽한 줄다리기는 쉽게 결론이 나지 않을 뿐만 아니라, 불필요한 에너지를 소모하게 만들고, 정작 중요한 일에 쏟아야 할 에너지마저 소진시켜 자신이 이루고자 하는 일을 방해하게 됩니다.

살면서 당신이 목숨을 걸고 승부를 해야 할 일은 그렇게 많지 않습니다. 우리가 일상에서 펼치는 갑론을박과 나의 옳음과 타인의 옳음이 충돌하는 대부분의 상황은 사실 나의 옳음을 굳이 주장하지 않아도 되는 것들입니다.

대다수의 줄다리기는 지기 싫어하는 불필요한 승부욕에서 비롯됩니다. 이는 자존심 싸움으로 번지고, 실리적, 현실적으로 아무런 도움이 되지 않는 충돌로 인해 서로에게 상처를 남기는 결과를 초래합니다. 당신이 얻는 것은 무엇인가요? 설령 당신의 옳음을 입증했다고 해도, 그것이 당신에게 얼마나 중요한 것일까요? 진정으로 한 치의 양보도 없이 관철시켜야 할 옳음은 그렇게 흔치 않습니다.

당신은 지금까지 삶에서 수많은 옳음을 주장하고 줄다리기를 해왔습니다. 그 과정에서 당신의 인생에 큰 변화가 있었나요?

대부분의 다툼은 줄을 계속 당기기보다는 줄을 놓아버렸을 때 더 쉽게 해결됩니다. 하지만 이를 양보나 배려와 혼동해서는 안 됩니다.

양보나 배려란, 내 옳음을 주장하고 싶지만 지금은 다툼에 신경 쓰고 싶지 않아 내 주장을 포기하는 마음에서 비롯된 것입니다. 반면, 줄을 놓아버리는 상태란, 자신의 옳음을 주장할 필요조차 느끼지 않는 상태를 뜻합니다.

지나온 삶을 돌아보며 의견 충돌을 겪었던 수많은 경우를 떠올려 보십시오. 시간이 흐른 뒤에도 당신이 옳음을 주장하지 못해 한스러웠던 일이 정말 그토록 많았습니까? 대부분은 그때 왜 그랬을까, 왜 줄을 놓지 못했을까 하는 후회가 남을 것입니다.

지금 당장 눈앞에 있는 문제부터 실천해보십시오. 만약 상대가 없다면, 당신은 자신과 줄다리기를 하고 있을지 모릅니다. 스스로와의 투쟁 속에서 줄을 당기느라 힘을 쓰고 있지는 않으신가요? 이러한 방식으로는 영혼이 쉴 시간을 얻기 어렵습니다.

영혼의 휴식은 더 이상 다툴 필요가 없는 일에 내보내던 에너지를 멈추는 데서 시작됩니다. 에너지를 멈추면 비로소 휴식이 찾아옵니다.

이처럼 줄다리기에서 놓아버림을 깊이 이해한 사람은 세상과 다투지 않습니다. 아니, 세상에 다투어야 할 일이 그리 많지 않다는 것을 깨닫습니다. 세상과 다투고 있는 것은 결국 세상이 아니라 자기 자신이라는 사실을 알게 될 때, 놓아버림은 그렇게 어렵지 않습니다.

진정 자유로운 영혼을 바라는가요? 그렇다면 지금 당신이 움켜쥐고 있는 줄을 놓아버리십시오. 그 순간, 당신에게 완전한 평화가 찾아올 것입니다.

명품 요리 (Signature Dish, 名品料理)

무엇이 차이를 만드는 걸까요? 최고의 요리사들이 나와서 실력을 겨루는 요리 경연대회를 보면 비슷비슷한 실력 속에서도 판가름을 짓는 중요한 기준이 무엇인지 궁금할 때가 있습니다. 제 생각에는 가장 중요한 것은 '간을 얼마나 잘 맞추는지', 그리고 식재료의 선택과 '얼마나 잘 섞는지'가 아닐까 싶습니다.

인생도 명품 요리와 마찬가지입니다. 요리와 인생 모두 얼마나 잘 섞이는가에 따라 명품이 만들어집니다. 인생 역시 자신과 다른 사람과 얼마나 잘 섞이느냐가 '나'와 '우리'를, 그리고 '우리'와 '국가'를 모두 건강하게 만드는 생태계를 형성하는 기본이라는 것을 깨닫는다면, 자신과 다른 종교, 정당, 세대, 국가, 지역 등이 우리를 존재하게 하고 빛나게 한다는 사실을 이해하게 될 것입니다. 결국 나와 다른 사람들은 나를 완성시켜주는 고마운 존재가 됩니다.

훌륭한 오케스트라 지휘자는 각자의 소리를 조율하여 최고의 하모니를 만들어내듯, 세상의 모든 생존 법칙은 서로 의존하고 도움을 주고받으며 존재하게 된다는 간단한 진리를 안다면, 더 조화로운 인생의 길이 열릴 수 있지 않을까요? 하지만 '섞인다'는 것은 본래의 자신을 버리거나 바꾸라는 말이 아닙니다. 참기름이 참기름일 때 섞이는 이유가 분명하듯, 누구와 어울려도 잘 섞이는 사람은 자신의 본질을 바꾸지 않고 있는 그대로의 자신을 내세울 용기가 있는 사람입니다. 자유로운 본질을 가진 사람은 누군가의 지식이나 오래된 책에서 얻은 지식을 그대로 흉내 내며 살지 않습니다. 그는 오직 현재의 자신으로, 누군가의 결정이 아닌 자신의 의지로 사는 삶을 선택합니다.

비는 구름을 의지해 내리고, 눈도 구름을 의지해 내리듯이, 진정으로 자유로운 지식은 구름처럼 때로는 비가 되고, 때로는 눈이 되어 살아 움직이는 삶입니다. 세상은 오로지 살아 있는 '현재의 나'를, 죽은 사람의 지식 감옥에 갇히지 않은 유연한 사람만이 자신을 온전히 살아갈 수 있게 만듭니다.

양파를 삶아보세요. 얼마나 달라지는지 느낄 수 있을 것입니다. 원래의 식재료를 잘 섞고 삶고 볶아 명품 요리를 만들어내는 셰프는 어제와 같은 요리를 만드는 사람이 아니라, 오직 오늘의 요리를 만드는 사람입니다.

당신의 위대한 영혼을 오래전 죽은 사람들의 말씀 속 감옥에 가두지 마십시오. 그것이 예수든 부처든, 현재를 살아가는 당신을 대신할 수는 없습니다.

명품 요리를 만드는 셰프는 참기름을 참깨로 바꾸어 요리하지 않습니다. 최고의 지휘자는 바이올린 연주자에게 트럼펫을 연주하라고 강요하지 않습니다.

있는 그대로를 최고의 가치로 만드는 것이 사람을 재료로 명품 요리를 만들어내는 최고의 셰프입니다. 지금이라는 시간 속에서 있는 그대로의 자신을 지키고, 다른 사람을 있는 그대로 바라보며, 나와 너의 다름이 우리를 완성한다는 것을 잊지 마십시오. 천적이 모두 사라진 종은 결국 함께 사라진다는 점을 명심하십시오. 서로 다른 존재가 한데 어우러져 하나 되는 세상, 그러한 세상을 만들어가는 명품 요리사가 되시기를 기원드립니다.

자제력 (Self-Control, 自制力)

인내력(忍耐力)은 외부로부터 오는 고통을 참아내는 의지의 힘이라면, 자제력 (自制力)은 내면에서 밖으로 표출되려는 에너지를 관찰하고 관리하는 능력을 의미합니다. 인내와 자제는 자주 함께 쓰이지만, 실제로는 매우 다른 개념입니다.

두 가지 중 어떤 것이 더 중요하다고 말할 수는 없지만, 인내가 고통을 참아내는 주관적인 능력이라면, 자제력은 내가 하는 모든 행동—말, 글, 몸짓, 표정— 이 미치는 영향을 구분하여 조절하는 능력입니다. 자제력은 나와 타인 모두에 게 영향을 미치는 행동을 판단하고 조절할 수 있는 능력을 말합니다.

성공적인 삶을 이끌어가기 위해서는 외부로부터 오는 고통을 참아내는 인내 력도 중요하지만, 내가 밖으로 내보내는 에너지를 잘 관리하는 자제력이 더 중 요하다고 생각됩니다.

인내력은 스스로 참아내면 되는 일이지만, 자제력은 내 행동이 나 자신뿐만 아니라 타인에게, 때로는 여러 사람에게—심지어 수많은 사람에게—고통을 안 겨줄 수 있기 때문에 그 영향력이 훨씬 크기 때문입니다.

술, 담배, 마약, 폭식, 폭언, 폭행, 사치, 낭비, 강간, 살인 등 인간 삶에 악영향을 끼치는 행동 대부분은 자제력 부족으로 발생합니다. 뉴스에서 접하는 많은 사건 사고나 인간관계의 파멸 역시 자제력 부족에서 비롯된다는 사실을 알 수 있습니다.

자제력은 내면에서 일어나는 에너지를 외부로 표출하는 방식에 차이를 만듭니다. 분노 조절 장애와 같은 성격장애도 자제력 조절 장치의 결함에서 비롯됩니다. 분노할 일과 참아야 할 일을 구분하고, 적절히 분노를 표출해야 할 때조차 분노를 어떻게 다룰 것인지가 자제력의 핵심이 됩니다.

자제력이란 모든 상황에서 참아야만 한다는 뜻은 아닙니다. 참아야 할 일과 참지 말아야 할 일을 명확히 구분해야 합니다. 또한 참지 말아야 할 일이 있다면, 그 분노를 내보내는 방식, 시기, 강도 등을 신중히 조절하여 감정이 자연스럽게 흘러가도록 해야 합니다. 중요한 것은 그 감정의 흐름이 내가 소유한 것이라고 착각하지 않는 것입니다.

내가 특정 대상에게 일으킨 고유한 에너지라고 해도, 이는 나의 것이 아닙니다. 그것은 마치 바람처럼 나를 스쳐 지나가며, 잠시 내 가슴에 머물다 떠날 것입니다.

하지만 분노가 일어났을 때 그 감정을 자신의 것이라고 착각하면, 감정과 자신을 동일시하게 되고, 이는 분노가 자신을 숙주로 성장하게 만듭니다. 이렇게 성장한 분노는 자신을 고통스럽게 만들 뿐 아니라, 그 에너지가 타인에게 전이되어 또 다른 분노를 생성하는 악순환을 초래합니다.

이 악순환의 고리를 끊어내려면, 내 안에서 생성되는 감정 에너지를 무심히 관찰할 수 있는 관찰자(Observer)가 되는 훈련을 해야 합니다.

흐르는 물을 막지 않으면 자연스럽게 강으로 모여듭니다. 하지만 흐르는 물을 막으면 썩은 냄새가 나는 오염된 물이 됩니다.

자신의 감정을 객관적으로 바라볼 수 있는 사람, 그것이 바로 자제력을 완성한 사람입니다.

인내력과 자제력은 인간 완성의 길로 나아가는 데 반드시 거쳐야 할 관문입니다. 이 두 가지를 잘 갖춘다면, 자유롭고 행복한 삶을 살아가기를 기원합니다.

지식과 지혜 (Knowledge and Wisdom)

책은 지식의 양을 늘릴 수 있지만, 지혜의 깊이를 완성해 주지는 못합니다. 가끔 책에서 얻은 지식이 오히려 지혜의 눈을 가로막아, 책이 주인이 되고 책을 읽는 사람이 손님이 되어버리는 경우를 종종 봅니다.

책에서 얻는 지식이 필요 없다는 말을 하며 책을 읽지 않고, 세상은 실전이 중요하다며 체험 중심의 삶을 지혜의 전부로 여기는 사람도 있습니다. 하지만 그런 사람은 마치 해가 지면 달빛을 의지해 길을 가야 하는 나그네처럼, 지식이 인생에서 얼마나 중요한 안내등 역할을 하는지 모르는 이야기입니다. 지식은 밤길을 안내하는 등불과 같습니다.

물론 아주 드물게, 혜능선사처럼 무지에서 깨달음을 얻는 분이 나오기도 합니다. 하지만 이는 마치 로또 당첨만큼이나 어려운 일입니다.

전생에 나라를 구했거나, 조상의 은덕을 크게 입지 않았다면, "아는 만큼 보이고, 보이는 만큼 알게 된다"는 지식의 양과 앎의 정비례 관계를 부정할 수는 없습니다.

그럼에도 불구하고, 지혜의 문을 여는 일은 지식의 양과 꼭 정비례하지 않습니다. 지식을 가져다준 책에서 얻은 내용이나 대학에서 배운 앎은 이미 지나간 시간 속에서 "죽어 있는" 지식이며, 겉모습은 그럴 듯해 보여도 살아 움직이지는 않습니다.

지혜란 누구의 이론을 추종하거나, 철학 사상을 꿰뚫고 있거나, 성경이나 경전 내용을 완전히 통달한다고 해서 생기는 것이 아닙니다.

이제부터 그러한 영역은 AI가 인간 스승보다 훨씬 더 잘할 것입니다. 질문을 하면 해답도 웬만한 스승보다 훨씬 빠르고 정확히 내놓을 것입니다. 인간이 평생 동안 3만 권의 책을 읽는다고 가정하면, 1년에 600권씩 50년을 읽어야 합니다. 설령 그 정도의 독서를 했다고 하더라도, 인간의 머릿속에 얼마나 남아 있을까요?

반면에 AI는 수백만 권의 책 데이터를 보유하고 실시간으로 요약해 정보를 제공합니다. 지식은 인간보다 AI와 대화하면 훨씬 빠르게 배울 수 있습니다. 만약 대학에서 지식만을 배우는 공간이라면, 미래의 대학 강의실에는 AI 교수가 등장하지 않을 이유가 없습니다.

지식은 빌려 쓸 수 있지만, 지혜는 빌려 쓸 수 없습니다. 지식은 과거형이고, 지혜는 미래형입니다. 골프 잘 치는 법에 관한 이론서를 아무리 많이 읽어도, 실제로 골프를 쳐보지 않으면 고수가 될 수 없는 것과 같습니다.

수천, 수만 권의 책을 읽고 얻은 타인의 지식을 마치 자신이 직접 얻은 지혜인 양 말하는 사람을 보면, 그의 말과 글이 머리에서는 뜨겁게 느껴질 수 있지만, 가슴까지 뜨거워지지 않는 이유는, 지혜의 눈은 지식만으로 뜨지 않기 때문입니다.

지식은 지혜의 문 앞에 데려다주는 도구일 뿐, 목적이 될 수는 없습니다.

스스로에게 물어보세요. 지금 당신의 입에서 나오는 말이 당신의 것인지, 당신이 펜으로 쓰고 있는 글이 어디에서 왔는지. 그러면 보일 것입니다.

지식은 요리 재료이지 완성된 요리가 아닙니다. 똑같은 요리 재료라도 어떤 셰프를 만나느냐에 따라 그 맛은 천차만별입니다. 하지만 한 가지 분명한 점은, 요리 재료 자체가 요리가 아니라는 것입니다.

수많은 요리 재료를 사들였다고 해서, 그것으로 중국 요리를 할 수도 있고, 서양 요리를 할 수도 있으며, 한식 요리를 만들 수도 있습니다. 하지만 요리 기술을 알지 못하면, 그것은 단순히 재료일 뿐, 요리가 되지는 않습니다.

지혜는 요리의 영역이고, 지식은 재료의 영역입니다.

똑같은 재료로 수많은 책을 읽고 각자 다른 철학이나 이론이 만들어집니다. 이렇게 형성된 철학이나 사회 이론이 서로 비방하며 "이것은 옳고, 저것은 옳지 않다"고 말한다면, 그것은 마치 중국 요리의 대가가 서양 요리의 대가를, 한식 요리의 대가가 일식 요리의 대가를 비방하는 것과 다를 바 없습니다.

각자 자신의 재료로 건강하고 맛있는 음식을 만들어냈다면, 어떤 요리를 먹을지는 각자의 입맛에 따라 선택하면 됩니다. 다만, 자신이 먹는 음식이 가장 훌륭하다고 고집하지 않는다면 말입니다.

사치와 낭비 (Luxury and Waste)

그 어떤 유능한 소방관도 끌 수 없는 불, 바로 인간 내면에서 타오르는 탐욕(貪慾)의 불이 부추기는 사치와 낭비입니다. 사치와 낭비의 기준은 사람마다, 국가마다 다릅니다. 우리나라에서는 필수품으로 여겨지는 물건이 동남아시아와 같은 지역에서는 대부분의 가정에서 없이 살아가는 경우가 많습니다.

또한 우리나라 내에서도, 어떤 지출이 낭비인지 아니면 필수적인 소비인지에 대해 부부 간에도 의견이 달라 갈등으로 번지는 경우가 있을 수 있습니다. 필자처럼 필수품의 영역을 극도로 축소해석하는 사람과 함께 살아가는 것은 생각보다 더 많은 절제와 이해가 필요할지도 모릅니다.

저는 나 자신을 위한 지출이나 생활용품, 가전제품, 의류 구매 등에 대해 필수라고 여기는 기준이 조금 박할 뿐입니다. 반면, 자녀나 사랑하는 가족, 그리고 지인들과 함께 시간을 보내며 돈을 쓰는 경우에는 웬만하면 제가 지출하는 편입니다.

그러나 물질적 탐욕에서 비롯된 사치와 낭비 외에도 인간관계에서 생기는 갈등의 중요한 원인이 바로 소통의 방식에 있습니다. 잘못된 소통 방식이 감정 소비를 과도하게 촉진시켜 사치와 낭비로 이어지는 것이 아닌지 돌아볼 필요가 있습니다.

세상의 모든 것은 나에게 보내는 외부 대상의 에너지와 내가 그 대상에게 보내는 에너지의 조합을 통해 실시간으로 창조됩니다.

사람이 삶과 인간관계를 위해 내보내는 에너지는 크게 세 가지로 분류됩니다.
정신 에너지(精神 Energy) : 정신세계에서 나오는 에너지.
신체 에너지(身體 Energy) : 신체 활동에서 발생하는 에너지.
감정 에너지(Emotion Energy, 感情 Energy) : 마음에서 나오는 에너지.

먼저, 정신 에너지는 신체 에너지와 달리 무한하게 생산되는 에너지로 착각하기 쉽습니다. 하지만 직장생활이나 사업을 하면서 많은 사람들이 경험하듯, 정신 에너지는 고갈될 수 있습니다. 이를 정신 에너지의 방전이라 부르며, 번아웃 증후군(Burnout Syndrome)으로 나타납니다. 판단력이나 결정을 내릴 수 있는 정신력이 고갈되어 아무런 생각도 나지 않는 상태가 되는 것입니다. 이는 정신 에너지의 과소비로 인해 발생합니다. 두 번째로, 신체 에너지도 마찬가지입니다. 인간은 체내에 저장할 수 있는 운동 에너지가 한정적이며, 이 에너지가 고갈되면 손가락 하나 움직일 수 없는 지경에 이르기도 합니다. 이를 자전거를 타는 용어로 '봉크(Bonk)'가 왔다고 표현합니다. 하지만 대부분의 인간관계와 행복에 가장 큰 영향을 미치는 에너지는 감정 에너지입니다.

감정 소비의 사치와 낭비가 발생하는 이유는 간단합니다. 카드에는 사용 한도가 있고 통장에도 잔고 한도가 있듯이, 자신이 벌어들이는 소득에 비례해 사용할 수 있는 한도를 설정하고 관리하지 않으면, 과소비로 인한 사치와 낭비는 결국 개인이나 가정의 경제적 파산을 초래할 수 있습니다. 마찬가지로, 감정 소비도 필요 이상으로 과도하게 이뤄지면 감정이 고갈되고, 결국 감정적 파산 상태에 이를 수 있습니다.

특히 감정 소비에서 가장 많은 비중을 차지하는 것은 폭발적인 분노(憤怒)를 억누르지 못해 발생하는 소비입니다. 이런 불필요한 분노는 자신을 병들게 할 뿐만 아니라, 가족과 친구, 지인에게까지 악영향을 미칩니다.

또한, 불필요한 경쟁심에서 비롯된 감정 소비도 흔히 볼 수 있습니다. 자신이 옳음을 주장하기 위해 에너지를 소비하는 경우가 많지만, 사실 극단적으로 자신의 옳음을 주장해야 할 만한 일들은 많지 않습니다. 대부분 고집과 얽힌 결과로 생긴 감정 소비입니다. 마찬가지로 자신이 가진 것을 부풀려 보여주려는 허세(虛勢)에서 비롯된 감정 소비도 과도한 자기 존재감을 드러내기 위한 에너지 낭비일 뿐입니다.

감정 소비를 잘 관리하는 사람과 그렇지 않은 사람의 차이는 감정 에너지를 어떻게 흐르게 하는지에 달려 있습니다. 흐르는 물과 같은 감정 에너지를 자연스럽게 바라볼 수 있다면, 감정의 고갈로 인해 극단적인 상황까지 치닫는 일은 없을 것입니다.

하지만 자신 안에서 흐르는 감정 에너지를 부정하거나 억제하려 한다면 감정이 막히고 고갈됩니다. 감정 흐름을 막고 둑을 쌓아올린다면, 그 내면은 시간이 지남에 따라 고인물처럼 썩고 악취를 풍길 수밖에 없습니다. 감정 소비가 진정으로 필요한 것인지 성찰하는 시간이 필요합니다. 자신의 옳음에 갇혀 감정 에너지를 쏟아붓고 그것이 썩어가고 있음을 모르는 사람들이 많습니다.

흐르는 감정을 바라보는 것은 자신의 옳음을 확인하려는 것이 아니라, 부족함에서 비롯된 감정을 직시하고 그것과 다투지 않는 데 있습니다. 그렇게 함으로써 필요한 감정 소비를 알고 사용하는 법을 익혀야 합니다. 그때 비로소 감정이 자신을 풍요롭게 해 줄 것입니다.

자유의 조건(Conditions for Freedom)

우리나라는 시장경제와 자유민주주의를 국가 이념으로 표방하고 있습니다. 하지만 그렇다고 해서 모든 대한민국 국민이 자유를 실감하며 살아가는 것은 아닙니다.

자유란, 자유를 외칠수록 진정한 자유의 가치를 잃어버리는 것일지도 모릅니다. 행복 또한 마찬가지입니다. 행복이 조건의 문제인지, 선택의 문제인지 고민해 본 사람이라면, 행복이 조건에 의해 만들어지는 것이 아니라 스스로 생산해 내는 것임을 깨닫게 됩니다. 그리고 행복의 조건을 찾아 헤매는 대신, 현재 도달한 상황 속에서 행복의 조건을 만들어 선택하며 스스로 행복의 길로 나아갈 것입니다.

자유의 조건 역시 이와 비슷합니다. 자유에 조건이 필요한 것인지, 아니면 스스로 선택할 수 있는 것인지에 대해서는 각자의 의견이 다를 수 있습니다. 하지만 외부 환경을 바꾸면 자유가 완성될 것이라는 착각은 버려야 합니다. 외부 조건을 변화시켜 자유를 쟁취하고자 한다면, 자신을 끝없는 위험에 노출시킬 용기가 필요합니다. 당신이 원하는 자유가 시간의 자유, 공간의 자유, 또는 경제적 자유라면 더욱 그렇습니다.

죽는 날까지 발버둥쳐도 자유를 쟁취할 수 없는 이유는, 지금 당신에게 주어진 자유를 느끼지 못한다면 앞으로도 자유를 느끼지 못할 가능성이 크기 때문입니다.

경제적 자유를 꿈꾸는 사람들은 대한민국 평균 현금 자산이 10억 원이 넘으면 부자로 여겨진다고 말합니다. 하지만 10억 원 이상의 현금 자산을 가지고 있어도 스스로 경제적 자유를 달성했다고 믿는 사람은 과연 얼마나 될까요?

시간의 자유는 또 어떻습니까? 만약 당신이 백수 생활을 시간의 자유로 여긴다면 스스로 시간의 자유를 얻었다고 자랑할 수 있겠습니까? 24시간을 자신의 마음대로 사용할 수 있는 것을 시간의 자유라 한다면, 백수 생활은 그런 자유를 보장할지도 모르겠습니다.

과거에는 돈 많고 여유로운 백수가 많은 이들의 로망으로 이야기되곤 했습니다. 그렇다면 자유는 목적입니까, 아니면 다른 목표를 이루기 위한 수단입니까?

대부분의 사람들은 행복을 삶의 목표로 삼고 사랑하며 살아갑니다. 그렇다면 자유 또한 행복을 이루기 위한 수단에 불과할 것입니다. 하지만 자유가 보장되었음에도 불구하고 행복하지 않다면, 그것을 진정한 자유라 부를 수 있을까요?

끊임없이 지금보다 더 나은 조건이 마련되면 자유를 느낄 수 있을 것이라는 착각에서 벗어나야 합니다. 지금 우리는 이미 너무나도 자유로운 세상에서 살아가며, 큰 행복을 누리고 있습니다. 다가올 미래에도 마찬가지일 것입니다. 이를 믿고 사는 사람은 시간적으로, 경제적으로, 공간적으로 자유를 느끼며 살아갈 수 있습니다.

자유의 조건을 만들어 그것이 완성되면 자유로워질 것이라는 생각은 오히려 자유를 평생 느끼지 못하게 만들 수 있습니다. 자유란 만들어진 조건이 자유를 보장하는 것이 아닙니다. 자유의 조건이란 이미 스스로 가지고 있는 자유를 발견하는 것입니다.

지금은 국가가 당신의 삶을 철저히 감시하는 시대도 아니고, 특정 이데올로기로 개인을 고문하는 시대도 아닙니다.

그럼에도 불구하고 스스로 자유롭다고 느끼는 사람이 적다면, 그것은 외부 환경의 문제가 아닙니다. 스스로 정의한 자유의 조건이 있다면, 그 조건이 당신의 발목을 잡고 있는 것이 아닐까요? 잊지 마십시오. 자유는 외부에서 주어지는 것이 아니라, 이미 당신 안에 존재하고 있습니다. 이를 깨닫는 순간, 진정한 자유가 당신의 삶에 함께할 것입니다.

메타인지 01 (Metacognition, 超認知)

최근 몇 년 동안 가장 많이 주목받은 학문 중 하나가 바로 인지 심리학(認知心理學)입니다. 아주대학교 김경일 교수님께서 인지 심리학을 대중화하는 데 크게 기여하셨습니다. 여러 차례 TV에 출연하시며 이를 보편화하는 데 힘써주셨죠.

필자 또한 여러 권의 인지 심리학 관련 서적을 읽으며, 이 학문이 현대인들에게 얼마나 중요한지 깨닫게 되었습니다. 그리고 이를 실생활에 어떻게 활용할 수 있을지 고민하는 계기가 되었습니다.

특히 인지 심리학 중에서 메타인지(Metacognition)라는 개념을 알게 된 후, 내가 얼마나 나 자신에 대해 무지했는지를 깨달았습니다. 그로 인해 나 자신을 성찰할 수 있는 깊이를 더하게 되었고, 이는 큰 깨달음이었습니다. 그래서 몇 편에 걸쳐 메타인지의 정의와 그것이 우리 삶을 어떻게 바꿀 수 있는지에 대해 이야기해보고자 합니다.

메타인지란 무엇일까요? 소크라테스님께서 말씀하신 "무지의 지(無知의 知)"와 같은 맥락입니다. 또 공자님께서 말씀하신 "나는 아는 것은 안다고 하고, 모르는 것은 모른다고 한다. 그것이 바로 내가 아는 것이다(知之爲知之 不知爲不知 是知也)"라는 가르침과도 일맥상통합니다.

돌이켜보면, 제가 과거에 여러 번 사업을 진행하며 실패를 경험했던 이유는 바로 메타인지의 부족 때문이었습니다. 이 공부를 통해 그 사실을 깨닫게 된 것이 큰 수확이었습니다.

현재 저는 유통업에 종사하며, 부업으로 소액 주식 투자도 하고 있습니다. 나름 열심히 공부하며 하루하루 주식 시장을 배워가는 주린이(초보 투자자) 중 한 명입니다.

그런데 자본시장에서의 투자나 사업에서 실패하는 가장 큰 이유는, 자신이 무엇을 모르고 있는지 모르는 것이라고 해도 과언이 아닙니다.

예를 들어, 통닭집을 하나 차릴 때를 생각해봅시다. 우리는 이를 위해 시장조사, 상권 분석 등 많은 정성을 들입니다. 하지만 그 성공 확률은 고작 20% 내외에 불과합니다.

왜일까요?

대부분 사람들은 창업을 할 때, 장사가 잘되는 요건보다 자신에게 편한 요건을 더 먼저 고려합니다. 가게의 위치가 집에서 가까운지, 여가 생활이나 기타 생활에 불편함이 없는지를 먼저 따지며 창업을 시작합니다. 게다가 점포를 구한 후에는 그 점포의 장점만 자꾸 찾아가기 시작합니다.

이처럼 확증 편향(確證偏向, Confirmation Bias)에 사로잡혀 창업을 하다 보면, 자신이 창업한 점포에서 예상 매출을 정확히 추정하기 어렵습니다.

확증 편향이란 무엇일까요? 이는 현대인들에게 성공을 가로막는 가장 큰 장애 요인 중 하나입니다. 확증 편향에 깊게 빠진 사람은 자신의 잘못된 생각을 인지하지 못하고, 누군가가 "당신의 생각이 틀렸다"고 말하면 화를 내며 자신의 옳음을 주장하는 데 급급해집니다.

메타인지란 무엇일까요?

첫째, 자신이 무엇을 모르고 있는지를 인지하는 능력입니다.

둘째, 자신이 알고 있는 것이 진짜 아는 것인지 아닌지를 구분할 줄 아는 능력입니다.

셋째, 어제까지 옳다고 믿었던 생각이나 주장이 정말 옳은지 돌이켜 보는 능력을 말합니다.

저는 새벽에 짧은 명상을 마친 후, 어제까지의 생각 중에서 잘못된 부분이 무엇인지 찾아내고, 그 이유를 성찰하는 시간을 가집니다. 이를 통해 같은 실수를 반복하지 않기 위해 수정하고 보완하는 작업을 합니다.

이러한 과정은 제 일상에도 큰 영향을 미칩니다. 예를 들어, 어제 판매하려고 했던 상품의 단가가 시장가격과 맞지 않아 매출이 나오지 않는다면, 적정한 판매 단가를 빠르게 찾아내 대응합니다. 이는 회사 매출에도 크게 기여합니다.

주식 투자에서도 마찬가지입니다. 어제까지만 해도 좋게 보였던 주식이 내가 예상했던 방향으로 흐르지 않는다면, 즉시 매도하고 다른 선택을 할 수 있는 유연성과 용기가 필요합니다.

주식 시장에서 흔히 하는 말 중 하나는, "자신이 가진 주식과 사랑에 빠지지 말라"는 격언입니다.

메타인지는 현실을 있는 그대로 보는 능력입니다. 변화하는 현실을 인정하고, 그 속에서 오늘을 어떻게 대응할지 고민하는 학문이 바로 메타인지입니다.

지금 제가 쓰는 대부분의 글에 메타인지가 깃들어 있다고 봐도 무방합니다. 니체 철학, 공동체주의, 불교 사상 등 많은 주제를 다룰 때도, 현실을 있는 그대로 보려는 저의 작은 노력이 더해져 쓰인 글들입니다.

세상에서 가장 무서운 것은 무엇일까요? 그것은 타인의 생각이 아니라 자신의 생각입니다. 자신의 생각을 지배하지 못하면, 세상의 그 어떤 것도 지배할 수 없습니다.

생각의 지배자가 된다는 것은 자신의 능력을 과대평가하거나 과소평가하는 것이 아닙니다. 있는 그대로 보는 훈련입니다. 이것은 사상, 종교, 정치, 사회, 문화, 인간관계, 직업 등 모든 분야에서 필요한 과정입니다.

사고의 유연함, 그것이 메타인지로 가는 출발점입니다.

메타인지 02 (Metacognition, 超認知)

모르는 것을 아는 것이 메타인지(Meta-Cognition)의 출발입니다. 하지만 대부분의 사람들은 자신이 무엇을 모르는지도 모르는 상태로 살아갑니다. 그러다 인생에서 큰 위기나 난관에 부딪히고 나서야 자신이 얼마나 몰랐는지 깨닫게 됩니다. 그러나 그때는 이미 많은 것이 무너지고 변하며 사라진 상태입니다. 모르는 것을 모른다고 인정하지 못하는 태도는 결국 더 큰 위기로 이어집니다. 우리는 종종 자신의 '가오'(폼)를 지키기 위해 이런 진실을 외면하며 살아가다가 나락에 빠지곤 합니다.

메타인지의 또 다른 기능은 바로 변화 감지(Detecting Change)입니다. 세상은 시시각각으로 변합니다. 이러한 변화를 감지하지 못하면, 회사의 CEO는 회사를 망하게 하고, 나라를 경영하는 지도자는 국가적 위기를 초래할 수 있습니다. 예를 들어, 노키아(Nokia)의 몰락이 이를 잘 보여줍니다. 스티브 잡스가 2007년 애플(Apple)의 아이폰을 출시하기 전까지, 노키아는 1998년부터 세계 휴대폰 시장 점유율 1위를 유지하며 강자로 군림했습니다. 하지만 혁신의 흐름을 감지하지 못한 결과, 노키아는 통신 사업을 마이크로소프트(Microsoft)에 매각하며 시장에서 퇴장하게 되었습니다. 한때 카메라 필름과 디지털 카메라 시장에서 세계 1위였던 코닥(Kodak) 또한 역사의 뒤안길로 사라졌습니다.

반면, 삼성전자(Samsung Electronics)는 애니콜(Anycall)이라는 브랜드로 국내 시장에서 높은 점유율을 기록했지만, 글로벌 시장에서는 모토로라(Motorola)와 노키아에 밀려 있었습니다. 그러나 2010년, 삼성전자는 갤럭시(Galaxy) 브랜드로 스마트폰 시장에 진출하며 현재는 애플과 함께 세계 스마트폰 시장을 양분하고 있습니다. 이 사례들은 변화된 환경을 감지하는 메타인지 능력의 중요성을 잘 보여줍니다. 변화의 흐름을 인지하고 이에 맞춰 적응하지 못한 노키아와 코닥의 몰락은 혁신 기업들도 변화에 민감해야 한다는 교훈을 남깁니다. 세상에서 유일한 불변의 진리는 '세상은 변한다'는 사실입니다. 그러나 세상의 변화 속에서 어떻게 적응할 것인지, 그 방법을 빨리 찾아내는 사람만이 생존합니다. 고대 그리스 철학자 헤라클레이토스(Heraclitus)는 "우리는 같은 강물에 두 번 들어갈 수 없다"고 했습니다. 이는 세상의 끊임없는 변화를 상징합니다. 세계적 기업들의 몰락은 첫째, 변화된 환경을 인지하지 못했기 때문이며, 둘째, 자신이 알고 있는 것이 절대적인 질서라고 착각한 자만에서 비롯되었습니다. 개인의 삶과 직업에서도 마찬가지입니다. 주변 환경의 변화를 인지하지 못하거나, 인지하고도 이를 자신에게 유리하게만 해석하려다가 위기에 처하는 일이 빈번히 발생합니다.

세상의 변화는 내가 주도할 수 없으며, 내가 원하는 속도대로 이루어지지도 않습니다. 변화는 어디로 튈지 모릅니다. 항상 명심하세요. 눈을 뜨고 맞이하는 내일은 어제와 다른 하루라는 점을. 이를 망각하면, 인생에서 수많은 고통이 뒤따를 것입니다. 변화된 환경을 빠르게 인지하는 메타인지 능력은 지능지수(IQ)와는 무관합니다. 중요한 것은 자신이 모른다는 사실을 인정하고, 세상이 변한다는 점을 받아들이며, 늘 유연한 사고로 변화된 환경에 적응하려는 노력을 하는 것입니다. 메타인지는 이러한 과정에서 더욱 살아납니다.

메타인지 03 (Metacognition) 위치 파악

메타인지 1편에서 '모르는 것을 아는 능력'에 대해 이야기했고, 2편에서는 '변화된 환경을 감지하고 적응하는 능력'을 다뤘습니다. 이번에는 위치 파악에 대해 이야기하려 합니다.

우리는 가끔 낯선 곳에서 길을 잃거나, 산속이나 낯선 장소에서 자신이 어디에 있는지 몰라 헤매는 경우가 있습니다. 요즘은 네이버 지도나 내비게이션을 활용해 목적지를 쉽게 찾을 수 있지만, 인생의 방향을 잃었을 때는 이처럼 간단한 해결책이 없습니다.

비즈니스 관계에서는 자신이 갑(甲)인지 을(乙)인지, 인간관계에서는 사과해야 할 일인지 아닌지를, 모임에서는 일어나야 할 타이밍인지 머물러야 할 타이밍인지를 판단해야 하는 순간이 많습니다.

삶은 매일이 선택의 연속입니다. 사랑, 비즈니스, 인간관계 등 인생의 모든 것은 선택의 결과로 이어집니다. 그러나 선택의 기준이 되는 자신의 위치를 정확히 파악하지 못한다면, 지금 자신이 정점에 있는지, 아니면 시작점에 있는지조차 모른 채 잘못된 결정을 내릴 수 있습니다.

진정한 위치 파악이란 무엇일까요?

메타인지에서 말하는 위치 파악이란, 단순히 내비게이션에 주소를 입력하는 것이 아닙니다. 사회적 통념—나이, 성별, 학력, 경제력 등—에 의해 자신의 위치를 규정짓는 것도 아닙니다.

위치 파악은 침착함에서 시작됩니다.

인생의 위기와 곤경을 헤쳐나가려면 무엇보다 흥분을 가라앉히고 침착함을 유지해야 합니다. 자신에게 주어진 상황에서, 지금 내가 할 수 있는 일과 할 수 없는 일을 구분하고, 할 수 있는 것부터 해결해 나가야 합니다.

설령 현재의 위치가 최악이라 할지라도, 그 자리에서 할 수 있는 최선의 방법을 실행에 옮기는 것이 위기로부터 벗어날 첫걸음입니다.

많은 사람들은 전직(前職)의 위치를 지금의 자신과 동일시하며 착각합니다. 그러나 전직 국회의원, 전직 CEO, 전직 운동선수였던 과거는 현재의 위치가 아닙니다. 자신의 현재 위치를 정확히 인지하는 것이야말로 올바른 선택과 행동의 출발점입니다.

위치를 파악한 후에는 자신이 할 수 있는 일과 할 수 없는 일을 구분하고, 할 수 있는 일에만 전념하세요. 그것이 지금의 위치에서 할 수 있는 최선의 방법입니다.

메타인지 04 (Metacognition 04, 超認知)

본능과 직관에 의존하는 사람과 이성과 분석에 의존하는 사람 중 누가 더 좋은 결과를 만들어내는지는 여전히 논란이 많습니다. 하지만 메타인지적 사고란 단순히 이성적 판단에만 의존하는 것이 아니라, 본능과 직관, 그리고 이성을 조화롭게 발전시키는 능력을 의미합니다. 많은 사람들은 인간의 의사 결정에 이성적 사고와 판단이 주된 역할을 한다고 착각합니다. 하지만 실제로 우리의 많은 결정은 직관에 의존합니다. 우리는 하루에도 수많은 결정을 내립니다. 짜장면을 먹을지 짬뽕을 먹을지 같은 사소한 선택부터, 인생을 바꿀 만큼 중요한 결정에 이르기까지 우리의 삶은 끝없는 선택의 연속입니다. 지금의 나는 그러한 선택의 결과로 만들어졌습니다.

그러나 우리가 착각하는 점은, 우리의 결정이 항상 합리적이고 이성적인 판단에서 비롯되었다고 믿는 것입니다. 하지만 과거를 돌아보면, 인생을 좌우했던 결정들 중 많은 부분이 사실 직관에 의해 이루어진 경우가 많습니다. 이성적 판단이 뒤따르기는 했으나, 그보다 앞선 것이 직관이었습니다. 이를테면, 첫눈에 사랑에 빠진 경험이 그렇습니다. 이것이 과연 이성적 판단에서 가능할까요? 우리의 많은 행동은 이렇듯 본능과 직관에 의해 결정됩니다. 만약 AI에게 내가 해야 할 행동을 물어본다면 어떤 답변이 나올지 상상해보십시오. 오늘 처음 본 아름다운 여인의 사진을 AI에게 보여주고, 그녀와 사랑해도 괜찮은지 묻는다면 어떤 답변을 받을까요? 어떤 결정을 내리기 전 짧은 찰나의 순간, 수많은 생각이 머리를 스쳐 갑니다. 그중 하나를 선택하여 행동에 옮길 뿐입니다. 이 과정에서 우리는 합리적 판단에 의해 행동한다고 믿지만, 실제로는 본능과 직관이 훨씬 강하게 작용합니다. 예를 들어, 당신 앞에 양귀비처럼 아름다운 여인이 지나간다고 가정해봅시다. 그녀가 당신에게 호감을 표시하며 저녁 데이트를 신청한다면, 당신은 가정과 책임을 이유로 거절할 수 있겠습니까? 만약 그렇게 한다면 당신은 인간의 경지를 넘어선 신의 경지에 이른 사람일 것입니다. 메타인지란 본능과 직관의 능력을 키우고 이를 인정하며, 중요한 결정을 내릴 때 본능적으로 내리는 판단과 함께 잠깐의 이성을 더해 조화를 이루는 것을 말합니다. 직관과 이성이 협력하여 더 나은 결정을 내리도록 돕는 것이 메타인지의 역할입니다.

우리는 하루를 살아가며 수많은 결정을 내립니다. 그중 대부분은 생존 본능과 직관, 이 두 가지가 큰 비중을 차지합니다. 이는 인류의 진화 과정에서 자연스럽게 생겨난 것입니다. 선본능 후이성(先本能 後理性), 이 두 가지의 조화가 현대를 살아가는 메타인지 능력의 핵심입니다. 인간의 사고 체계는(본능→직관→이성→생각→판단→행동)의 순서로 이루어집니다. 본능과 직관만으로 판단하거나, 반대로 이성과 생각만으로 판단한다면 좋은 결과를 기대하기는 어렵습니다.

메타인지란 본능과 직관, 그리고 이성적 판단이 적절히 균형을 이루도록 돕는 능력입니다. 본능과 직관을 존중하십시오. 하지만 이성과 깊은 생각을 무시하지 마십시오. 결론적으로, 메타인지 능력은 본능과 직관에서 얻어진 정보를 이성적 판단으로 해석하고 결정하는 능력입니다. 이를 통해 우리는 더 나은 결정을 내릴 수 있을 것입니다.

메타인지 05(Metacognition, 超認知)

길을 가는 사람 천 명을 잡고 물어보면 "당신은 합리적 사고로 세상을 바라보고 있는 사람이라고 생각하십니까?"라는 질문에 압도적으로 많은 분들이 "그렇다"라고 대답하실 것입니다. "당신이 세상을 해석하는 방법이 옳다고 믿고 계십니까?"라는 질문에도 "그렇다"라고 대답하시는 분들이 많을 것입니다. 하지만 실제로 수많은 사람들이 내리는 판단과 결정이 그렇게 합리적이지 않다는 것을 우리는 어떻게 알 수 있을까요? 여러분은 이 질문에 대한 해답을 이미 알고 계십니다. 그것은 자신이 내린 결정이나 판단을 통해 아는 것이 아닙니다. 자신을 제외한 수많은 타인이 내린 결정이 얼마나 비합리적인지 믿고 계시면서도, 자신의 생각만 합리적이라고 생각하는 이유는 무엇일까요? 그리고 그 잘못된 결정으로 인해 아주 난감한 상황에 빠지셨다면, 여러분은 자신의 생각보다 타인의 생각을 받아들여서 그런 상황이 생겼다고 판단하고 계시지는 않으신가요? 그렇다면 왜 사람들은 자기 자신의 생각도 비합리적 판단의 위험에 노출되어 있다는 사실을 인정하려 하지 않는 걸까요?

인간의 뇌는 그렇게 합리적으로 진화하지 않았습니다. 그것을 인정해야 합니다. 자신의 생각이 합리적이지 않을 가능성이 항상 존재한다는 것을 깨닫는 순간, 메타인지(meta-cognition) 능력은 획기적으로 개선됩니다.

미래 시간에 대한 두려움은 어디에서 오는 것일까요? 그것은 미래의 불확실성에서 비롯됩니다. 만약 여러분이 타임머신(time machine)을 타고 5년 전으로 돌아가서 인생을 다시 살 수 있는 기회가 있다면, 그리고 지금의 기억을 그대로 가지고 과거로 돌아갈 수 있다면, 최소한 5년이라는 시간에 대한 두려움 없이 살아가실 수 있을 것입니다.

주식 투자를 하다 보면 초고수들이나 성공한 투자자들은 한결같이 말합니다. 투자 실패의 근본 원인은 공포심을 극복하지 못한 데서 온다고 말이죠. 그리고 많은 고수들은 "시장이 공포에 떨고 있을 때 주식을 매수하라"고 합니다. 하지만 그 공포심 때문에 대부분의 실패한 투자자는 매수하지 못합니다. 그리고 자신이 매수한 주식이 매수 당시 결정한 방향과 전혀 다른 방향으로 흘러가 손실이 크게 발생할 때까지 손절하지 못하는 이유는, 자신의 잘못된 판단을 인정하기 싫어하는 심리에서 비롯됩니다. 그렇다면 주식 투자에서 고수와 하수의 차이는 무엇일까요? 고수는 인간의 뇌가 그렇게 합리적이지 않다는 것을 알고 있습니다. 다만 합리화(rationalization)할 뿐입니다. 그런 이유로 고수는 자신의 뇌 작동 방식을 믿지 않습니다. 언제나 자신의 생각이 틀릴 수 있다는 시각에서 일어나는 현상을 있는 그대로 분석하고, 그 분석을 바탕으로 자기 뇌가 요구하는 결정이 아닌 사실을 기반으로 한 합리적 판단을 행동의 기준으로 삼으려 노력할 뿐입니다.

메타인지가 뛰어난 사람은 자기 자신의 생각이 항상 옳을 수만은 없다는 것을 인정합니다. 다만 외부에서 일어나는 현상을 왜곡되지 않게 바라보고, 그 사실 그대로를 분석한 결과에 따라 행동하는 능력이 탁월합니다. 그렇다면 왜 인간은 인지적 부조화(cognitive dissonance, 認知的 不調和)를 알고 있으면서도 자기 자신은 그 인지적 부조화를 바탕으로 생각하지 않는다고 착각하는 걸까요?

그것은 인간의 뇌가 인지적 구두쇠(cognitive miser)이기 때문입니다. 인간은 생각하는 동물입니다. 이 말은 사실입니다. 하지만 동시에 생각하는 것을 엄청나게 싫어하는 동물이기도 합니다. 왜냐하면 인간은 진화 과정에서 한 번 내린 생각과 결정을 번복하여 새로운 생각을 만들어내고, 그것을 바탕으로 새로운 행동 양식을 만들어내는 데 필요한 에너지가 얼마나 큰지 알고 있기 때문입니다. 인간의 뇌는 몸무게의 50분의 1밖에 되지 않지만, 성인 남성이 하루에 필요한 칼로리의 약 20~25%인 500kcal 정도를 소비합니다. 이처럼 생각한다는 것은 쉬운 일이 아니라, 인간에게 있어서는 에너지를 잡아먹는 하마와 같습니다. 그런 이유로 인간은 인지 부조화 현상을 자주 겪습니다. 왜냐하면 지금까지 자신이 옳다고 믿어왔던 것을 버리고 또 다른 옳음을 창조하려면 새로운 사고의 전기 플러그를 연결해야 하기 때문입니다.

그래서 인간 세상에서는 말도 안 되는 일이 벌어질 때가 많습니다. 특히 종말론(doomsday theory, 終末論)과 관련해서 인간이 출현한 이후 수많은 사람들이 종말론을 믿어왔습니다. 그 대표적인 사례가 1999년에 광풍처럼 불었던 '휴거(rapture, 携擧)'였습니다. 저는 이 사건을 통해 인간이 비이성적인 판단으로 똘똘 뭉칠 수 있다는 표본을 보았습니다. 그러나 1999년, 종말은 오지 않았습니다. 그렇다면 그들은 자신이 믿었던 종말론이 틀렸다고 생각했을까요? 아닙니다. 종말론을 믿었던 사람들은 자신의 믿음이 잘못된 것이 아니라, 다만 그 시기가 연기되었을 뿐이라고 생각했습니다.

지금 대한민국을 휩쓰는 탄핵(impeachment, 彈劾)에 대한 찬성과 반대의 논리 또한 마찬가지입니다. 어떤 결정이 내려지든 자신의 생각이 틀렸음을 인정하는 데까지 상당한 시간이 걸릴 것이고, 그 시간 동안 사회적 혼란은 지속될 가능성이 높습니다. 하지만 그 혼란이 국가를 전복할 만큼 파괴적이지는 않을 것입니다. 왜냐하면 현재 대한민국에서는 국가가 전복될 위험이 있을 만큼 비합리적인 결정이 내려지는 시대는 이미 지났기 때문입니다.

사람은 자기 생각이 합리적이지 않다는 사실을 인지하지 못한 채, 상식적으로는 말이 안 되는 결정을 내릴 때가 있습니다. 메타인지 능력이란 바로 그런 인간의 본성을 이해하고, 이를 대체할 수 있는 방식으로 자신의 뇌가 합리적이지 않다는 것을 항상 염두에 두고 모든 일을 사실에 입각해 분석하고 행동하는 능력을 의미합니다.

여러분의 뇌를 의심하십시오.
그것이 메타인지 능력을 향상하는 길입니다.

메타인지 06 (Metacognition 06, 超認知)

세상에 확실한 것은 아무것도 없습니다. 다만 확실해지기를 바라는 마음이 있을 뿐입니다. 메타인지(Metacognition) 능력이 뛰어난 사람과 그렇지 않은 사람의 차이는 확실해질 일과 확실해지지 않을 일의 차이를 분명히 구분하는 데 있습니다. 그리고 세상의 대부분은 확실하지 않은 일로 이루어져 있으며, 이를 받아들이고 판단하는 절대적인 수용 능력이 필요하다는 점을 이해하는 것입니다. 이러한 사고방식은 새로운 대안을 찾거나 예술적 창조를 하는 데 크게 도움이 됩니다. 우리의 조상 사피엔스(Homo sapiens)가 지구상에서 유일한 최상위 포식자로 남을 수 있었던 가장 큰 이유 중 하나는 바로 추론(推論, reasoning)과 예측(豫測, prediction) 능력이었습니다.

인지혁명(Cognitive Revolution)이 시작된 수만 년 전, 인류의 조상들은 그 이전에 존재했던 동물들과는 달리 뛰어난 추론과 예측 능력을 갖추고 있었습니다. 먹구름이 몰려오면 비가 올 것이라는 예측, 푸른 과일이 시간이 지나면 붉게 익어 맛있어진다는 예측. 이러한 능력을 바탕으로 사피엔스는 많은 위험으로부터 자신을 보호할 수 있었으며, 또한 예측 능력이 부족한 동물을 사냥하는 데 이를 활용하여 지구상의 최강 포식자가 되었습니다. 그리고 이러한 예측을 바탕으로 실제로 일어날 가능성이 높은 일들에 대한 추론 또한 가능해졌습니다. 이처럼 추론과 예측이 가능했기에 인류는 생존 경쟁에서 우위를 점할 수 있었습니다.

하지만 현대 사회에 접어들면서 우리가 매일 접하는 정보의 양과 이를 처리해야 하는 추론의 양이 기하급수적으로 증가하기 시작했습니다. 그 결과, 인간이 진화 과정에서 발달시켜 온 인지혁명의 영역을 벗어나 추론 처리 능력은 과부하 상태에 이르렀습니다. 그럼에도 불구하고, 인간이 진화 과정에서 습득한 본능, 즉 자신이 접한 모든 정보를 추론하고 예측하고자 하는 본능은 사라지지 않았습니다. 결국, 이러한 본능과 현실의 괴리 속에서 우리의 예측과 추론은 점점 더 불확실해지기 시작했습니다. 이러한 상황에서 메타인지 능력이 뛰어난 사람은 예측과 추론이 반드시 필요한 일과 그렇지 않은 일을 구분합니다. 그리고 불확실한 일은 불확실한 일로 내버려 두어도 괜찮다는 사실을 이해합니다. 세상의 대부분은 불확실한 일로 이루어져 있으며, 확실성을 벗어나 불확실성을 대하는 태도가 메타인지 능력의 차이를 결정합니다.

인간은 수많은 추론과 패턴을 만들어냈으며, 그것들은 우리의 삶과 생활에 큰 도움을 주었습니다. 기상 관측이 대표적인 예입니다. 하지만 최근 유행하는 성격 유형 검사인 MBTI(Myers-Briggs Type Indicator)의 결과를 통해 한 사람의 전체 성격을 추론하거나 예측하려는 것은 얼마나 어리석은 일일까요? 메타인지 능력이 뛰어난 사람은 확실한 것과 불확실한 것을 대하는 태도가 다릅니다. 불확실한 일과 확실한 일을 구분하고, 미래에도 확실해지지 않을 일에 시간을 낭비하지 않는 것이 메타인지 능력의 핵심입니다. 또한 불확실성은 새로운 창조의 에너지원이 됩니다. 모든 과학적 발명과 예술적 창작은 불확실한 가능성 속에서 확실해질 수 있는 것들을 구분하고, 그 가능성에 집중한 결과로 탄생한 것입니다. 세상의 불확실성을 인정합시다. 그것이 메타인지 능력이 뛰어난 사람의 삶의 방식입니다.

메타인지 07 (Metacognition 07, 超認知)

메타인지(Metacognition) 1편에서는 무지(無知)의 지(知)에 대해 이야기했습니다. 무지의 지란 모르고 있다는 것을 아는 것이라고 말씀드렸습니다. 그렇다면 무엇을 모르고 있다고 하는 것을 안다는 의미일까요? 그리고 무지와 미지(未知)는 어떻게 다를까요? 무지는 모르는 것이고, 미지는 아직 결정되지 않은 미래의 시간을 의미합니다.

우리가 무지를 깨쳐야 하는 이유는 그 무지를 통해 미지의 시간을 예측할 수 있는 힘을 키우고, 불확실성으로 인한 미래의 시간이 자신이 원하지 않는 방향으로 흘러가지 않도록 미연에 예방하는 능력을 기르기 위해서입니다.

세상 모든 사람이 모르는 것을 모른다고 하는 것을 무지라고 하지는 않습니다. 또한, 세상 모든 사람이 알고 있는 것을 나만 모른다고 해서 그것을 무지라고 하지도 않습니다. 그것은 무명(無明)이며 어리석음입니다.

진정한 무지란 자신이 모르고 있는 것은 다른 사람도 모를 것이라 생각하는 것이며, 또한 다른 사람이 알고 있는 것과 자신이 모르는 것의 차이가 두 사람의 인생 방향을 완전히 다른 곳으로 끌고 갈 수 있다는 사실을 인지하지 못하는 것이 더욱 문제입니다.

우리는 알고 있거나 모르는 것에 대한 태도를 세 가지로 구분할 수 있습니다.

첫째, 내가 굳이 알 필요 없는 것들에 대해 고민하지 말아야 합니다. 그것을 안다고 한들 지금 내가 결정할 수 있는 것은 아무것도 없습니다.

둘째, 내가 지금 알지 못하고 있는 것으로 인해 미래에 다가올 미지의 시간에 선택이 잘못될 수 있으므로, 내가 모르고 있다는 사실을 인식했다면 보다 적극적인 자세로 배우고 익히는 데 집중해야 합니다.

셋째, 내가 알지 못하고 있다는 것을 알고 있지만, 그것을 알게 되더라도 미래에 달라질 것이 없다면 굳이 고민할 필요가 없습니다. 오히려 걱정하는 것이 역효과를 낼 수도 있으니, 차라리 무지로 덮어두는 편이 낫습니다.

어떤 태도로 아는 것과 모르는 것을 대하든 그것은 개인의 자유지만, 그 태도에 따라 미래가 달라질 것이라는 것은 자명한 사실입니다. 또한, 우리는 알고 있지만 설명할 수 없는 것들이 있습니다. 그것을 익혀야 하는 것이라고 합니다. 모든 스포츠나 기술과 같이 몸을 사용하는 일은 알고 있지만 말로 다 설명할 수 없습니다. 그리고 그것을 말로 설명한다고 해서 실제로 실행할 수 있는 것도 아닙니다.

어떤 사람이 수영하는 방법을 말로 듣고 이해했다고 해서 수영을 할 수 있는 것은 아닙니다. 마찬가지로, 사랑하는 법을 통달했다고 해서 사랑을 잘할 수 있는 것도 아닙니다. 그것은 앎(知)의 영역이 아니라 익힘(習)의 영역이기 때문입니다.

만약 무지의 영역을 이렇게 명확하게 인식하고 있다면, 그 무지를 통해 훨씬 더 발전적인 미래를 만들어갈 수 있습니다.

첫째, 모르는 것을 아는 것이며,

둘째, 알 수 없는 것을 배우고 익히는 것이며,

셋째, 알 수 있는 것과 알 수 없는 것을 구분하는 것입니다.

대체로 우리는 인식의 과정에서 알 수 있는 것과 알 수 없는 것을 구분하고, 그것을 대하는 태도에 따라 사회적인 성공 여부가 결정되기도 합니다.

알 수 없는 것들에 대해 불필요한 논쟁을 벌이는 사람들이 있습니다. 하지만 이것은 메타인지 능력 향상에 아무런 도움이 되지 않습니다. 신(神)이 존재하는가, 기독교가 진리인가 불교가 진리인가, 천국이 있는가 없는가, 윤회(輪廻)를 믿어야 하는가 아닌가 등의 논쟁은 결론 지을 수 없는 문제입니다. 이러한 불가지론(不可知論, Agnosticism)에 해당하는 것들에 대해 소모적인 논쟁을 벌이는 것은 메타인지 능력과 무관합니다. 우리의 메타인지 능력은 아는 것과 모르는 것을 구분할 줄 아는 것에서부터 시작됩니다. 그리고 아는 것과 모르는 것 중, 불가지론에 해당하는 것에 해답을 얻으려 하는 것이 아니라, 그것을 잘 구분하고 집중할 수 있는 태도를 갖는 것이 중요합니다.

앎과 모름을 선택해 내는 능력, 그것이야말로 진정한 앎으로 가는 메타인지적 사고방식입니다.

자극과 반응 사이(Stimulus and Response)

빅터 프랭클(Viktor Frankl)의 책 『죽음의 수용소에서(Man's Search for Meaning)』에 나오는 유명한 말입니다.

유대인(猶太人)인 저자는 제2차 세계대전 중 나치(Nazi) 수용소에서 죽음의 사선을 넘어 살아남은 과정을 담담한 필체로 기록했습니다. 그의 모든 가족은 나치 수용소에서 목숨을 잃었습니다. 저자는 정신과 의사(psychiatrist)였습니다. 그가 관찰한 결과, 죽음을 앞둔 나치 수용소 안에서 언제 죽을지 모르는 상황이 매일 반복되는 가운데서도 각자가 그 상황을 받아들이는 반응이 다르다는 것을 발견했습니다. 이를 바탕으로 전쟁이 끝난 후 로고테라피(logotherapy)라는 심리치료 기법을 창시하게 되었습니다.

그 유명한 "비극 속의 낙관(悲劇 속의 樂觀)"이라는 말은 현대를 살아가는 우리에게 삶에 대한 태도에 대해 큰 울림을 줍니다. 사람에게는 누구나 자신만의 히스토리(history)가 있습니다. 그 히스토리 속에서 비극적인 사건 한두 가지쯤 없는 인생이 어디 있겠습니까? 하지만 그 비극의 역사가 각기 다른 결과를 만들어내는 이유에 대해 저자는 '자극과 반응 사이의 공간'에서 차이가 난다고 말합니다. 외부에서 받은 자극이 동일하더라도, 그 자극에 대한 반응이 각기 다른 이유는 '자극과 반응 사이의 공간'이 어떻게 형성되느냐에 따라 결정된다고 생각해볼 수 있습니다. 우리는 살아가면서 수많은 외부 자극에 노출됩니다. 하지만 대부분의 자극은 시한부(時限附) 생명을 선고받거나, 또는 나치 수용소 같은 곳에서 언제든지 죽음이 닥칠 수도 있는 환경처럼 극단적이지 않습니다. 그럼에도 불구하고, 동일한 자극을 받아도 그것을 어떻게 받아들이느냐에 따라 이후의 삶이 완전히 달라질 수 있습니다.

그런데 우리는 대부분 그러한 극한 환경에 처한 것이 아님에도 불구하고, 자신에게 닥친 외부 자극에 과도하게 반응하여 스스로를 나락(奈落)으로 몰아넣거나 오히려 더 힘든 삶을 살아가게 되는 경우가 많습니다. 이는 자극과 반응 사이의 공간을 어떻게 다루느냐에 따라 차이가 발생하기 때문입니다. 즉, 외부 자극에 대한 충격을 완화할 수 있도록 미리 준비한 사람과 그렇지 못한 사람 사이에서 큰 차이가 나타나는 것입니다.

사람이 한평생을 살면서 모든 상황을 직접 경험할 수는 없습니다. 하지만 실제로 경험하지 못하더라도, 언제든 자신에게 닥쳐올 미래를 대비하여 여러 가지 시나리오를 상상해 보고, 그 상황이 닥쳤을 때 어떻게 대처할 것인지에 대한 내면의 힘을 키워둔다면, 자극과 반응 사이의 공간이 보다 유연해질 수 있지 않을까요?

모든 사람이 결국 시한부 인생을 살고 있음을 인지한다면, 지금 주어진 시간이 얼마나 소중한지 깨닫게 될 것입니다. 그리고 자신의 삶을 얼마나 창조적이고 활기차게 살아가야 하는지에 대해서도 깊이 생각해볼 수 있을 것입니다. 인생에서 만나는 자극들이 당신에게 또 다른 성장의 기회가 될 수 있도록, 언제나 그 자극과 반응 사이의 공간을 마련하고 기다리는 삶을 살기를 바랍니다.

추억 (Memories, 追憶)

누구에게나 지나간 시간이 남기고 간 흔적, 즉 추억(追憶)을 안고 살아갑니다. 세월의 흔적이 길면 긴 대로, 짧으면 짧은 대로 각자의 삶의 시간만큼 추억이 쌓입니다. 그리고 그 추억은 때로는 행복하게, 때로는 우울하게 우리를 감싸기도 합니다. 시간이 가져다준 추억이 어떤 파장(波長)으로 내게 다가오는지 생각해 보면, 제가 추억의 시간 속에서 가장 필요로 하는 것은 망각(忘却)입니다. 만약 신(神)이 인간에게 기억(記憶)할 수 있는 능력만 주고 망각할 수 있는 능력을 주지 않았다면, 대부분의 사람은 지나간 추억 속에서 너무나 고통스러웠던 기억을 잊지 못해 미쳐버릴지도 모릅니다. 다행히 신은 인간에게 망각할 수 있는 능력을 부여하셨습니다.

니체(Friedrich Nietzsche)도 '초인(超人, Übermensch)'으로 가는 아이의 정신(精神)에 필요한 일곱 가지 필수 덕목 중 하나로 망각을 중요하게 여겼습니다. 망각의 능력이 탁월한 사람은 과거의 실패나 아픈 기억에 발목이 잡혀 현재와 미래를 살아가는 데 있어서 걸림돌이 되는 어리석음을 범하지 않습니다. 망각은 지나간 시간 속에서 있었던 흔적들 중 나쁜 기억을 잊자는 것이지, 좋은 기억까지 지워버리자는 것이 아닙니다.

자신의 인생에서 크나큰 실패를 경험한 기억이 현재와 미래의 선택에 얼마나 중요한 영향을 미치는지 생각해 보면, 망각의 강(江)을 건넌 자와 건너지 못한 자의 차이가 큽니다. 망각의 강을 건너지 못한 사람은 과거 실패의 트라우마(trauma)로 인해 현재와 미래를 살아가는 데 아무런 도움이 되지 않는다는 것을 알면서도, 그 트라우마에서 벗어나기가 쉽지 않습니다. 두 살짜리 아이가 걷다가 넘어졌다는 기억을 망각하지 못한다면, 다시 일어서서 걸을 수 있다고 믿고 시도하는 반복된 행동을 할 수 없을 것입니다. 그렇게 된다면 그 아이는 영원히 걷지 못하는 존재가 될 수도 있습니다. 아이의 망각은 곧 새로운 출발을 의미합니다. 진정으로 망각할 수 있는 사람만이 과거를 떨쳐버리고, 오로지 지금 서 있는 그 지점에서 다시 출발할 수 있습니다. 그래서 망각할 수 있는 힘이란 곧 새롭게 창조할 수 있는 에너지입니다. 얼마나 많은 사람들이 과거 자신에게 일어난 일들에 발목이 잡혀 현재의 시간을 고통 속에서 보내고 있는지요? 특히 사고(事故)나 기타 예상치 못한 이유로 사랑하는 사람과 준비되지 않은 이별을 겪은 경우, 남겨진 사람들은 그 기억을 망각하지 못해 오랜 시간 고통 속에서 살아갑니다. 때로는 그 고통을 견디지 못하고 스스로 생을 마감하기도 합니다.

우리는 과거를 잊어버리는 현상 중 대표적인 고통의 한 예로 치매를 떠올립니다. 그렇다면 과거의 기억을 망각하는 것이 행복으로 가는 길이라면, 사람들이 두려워하는 치매라는 질병이야말로 행복으로 가는 지름길이라는 말일까요? 치매 환자는 병이 진행됨에 따라 가까운 시간부터 망각하기 시작합니다. 그리고 치매가 깊어지면 오래전에 일어났던 일들까지 기억하지 못하고, 결국 가족조차 알아보지 못하는 상태가 되면 죽음이 찾아옵니다. 따라서 망각은 단순히 모든 기억을 잊는 것이 아닙니다. 그것은 지나간 시간이 남긴 온갖 기억들 속에서 불필요한 것들을 걸러내는 과정입니다. 마치 곡식을 수확한 후 쭉정이와 잡곡을 키질하여 걸러내고, 오직 기름진 알곡만을 남기는 것과 같습니다.

그리고 그 남겨진 알곡이야말로 앞으로 살아가는 데 꼭 필요한 기억들입니다. 사람이 지나온 시간 속에서 겪은 일들이 모두 잊어버려야 할 만큼 고통스러운 기억은 아닙니다. 다만, 고통스러운 기억과 행복했던 기억이 뒤섞여 있는 과거 속에서 어떻게 고통스러운 기억을 빠르게 지워버리고 새로운 인생을 맞이할 것인가 하는 문제가 망각의 본질이라고 볼 수 있습니다.

지나온 시간 속에서 행복했던 기억, 성공했던 기억, 사랑했던 기억들을 자신의 의지대로 골라낼 수 있다면, 과거에서 간직해야 할 추억은 바로 그러한 기억들이 아닐까요? 그때서야 비로소 지나간 시간 속의 추억이 지금의 당신을 행복하게 하고, 앞으로 살아갈 날들을 더욱 풍요롭게 만들 수 있지 않을까요?

추억(追憶),
과거의 시간과 만나는 또 다른 시간.
그 시간이 당신의 삶에 보약 같은 순간이 되기를 바랍니다.

감사의 말

많은 아쉬움이 남지만 이렇게 두 번째 책을 갈무리합니다.
함께 동시대를 살아가는 사람으로서 비슷한 아픔을 안고 살아가고 있는 보통
사람들이 확실한 길잡이도 없이 헤맬 때 서로가 서로를 위로하고 모르는 것은
서로 가르쳐 주면서 어렵고 힘든 인생길을 함께 헤쳐 나가고자 하는 마음에서
썼던 글들이 모여 책이 완성됐습니다.

앞으로도 다양한 주제의 글들이 모여서 책으로 발간될 예정입니다.
전문적인 식견을 갖고 있는 견해로 집필하는 책이 아닌지라 부족하고 모자란
부분이 있다고 하는 것을 인정하지 않을 수 없습니다.

글을 써나가는 과정에서 가장 많이 공부를 하는 사람이 바로 저 자신이라는
것을 깨달아 가고 있습니다.
매일 새벽에 SNS에 글을 올려 애독자들과 만나다보면 가끔 제가 답변드리
기 어려울 만큼 어려운 답글을 주신 독자님도 계시지만, 그 독자님이 계심으
로 인해서 제가 제 글에 대해서 한 번 더 성찰하게 되고 제가 쓴 글이 보통 사
람 모두 다 이해할 수 있도록 쉽고 간결하게 쓰기 위해서 항상 노력합니다. 하
지만 만약에 쉽고 간결하게 이해가 되지 않는다면 그것은 독자님 탓이 아니고
아직까지 나만의 언어의 세계에 갇혀 독자님들과 소통하는 능력이 부족한 제
탓 이라고 생각이 됩니다.

제 스스로 언어의 영역을 확장하여 많은 사람들이 쉽게 공감하고 이해할 수

있는 글을 쓸 수 있도록 언제나 새롭게 시작한 하루에는 새로운 언어를 창조할 수 있도록 노력하겠습니다.

살아있는 한 내가 호기심을 놓지 않는 한 글쓰기는 계속될 것입니다. 한 글자 한 글자 한 단어 한 단어를 선택할 때마다 '삶에서 우리가 이르고자 하는 인생의 최종 목적지에 도달하는데 도움이 될 수 있을까' 라는 마음으로 저의 모든 에너지를 집중하여 써나갈 것입니다. 능력이 모자라서 미치지 못하는 부분은 언제나 또 다른 시작 이라는 자세로 한 걸음 한 걸음 걸어가면서 제 글을 읽어주시는 모든 분들과 단 한 조각의 글이라도 정신적 공유가 일어날 수 있도록 노력하겠습니다.

언제든지 제 책을 읽고 이해되지 않는 부분이나 함께 고민해보고 싶은 부분이 있어 연락을 주신다면 성심을 다해서 답변 드릴 것을 약속드립니다.

망망대해에 떠 있는 돛단배처럼 우리 모두는 어디를 향해가야 자신이 원하는 항구에 도착할 수 있는지 알 수 있는 좌표가 없고 나침반이 없는 배를 항해하고 있는 외로운 항해사 인지도 모릅니다.

그 외로운 항해를 함께한다는 마음으로 글을 써 나가다 보면 독자님들과 함께 우리가 바라는 항구에 도달 할 수 있을 것이라는 믿음으로 하루하루 집필에 매진하겠습니다.

매일 하루도 빠짐없이 빈천한 글을 읽어주시는 애독자님들께 머리 숙여 감사를 드립니다. 그리고 시작부터 지금까지 함께 해준 친구들과…